U0096352

中國新聞史研究輯刊

四 編

主編 方漢奇

副主編 王潤澤、程曼麗

第 9 冊

「寄居」在灰暗處：《泰東日報》中國報人研究（1908～1945）（上）

梁德學 著

花木蘭文化事業有限公司

國家圖書館出版品預行編目資料

「寄居」在灰暗處：《泰東日報》中國報人研究（1908～1945）（上）／梁德學 著 — 初版 — 新北市：花木蘭文化事業有限公司，2019〔民108〕

序6+目4+154面；19×26公分

（中國新聞史研究輯刊 四編；第9冊）

ISBN 978-986-485-818-7（精裝）

1. 中國新聞史 2. 中國報業史 3. 讀物研究

890.9208 108011526

ISBN-978-986-485-818-7

中國新聞史研究輯刊

四 編 第九冊 ISBN：978-986-485-818-7

「寄居」在灰暗處：《泰東日報》中國報人研究（1908～1945）（上）

作　　者　梁德學

主　　編　方漢奇

副 主 編　王潤澤、程曼麗

總 編 輯　杜潔祥

副總編輯　楊嘉樂

編　　輯　許郁翎、王筑、張雅淋　美術編輯　陳逸婷

出　　版　花木蘭文化事業有限公司

發 行 人　高小娟

聯絡地址　235 新北市中和區中安街七二號十三樓

電話：02-2923-1455／傳眞：02-2923-1452

網　　址　http://www.huamulan.tw 信箱 hml810518@gmail.com

印　　刷　普羅文化出版廣告事業

初　　版　2019年9月

全書字數　307014字

定　　價　四編13冊（精裝）新台幣26,000元

「寄居」在灰暗處：
《泰東日報》中國報人研究（1908～1945）（上）

梁德學　著

作者簡介

梁德學，男，遼寧莊河人，博士畢業於吉林大學文學院暨新聞與傳播學院。現爲江西師範大學新聞與傳播學院講師、復旦大學新聞學院博士後，主要研究領域爲新聞傳播史、淪陷區媒介與文化。

提　　要

在近現代東北新聞事業發展史上，由於日人報紙的「壟斷」特性，供職於此類報紙的中國報人群體也因之成爲近現代東北報人的主體。他們的歷史活動和歷史影響基本形塑了近現代東北新聞史的大體形態。

中國東北地區最南端一隅，是被俄日先後佔據的關東州租借地。由於日本侵佔該地區長達四十年，此間日人報刊一家獨大且數量可觀，成爲國內爲數極少的從未眞正出現過近代國人報刊的商業繁盛地區。在該地區，一支重要的中國報人力量來自一份名爲《泰東日報》的日人報紙。

本書以《泰東日報》中國報人群體爲研究對象，從人物發掘、名姓考辨、生平梳理等入手，力求摹畫出《泰東日報》中國報人群體的基本「樣貌」。以此爲基礎，探究《泰東日報》中國報人在傳播傳統文化、建構或解構殖民文化中的作用，以及殖民處境中他們的精神世界和認同掙扎。

當儘量避開政治與道德評判所帶來的干擾，從《泰東日報》中國報人寫作或編輯的浩繁文字中去捕捉這個「沒有歷史」的群體被掩蓋的生命痕跡時，我們發現，他們竟如此鮮活地存在於那個灰暗的歷史時空——他們承受著殖民壓抑，卻始終無法割斷民族性。

序

蔣　蕾

第一次給學生的書寫序。小梁是我帶的第一個博士，回想 2013 年他入學時，我像個年輕母親，還不大會當母親。

因爲是第一次帶博士，我在擇人方面非常慎重，決心拋開情面與關係，尋找眞正熱愛研究的學生。我的招生標準比較高：品學兼優，特別看重「品」。做事先做人，媒介傳播史研究需要坐冷板凳，如果人品不夠端方，則成果也不可期待。我和小梁是網上通信認識的，此前素不相識。他看到吉林大學博士招生目錄後發電子郵件給我，講述求學願望，並附簡歷、碩士畢業論文和其它已發表的文字。我去網上查了他寫的新聞稿，文字簡潔流暢。2013 年元旦前後，他打電話說想來見我，我也想當面考察。長春比大連冷，他的手凍得通紅，看上去有些拘謹。想到他是農家子弟，覺得他爲人本分。我們聊了聊對於新聞實踐的感受、寫碩士論文查資料的經歷等，他的回答都很實在。當他得知我剛添二寶，露出非常驚異的神情，我覺得他挺眞實的。小梁的人品是經得起考驗的。臨近考試，其它考生都來打探信息，唯有小梁，他只報告行程卻不對考試問一個字。我在心裡默默地圈定他。

入學之後，小梁很認眞地按照約定閱讀文獻。小梁是大連人，我覺得研究大連本地歷史最長的報紙《泰東日報》是適合他的。小梁入學時，我已在僞滿報刊研究方面耕耘 8 年。我是 2005 年底開始在恩師張福貴指引下從事這項有東北地域特色的研究的。「我很想建立一個研究團隊！」這是 2012 年我在博士生導師遴選答辯會上講述的設想。我希望帶領學生，共同開拓東北新聞傳播史研究、僞滿媒介傳播研究。這個領域有重要研究價值和多重研究意義，它涉及多個學科——新聞學、歷史學、文學、建築學、法學、社會學等，它既是媒介研究——對於報刊、圖書、影像、聲音等傳播載體的研究，也是文化研究——對於殖民主義、身份認同、跨文化傳播等的深入探究。這個領域有廣闊的研究空間，很適合研究者在此「深耕細作」。多年來，由於各種原因——資料分散、地域邊緣化、工作量巨大等等，眞正願意在這一領域潛心研究的並不多。我很希望通過帶學生一起工作，豐富東北新聞傳播史的研究。對自己和博士生之間的關係，我是這樣設定的：不是簡單的師生關係，更是一種共同探討、共同進步、志同道合的研究夥伴關係。因此，我選擇學生時偏重於考察其日後能否共同研究，後來招收的幾位博士也都選題於東北新聞傳播史，他們每人自選一份 1949 年以前出版的東北老報刊作爲研究對象，楊悅做《盛京時報》研究，陳曦做《滿洲報》研究，王詩戈做《東北畫報》研究。這樣，每人有一塊研究「自留地」，形成各自研究成果，既能形成合力，也能各有專攻。每個人還留有繼續深入的研究縱深，給博士畢業後長期從事研究打下基礎。這些思路並非我獨創，是我的博士導師、吉林大學哲學社會科學資深教授張福貴老師和我的博士後合作導師、復旦大學新聞學院黃瑚教授用「身教」啓示我的。

小梁是我們這個小小研究團隊的第一個加入者，在第一年裡，只有我們兩個人。他本是「理工男」，本科學土木工程，跨專業考入蘭州大學新聞傳播學院讀研究生。這種學科背景與文科生有很大不同，不那麼「文藝」，卻很有條理性。起初我曾爲他在文學閱讀方面不夠豐富而暗暗發愁，他沒有系統學習過古代文學、現當代文學、外國文學等，我擔心他會因此而研究不到位。但他非常勤奮地「補短」，閱讀了大量書籍。小梁幾乎把所有「業餘」時間都花在閱讀文獻、收集資料上，經常打電話或寫郵件與我探討研究心得、讀書體會。他讀博期間一直在大連交通大學宣傳部從事行政工作，經常加班，但他把上下班坐公交車的時間都用來閱讀手機裡存儲的文獻。正是由於專注，小梁迅速成長。

在東北新聞傳播史的研究中，獲取資料是第一道關口。如果不能坐圖書館耐心查資料，就永遠也無法進入研究狀態。每個週末，小梁都到大連圖書館看縮微膠片，看壞了 2 台縮微膠片閱讀機，也成爲大連圖書館管理員和專家們的「熟人」，還曾爲大連圖書館舉辦過一次講座。確定以《泰東日報》爲例研究「日人報紙中的中國報人」以後，他積極尋找《泰東日報》編輯記者及其後人，開展口述訪談。本來根據我的經驗，這個時間要找到那些古稀老人的機會已經不大了。但他不氣餒，甚至吃閉門羹也不放棄，終於找到《泰東日報》老編輯劉漢、編輯趙恂九的兒子等，取得他們的信任，獲得很多寶貴的一手資料。值得一提的是，在小梁急需資料時，我們團隊發揮重要作用。那時還沒有現在這麼多開放的數據庫，單靠小梁每週末去大連圖書館閱讀和抄錄，博士論文進展緩慢，讓人著急。這時，經過我和陳曦多次去吉林省圖書館協商，吉林省圖書館同意我們爲研究而複製資料，我的 6 位研究生在 2016 年暑假輪流值班複製《泰東日報》縮微膠片。眾人拾柴火焰高，這些照片很快交到小梁手上，他成爲這些資料最主要的使用者。

小梁自覺地學習歷史學研究方法，這使他的研究進入廣闊空間，而不局限於一城一報。關於東北新聞傳播史研究，特別是涉及僞滿的研究，以往成果並不缺少對殖民現象的性質判斷和觀點呈現，但是，能提供豐富歷史細節的研究卻不多。一位曾留學日本的學者說，在一些國際會議上日本學者拿出實證研究，我們的學者雖然觀點鮮明，研究卻大而化之、不夠詳細。因此，掌握材料之後，我期望小梁：讓史料「活」起來，從故紙堆裡尋覓鮮活故事，用新史料講述研究發現、建構新的歷史敘事。具體工作是十分艱辛的，小梁在可稱「海量」的史料裡爬梳，以極大耐心開展細緻工作。他「從細微處發現線索，從最基礎的人物發掘、名姓考辨、生平梳理入手」，「從其寫作或編輯的浩繁文字中去捕捉這個『沒有歷史』的群體被掩蓋的生命痕跡」。小梁盡了最大努力追溯歷史，爲我們呈現一段被忽略和遺忘的東北知識分子心靈史，一段殖民與反殖民的媒介史。

回到歷史現場，我們探討：研究的問題意識何在？如何客觀評價這些在日人報紙工作的中國報人？正如小梁所說，這些中國報人「生存於日本在中國大陸殖民程度最深的地區，又謀食於日本人所經營的報紙」。他們書寫眞實心態的文字早已無處尋覓，但他們留在報章上的文字裡「蘊含著極爲隱晦、複雜的民族情感——他們承受著殖民壓抑，卻始終無法割斷民族性」。小梁對於民族國家有深入思考，他在閱讀理論之後將這一問題置於 1910～1940 年代大連的媒介環境背景下來考察。他努力探尋中國報人在日本殖民統治下的精神狀況，通過「摹畫出《泰東日報》中國報人群體的基本『樣貌』」，「深入探究《泰東日報》中國報人在傳播傳統文化、建構或解構殖民文化中的作用，以及殖民處境中他們的精神世界和國家認同」。

其實，我和小梁的交往中，一直充滿爭論。小梁是一個並不容易說服的對象，爲了辯論，我們彼此都要查找好多資料。他的工作是「立」，我的任務是「破」，如果沒有被我說倒，那就算通過。最初他想做一部《泰東日報》史，我反對，我認爲博士研究只要做好某個重要主題中的一個專題就很不容易了，博士論文要「面窄縱深」，不要「廣而薄」。他曾想做僞滿時期東北報人的整體研究，我也投了反對票，理由是：要抓住個案，打一口「深井」。當他把《盛京時報》首任中國人主筆徐鏡心列爲「日人報紙的中國報人」進行研究時，我質疑資料來源單一。當他大讚《泰東日報》社長金子雪齋對中國人的友好態度時，我質疑金子雪齋的立場與初衷到底是什麼。當他在針對「日人報紙的中國報人」研究中使用「漢奸」一詞時，我提醒他一定要慎重。關於「漢奸」有法律規定，寫了媚日文字不等於「漢奸文人」，學術「審判」也是一種媒介審判。可能因爲我從 2007 年開始訪問過一些經歷僞滿時期的文化人以及一些文化人的子女，對於「他們」，我有一種說不出來的心痛感覺。對小梁，我所能做的就是幫他劃定研究邊界、釐清研究概念，把研究框定在學術範疇之內。至於他在論文中所展現的成果，全部是他個人才華的體現和勤奮鑽研的結果。他是獨立的，掌握基本學術原則之後，他就自由飛翔了。

小梁成長爲「文獻帝」，涉獵資料十分廣泛，不僅有中文的，還有日文的、英文的，日本外務省資料也爲他所利用。對於創辦《泰東日報》的金子雪齋、參與辦報的傅立魚以及副刊編輯兼作家趙恂九等都瞭解頗詳，對於東北的歷史、掌故與人物他也瞭解頗豐。師兄師妹需要什麼資料都首先問他，他全力提供和搜尋。他對資料進行檔案式管理，能隨時提供有用資料。

小梁還積極參與學術交流，一個人去北京、南京、武漢、濟南等地參加新聞學、歷史學的學術會議，發表研究成果，結識研究夥伴。學術會議成爲他的另一個課堂，獲得很多名家學者的點撥。他遠在大連，但每次我們師生團隊參與學術活動，他從不缺席。我們與華東師大中文系教授劉曉麗團隊共聚過，一起陪原美國哈佛大學費正清東亞研究中心副主任薛龍教授踏查僞滿「中央通」街道，一起去遼寧師範大學參加教育史會議、去蘭州大學參加新聞史會議，一起登上旅順的日俄戰爭遺址「203 高地」，一起去瀋陽訪問東北淪陷區老作家李正中先生，師兄師妹開題答辯他也都專程趕來。每次來長春，他都坐一晚上夜車，活動結束再坐夜車回大連。想到他每次到長春都在天不亮的時候，覺得他非常不容易。他和愛人是蘭州大學讀研同學，兩人在大連市內無親友可靠，又按揭買房，日子過得拮拘，但爲研究和學習小梁從來不吝金錢，與同學相處也周到大方。

小梁能夠堅持完成這樣一次學術長跑，源於他身上的勇氣，那是一種特別的勇氣，能克服一切困難的勇氣。無論多難的事情，小梁都能平靜面對、積極爭取。在讀博和找工作的日子裡，小梁承受過巨大壓力，但他在抗打擊方面有天然優勢。他從小在鄉野裡奔跑出好身體，少年時代在一場場足球賽中經歷衝刺、絕望、獲勝……他說：那些成功失敗的瞬間，都早已在踢足球時體驗過。他是一個心理上和身體上都很堅強的人。因爲忙於研究，他無暇踢足球而被足球隊「開除」了，但在另一場緊張比賽中，他交出了滿意的答卷。博士答辯前，他的論文被新聞學研究權威刊物《新聞大學》發表，博士論文在外審和答辯會上都受到好評。而他一直把時間的發條擰得滿滿的，博士畢業後迅速地到江西師範大學新聞與傳播學院任教，並且進入復旦大學新聞學院做博士後，還如願以償地當上了爸爸。他用辛勤的汗水和永不停歇的腳步達成這一切，我相信他厚積薄發，一定會找到更多新史料，形成更重要的新觀點，只希望他注意身體、保持健康、與親人有更多團聚。

關於這本書的價值與意義，已無需贅言，它對於東北新聞傳播史、東亞殖民主義研究來說都是十分重要的研究成果，其中一些內容具有填補空白的作用。這是小梁的第一本學術專著，也是他學術生涯的開端，今日可賀、未來可期！

目次

上冊

下　冊

凡　例

1.關於「關東州」一詞的使用。1898 年，沙俄強租遼東半島的旅順、大連，並在旅順、大連設立「關東州」。1905 年日俄戰爭結束後，日本侵略勢力以租借名義進入該地區，代替沙俄對這一地區實行殖民統治，並繼續沿用了「關東州」的叫法。1945 年 8 月日本戰敗投降，「關東州」才擺脫帝國主義的殖民統治。歷史上，「關東州」的稱呼從未被清朝及其後各個中國當局承認，本書僅爲使用史料方便，行文中不再對「關東州」一詞加引號。

2.爲行文方便，本書對清末至日本戰敗時中國、日本及韓國各城市的名稱一律使用其相應歷史時期的舊稱，如新京對應於今長春（1932 年後）、奉天對應於今瀋陽（東北易幟後至僞滿洲國成立前除外）、安東對應於今丹東、蓋平對應於今蓋州、復州對應於今瓦房店、朝鮮京城對應於韓國首爾等，正文中不再一一說明。

3.約 1920 年至 1924 年間在《泰東日報》擔任記者、編輯的劉憪躬，其姓名中的「憪」字在普通電腦中無法輸入，本書一律用其異體字「憪」代替。

4.所引日文文獻，除特別標明譯者外，爲筆者譯。

5.凡史料中辨識不清的文字以「□」代替。

6.史料中一些詞語的書寫方式與目前的標準寫法不同，如「年輕」作「年青」、「摩擦」作「磨擦」等，「輾轉」作「展轉」等，本書在直接引語中對之不作改動，保持原貌。

7.爲保證行文流暢，正文中未能對部分《泰東日報》中國報人進行詳細介紹。對於此種情況，可參見文末《附錄：〈泰東日報〉中國社員統計表（僅大連本社）》。

緒　論

第一節　研究緣起與研究意義

在近現代東北新聞事業發展史上，由於日人報紙的壟斷特性，供職於此類報紙的中國報人群體也因此成爲近現代東北報人的主體，他們的歷史活動和歷史影響基本形塑了近現代東北新聞史的大體形態。與關內報人相比，備受壓抑的他們並不是一支獨立的社會力量，在各類描述與分析近現代中國報人群體發展、發育的相關研究中，基本忽略了這個特異群體。

但事實上，在抗戰結束前的東北，日人報紙中的中國報人群體十分活躍地從事著新聞與文學傳播活動。在長達四十多年的時間裏，東北日人報紙中的中國報人群體形成了具有殖民地色彩的新聞價值觀，這種價值觀在「九一八」事變和僞滿洲國出籠後成爲東北新聞業的主流價值觀。若拋卻複雜的歷史糾葛而僅從新聞業務層面考察，這個群體有著較高的專業素養，此一點甚至超過關內一些知名大報中的報人。他們所從事的新聞傳播活動對推動近現代東北地區新聞業的現代化亦有重要貢獻。

然而，由於「不光彩」的身份和經歷，東北日人報紙中的中國報人除個別具有紅色身份外，新中國成立後繼續從事新聞宣傳工作的不多，他們晚年大多慘淡，或者改名換姓，或避世歸隱，其新聞職業生涯隨日本戰敗而終止，成爲一個自身不願、外界又不齒提及的隱秘群體。就筆者訪談所瞭解，這些報人的子女至今仍不願告知外界自己爲《泰東日報》某某報人之後——歷次政治運動早已使他們噤若寒蟬，其個人命運也被父輩曾經的身份所深深影響。

從 20 世紀 80 年代初期開始，東北地區各類文史資料、方志以及個別當事人的回憶性文章開始對這個「隱秘」群體中的個別人有所提及。但閱讀這些材料後發現，文中大多存在著一種比較簡單的思維模式，行文也錯漏百出。這使得東北近現代報人研究一直處在一個相當低的水準上，與此有關的討論要麼顯得政治化，要麼顯得情緒化。在這樣的境況下，深入理解東北日人報紙中中國報人群體獨特的精神世界和職業化路徑，是改善東北近現代新聞史研究狀況的一個有力切入點，更是對中國新聞史研究的一種補充。

近代以來，東北地區最南端一隅是被俄日先後佔據的關東州租借地。其中，日本佔領該地區的時間最長(1905～1945)。作爲經營中國東北的橋頭堡，日本基本上視其爲「本土」。除政治意義外，在東北淪陷區新聞傳播史上，關東州同樣有著重要地位:這裡不僅是東北近代報紙的發祥地〔註 1〕，也是日俄戰爭後日本在華辦報活動的中心。由於日本獨佔該地區長達四十年，此間日人報紙一家獨大且數量可觀，租借地內的公共輿論完全爲日人報紙獨佔，此地也成爲國內爲數極少的從未眞正出現過近代國人報紙的商業繁盛地區。近半個世紀中，關東州隔絕於清朝與民國政權，域內未遭逢戰事，亦未似東北其他地區匪患猖獗。這裡社會治安相對穩定，文化與商業發達，日人報業順利發展直至戰敗。這使得關東州成爲除臺灣外，日人在中國經營報業的一個理想空間。日人報業在一個中國城市內高度發育，自成體系，內部時有競爭且獨佔城市公共輿論空間近半個世紀，這在日人在華辦報史上也算是一個孤例。

四十年來，在殖民與被殖民之間高度不對稱的權力關係中，關東州地區日人報紙中的中國報人們在殖民文化、民族性、國家與文化認同的建構和解構方面，對租借地內的國人產生了深遠影響。在該地區，一支重要的中國報人力量來自一份名爲《泰東日報》的日人報紙。《泰東日報》創刊於 1908 年 11 月 3 日，歷 37 年，是日人在華經營時間最長、影響最大的中文報紙之一。由於《泰東日報》在關東州及整個東北地區具有廣泛影響力和較大讀者群，該報中國報人群體的報章言論和新聞敘事也以一種強大的力量「涵化」著整個東北國人的精神，在傳播和建構殖民文化中曾起過「積極」作用。但嚴格

〔註 1〕東北近代第一份報紙爲俄文《新邊疆報》(Новый Край)，1899 年創刊於關東州境內的旅順，它也是我國境內出版的第一份俄文報紙。

來說，供職於該報的不少中國報人面對日本侵略，反抗程度有所區別，國人的精神抵抗也一直保持著、繼續著。他們利用有限度的自由和獨立空間，以報紙爲陣地，傳播著中國傳統文化，堅守愛國立場，在某種程度上也是對日人報紙殖民話語的一種解構。在他們保留至今的各類文本中，可以看到種種矛盾的、衝突的和「順服」的欲望與認同在其間迸射、妥協與克服，這讓我們深切體會到戰爭時期「抵抗」與「合作」問題的複雜性。

此外，研究以《泰東日報》爲代表的東北日人報紙中的中國報人群體，也是進一步推動中國新聞史研究範式轉換的一個新的支點。在中國新聞史研究的各類範式中，無論是戈公振的報學史範式，還是新中國成立後的革命史範式，大多只有革命的、進步的「材料」才能進入這些範式中。當前，雖然這些傳統的研究範式在慢慢改變、慢慢調和，譬如，與國民黨民主報業、報人相關的研究已開始成爲學界新的熱點。但令人遺憾的是，淪陷區（特別是東北淪陷區）的新聞史研究仍然躑躅不前。近年雖有一些優秀成果出現，仍以進步和抵抗爲範式者居多。

除新聞史研究方面的意義外，藉「復原」《泰東日報》中國報人群體的行爲特徵和精神世界，亦可以觸及東北淪陷區知識階層的國家認同與文化認同這一殖民研究的重要議題。從日俄戰爭結束至抗戰勝利的四十年間，東北地區國人數量在 3000 萬至 4000 萬左右，他們一直生活在中華文明圈的邊緣。在僞滿洲國、帝國日本以及民族主義中國三角關係構成的政治文化場域中，東北淪陷區國人在確認自己的政治和文化身份時不可避免地出現了認同掙扎。他們渴求歸屬，卻找不到或認不清哪個才是「祖國」，就如蕭紅《生死場》中的老趙三，他「從前不曉得什麼叫國家，從前也許忘掉了自己是哪國的國民」。〔註 2〕雖然不至於像老趙三那樣，但被殖民、被蔑視和被凌辱的處境導致中國報人的精神世界異常複雜，角色心理存在著強烈衝突。對他們來說，所要呈現的內容或者說新聞報導的對象，是他者化的中國和他者化的「滿洲」（當然更包括關東州）。他們自身就是日本人眼中的「他者」，卻要依靠日本人的邏輯去呈現自身；他們是中國人，卻要服務於踐踏自己故土的侵略者，不管情願還是不情願，都難免產生心理上的強烈的衝突。

單純的民族主義情緒並不能有效地進入複雜的歷史，而當我們觸碰和研究東北日僞報刊的時候，這種複雜的歷史情感恐怕又很難抑止。一方面，人

〔註 2〕 蕭紅，生死場〔M〕，哈爾濱：北方文藝出版社，1987：91。

們已不願意觸碰那段屈辱的歷史，即便涉及，也大多遵循進步或革命的範式，努力從點滴之中尋求可供激發民族情感的文本和史料。另一方面，由於史料匱乏，對於殖民地特異時空中報人的「合作」行為，很難進行細緻的研究和分析。但如若忽視這一日人報紙中的中國報人群體，東北新聞史研究則將失去完整性，更無法進入眞實的歷史和眞實的人性。

本次研究選定「《泰東日報》中國報人」為研究對象，主要旨趣即在於以史料發掘和審愼分析為基礎，發現和走近這個特異而隱秘的群體，在此基礎上深入展開《泰東日報》相關研究。

第二節　基本概念

為明確界定本書的研究對象，現將「報人」與「日人報紙」的概念作以界定。至於本次研究還將涉及的「公共交往」、「殖民話語」、「他者敘事」、「互文性」、「國家認同」等概念，則在相應章節中再作具體闡釋。

一、報人

在新聞學研究領域，「報人」常與「新聞記者」、「新聞從業者」、「報刊從業者」等通用，但其本身卻不是一個界定清晰的概念。方漢奇先生曾著有《報史與報人》，臺灣學者朱傳譽亦有《報史、報人與報學》，「臺灣傳播學之父」鄭貞銘先生則將一套新聞人物研究叢書命名為《百年報人》……閱讀這些前輩學人的著作，可看出其所提及的「報人」既包括編輯、主筆和記者，也涉及報紙的經營管理者。但這些著作自始至終未對「報人」作以嚴格界定，似乎「報人」已是一個再明晰不過的約定俗成的概念。

1998 年出版的《新聞傳播百科全書》曾對「報人」一詞作過粗略的界定：「指新聞工作者，主要指報社、雜誌社的編輯和記者。他們一般以新聞報導工作為職業，許多人還兼搞其他社會活動。此稱謂在我國解放前多用。」〔註3〕此後，僅見程麗紅在《清代報人研究》〔註4〕一書中，羅映純、林如鵬在《公共交往與民國報人群體的形成》〔註5〕一文中，對「報人」作過學術意義上的

〔註 3〕邱沛篁等，新聞傳播百科全書〔M〕，成都：四川人民出版社，1998：252。

〔註 4〕程麗紅，清代報人研究〔M〕，北京：社會科學文獻出版社，2008：5～7。

〔註 5〕羅映純，林如鵬，公共交往與民國報人群體的形成〔J〕，新聞與傳播研究，2012（5）：103。

嚴格界定，但二者仍有分歧。

在羅映純、林如鵬那裡，「報人」是從職業社會學的視角進行考量的。他們認爲，對於眞正意義上的報人來說，「辦報是他們一生的主要職業甚至唯一職業。他們堅稱無黨無派，以客觀中立的職業態度服務於社會」。〔註 6〕按此解釋，早期寄身外報的「秉筆華士」及其後以報紙爲手段宣傳政治主張的政論家報人等都不屬於嚴格意義上的報人。此界定借用的是職業社會學的相關理論，因此有著較強的科學性，對規範「報人」這一新聞學研究領域中的重要概念有著十分重要的意義。但借助先進的社會學理論界定「報人」概念的缺陷是，對於中國近代社會而言，有關人的「職業」問題和當下我們對「職業」的理解有著很大的差異。在那個動亂的時代，恐怕很少有人對某一職業從始而終。因此，從職業社會學的視角來界定「報人」，不僅稍顯嚴苛，也有些忽視複雜的歷史現實。對於政局混亂、無奈在殖民統治下卑屈生活的東北國人來說，成爲一個有獨立社會地位、終身可安穩從事報刊活動的「職業報人」，恐怕更不可能。

在程麗紅教授那裡，「報人」同樣是一個讓她頗費思考的概念。她坦陳，在開始有關「清代報人」的研究之前，首先面臨的一個難題就是如何對「報人」概念進行界定，並指出目前已很難考證「報人」概念產生的具體年月。〔註 7〕她考慮到中國近代新聞業產生的複雜歷史背景並綜合其他因素，最終將「報人」界定爲：「報業活動產生以來，以辦報爲生或者以報業爲主要事業舞臺，並對報業具有獨立的創見與貢獻的人物。」〔註 8〕這樣的界定既注意到了中國近代報業的複雜性與專業性，也沒有籠統地把所有在報社工作的人員全部歸爲報人。具體地講，程麗紅教授所言的「報人」，指的是使報刊得以運營的一切積極參與者，如報社的老闆、編輯記者、營銷、發行等人，但賣報、印刷等體力勞動者不在此範圍內。

考慮到關東州報業發展的複雜性以及日人報紙《泰東日報》自身的特殊性，本書傾向於認同程麗紅教授對「報人」所作的界定，同時借鑒加拿大學者季家珍（Joan Judge）教授的觀點：「在晚清中國，『報人』一詞不僅具有

〔註 6〕羅映純，林如鵬，公共交往與民國報人群體的形成〔J〕，新聞與傳播研究，2012（5）：103。

〔註 7〕程麗紅，清代報人研究〔D〕，長春：吉林大學，2007：4。

〔註 8〕程麗紅，清代報人研究〔M〕，北京：社會科學文獻出版社，2008：6。

我們今天所熟知的『新聞記者』的意思，同時也具有時事評論員的意思」。〔註9〕因此，本書將所研究的對象——「《泰東日報》中國報人」界定爲：在日人報紙《泰東日報》歷史上，供職於該報大連本社及各地分支機構，以職業身份從事新聞採編、時事評論、經營管理、廣告發行等工作的中國人群體。

這裡與程麗紅教授的界定有所區別的是，由於特定的歷史條件限制，《泰東日報》中國報人並不一定對報業具有獨立的創見與貢獻，他們主要是一些當年備受殖民壓抑、默默無聞的普通報人。從這一點來說，即便是《泰東日報》中國報人中最普通的一份子，也被納入本次研究的考察範圍。

二、日人報紙

在中國新聞史研究相關著述中，「日人報紙」不是一個經常出現的詞匯，但卻是一個久已存在的慣用詞匯。在最早一部論述中國報刊歷史的專著——戈公振先生的《中國報學史》中，已有「日人報紙」的提法。這本由商務印書館 1927 年出版的中國新聞史學開山之作，稱日人中島眞雄 1906 年創辦於奉天的《盛京時報》爲「東三省日人報紙之領袖也」。〔註10〕1930 年《東方雜誌》第 27 卷第 17 號有《東北日人報紙之調查》一文，可見當時「日人報紙」已是人們習以爲常的稱謂。

抗戰勝利後，曾虛白先生所著的《中國新聞史》與方漢奇先生主編的《中國新聞事業通史》中，也都有與「日人報紙」相近的說法，如前者稱《盛京時報》、《泰東日報》等爲「日人在中國創刊之中文報紙」〔註11〕，後者稱《盛京時報》爲「日人在華創辦較早、出版時間最長的中文日報」〔註12〕。這些經典著作中，「日人報紙」主要被作爲近代在華外國人創辦或經營報紙（即所謂的「外報」）中的一個門類，用以區別英、俄、法、美、德等國人士在華創辦或經營的報紙，其用法和戈公振先生一脈相承。

目前常與「日人報紙」相混用的是「日系報刊（報紙）」一詞。2012 年，香港浸會大學歷史系周佳榮教授在大陸出版的《近代日人在華辦報活動》一

〔註9〕李家珍，印刷與政治：《時報》與晚清中國的改革文化〔M〕，王樊一婧，譯，桂林：廣西師範大學出版社，2015：1。

〔註10〕戈公振，中國報學史〔M〕，上海：上海書店，1990：80。

〔註11〕曾虛白，中國新聞史〔M〕，臺北：三民書局，1977：157。

〔註12〕方漢奇，中國新聞事業通史：第 1 卷〔M〕，北京：中國人民大學出版社，1992：878。（原書有誤，《盛京時報》並非是日人在華出版時間最長的中文報紙。）

書中，多次在章節標題及正文中使用「日系報刊」一詞，但全書並未對該詞做明確界定。從全書內容來看，周佳榮教授所稱的在華「日系報刊」是指由在華日本人創建或經營的報刊，但也將一些僞政權所創辦、表面上由中國人負責但實質上由日人幕後掌權的報刊視爲日系報刊，如僞滿洲國政府機關報《大同報》等。由此來看，「日系報紙」的概念比「日人報紙」有著更廣的外延，它不僅涵蓋「日人報紙」，還可以涵蓋部分由日人幕後操控的「國人報紙」。這樣一來，「日系報紙」已不再是在華「外報」中的一個門類，兩者之間出現了交叉重複的情形，與戈公振、曾虛白、方漢奇等對「日人報紙」一詞的用法有所不同。

周佳榮教授對「日系報刊（報紙）」的界定及其傾向於使用「日系報刊（報紙）」的態度有其合理性，因爲無論從民族情感，還是當年漢奸報紙的實際表現，「日系報刊（報紙）」確與「日人報紙」無太大區別。但嚴謹的學術研究應該對「民族情感」持審愼態度，在界定「日系報紙」或「日人報紙」的問題上也應如此。僞滿洲國建立後的東北報業，雖絕大多數是由日本人直接掌管，但出面管理的仍是漢奸機構或漢奸個人，其本質上仍是漢奸報紙，不屬於「外報」，稱其爲「日系」也欠妥當。因此，僞政權或附敵的個人和組織創辦和經營的報刊並不應納入「日系報刊」，更不能稱之爲「日人報紙」了。此一點，當年日本方面也是如此區分（當然，有掩人耳目或外交策略上的考慮）。在滿鐵系的滿洲日日新聞社編輯出版的《滿洲國年鑒》中可以看出，僞滿洲國政府機關報《大同報》雖由日人幕後掌權，但卻是「滿洲國側」，而《盛京時報》系《泰東日報》則爲「日本側」。〔註 13〕

鑒於上述原因，本次研究選擇使用「日人報紙」而非「日系報紙」來觀照所研究的對象。具體而言，本次研究所涉及的「日人報紙」，是指與「我國人所自辦之報紙」相對而言的，由日本人在我國領土上所創辦、接管或經營的各文種近代化報紙。在近代中國東北地區，典型的如《盛京時報》、《泰東日報》、《大北新報》與《滿洲報》。

第三節　學術史回顧

本書的研究實質上涉及兩個相互關聯的領域，一爲新聞傳播史研究，一

〔註 13〕 滿洲日日新聞社，滿洲年鑒：昭和十一年〔M〕，新京，1936：511～522。

爲社會文化史的研究。鑒於此，以下分兩個方面對相關研究作以回顧。

一、《泰東日報》報史與報人研究

前已簡略述及，擁有37年報史的日人報紙《泰東日報》是日人在華經營時間最長、影響力最大的中文報紙之一，在整個東北地區（甚至華北地區）有著廣泛的讀者群體。而在日本直接控制下的關東州，它的發展史更是與這塊租借地的歷史相契合，對該地區華人產生多方面深遠影響；它的專業化水準不遜於同時期東北其他各類中文報紙，包括知名度更大、學界更爲熟知的《盛京時報》；在日本直接控制、言禁極嚴的關東州，它以日人之「身」，在前半期逾二十多年時間裏堅持一定程度上的華人氣節，也顯得難能可貴。

但對於這樣一份報紙，無論新中國成立前已問世的戈公振的《中國報學史》、程其恒的《戰時中國報業》、胡道靜的《新聞史上的新時代》、趙新言的《倭寇對東北的新聞侵略》，還是其後出版的方漢奇的《中國新聞事業通史》、曾虛白的《中國新聞史》，都僅是簡略提及，至多不過三五十字。2001年，經黑龍江日報社新聞志編輯室諸位前輩歷經十餘年辛苦寫作完成的《東北新聞史》一書出版，該書是首部全面、完整介紹近現代東北新聞事業發展概況的里程碑式成果，但有關《泰東日報》的介紹仍失之簡略，對該報中國報人也僅提及爲數不多的幾個，且未作詳述。

由於資料的極度匱乏和「封閉」，這份重要的日人報紙至今仍未得到學界應有的重視，相關研究成果也寥寥可數。目前有關《泰東日報》的高水準研究成果是在日本發表的三篇日文論文，一是東京大學・日本學術振興會外國人特別研究員張楓的《大連における泰東日報の経営動向と新聞論調：中國人社會との関係を中心に》〔註14〕，二是東京外國語大學橋本雄一的《「五四」前後の大連における傅立魚の思想と言語——1919年ごろの日本植民地に生きた中國知識人を観察するということ》〔註15〕，三是東京外國語大學高紅

〔註14〕張楓，大連における泰東日報の経営動向と新聞論調：中國人社會との関係を中心に〔M〕／／加瀬和俊，戰間期日本の新聞產業：經營事情と社論を中心に，東京：東京大學社會科學研究所，2011。

〔註15〕橋本雄一，『五四』前後の大連における傅立魚の思想と言語——1919年ごろの日本植民地に生きた中國知識人を観察するということ〔G〕／／『立命館文學』615號（岡田英樹先生退職記念號），京都：立命館大學，2010。

梅的《大連における傳立魚：ナショナリズムと植民地のはざまで》〔註16〕。其中，張楓發表於2011年的研究成果是目前可查閱到的唯一一篇史料翔實、較全面介紹《泰東日報》創辦背景、經營概況以及20世紀20年代以後該報有關中國報導的重要文獻。橋本雄一對《泰東日報》歷史上最重要的一位中國人編輯長——傳立魚的研究，則是現今有關傳立魚研究最爲紮實的成果，文中對傳立魚的身世、政治立場、報章言論及其社會活動等均有詳盡考察。高紅梅的研究同樣以紮實的史料考證了傳立魚20世紀10年代的思想狀況、20世紀20年代前半期參與愛國啓蒙運動的情況以及五卅運動後在大連最後活動的情形。

在國內，以《泰東日報》及其報人爲研究對象的成果主要有如下寥寥幾篇，分別爲張曉剛、張琦偉的《金子雪齋與傳立魚合作時期的〈泰東日報〉》〔註17〕，荊蕙蘭、曲曉範的《傳立魚與近代民主思想在大連的傳播》〔註18〕，魏剛、于春燕的《傳立魚主筆下的〈泰東日報〉》〔註19〕，崔銀河的《〈泰東日報〉對馬列主義的傳播》〔註20〕，金子雲的《大連人民的朋友——金子雪齋》〔註21〕，王子平的《金子平吉其人其事》〔註22〕。上述研究成果均涉及《泰東日報》歷史上的兩位重要報人——日人社長金子雪齋和中國人編輯長傳立魚，對現有的中日文史料均有較好的利用。〔註23〕另有劉曉麗的《從〈麒麟〉雜誌看東北淪陷時期的通俗文學》〔註24〕、《家園淪陷 文學何爲——日

〔註16〕高紅梅，大連における傳立魚：ナショナリズムと植民地のはざまで〔J〕，言語・地域文化研究，2005（11）。

〔註17〕張曉剛，張琦偉，金子雪齋與傳立魚合作時期的《泰東日報》〔J〕，日本研究，2012（4）。

〔註18〕荊蕙蘭，曲曉範，傳立魚與近代民主思想在大連的傳播〔J〕，歷史教學問題，2008（6）。

〔註19〕魏剛，于春燕，傳立魚主筆下的《泰東日報》〔J〕，大連近代史研究，2009。

〔註20〕崔銀河，《泰東日報》對馬列主義的傳播〔J〕，大連理工大學學報（社會科學版），2013，34（2）。

〔註21〕金子雲，大連人民的朋友——金子雪齋〔J〕，遼寧師範大學學報，1988（6）。

〔註22〕王子平，金子平吉其人其事〔C〕／／劉廣堂，關捷，「近百年中日關係與21世紀之展望」國際學術研討會文集（下集），大連：大連出版社，2000。

〔註23〕吉林大學郭精宇2015年完成的碩士學位論文《飯河道雄在華文化活動研究》涉及了有可能在《泰東日報》擔任過編輯長職務的日人飯河道雄，但筆者目前仍未找到任何飯河道雄在《泰東日報》工作過的有力證據。

〔註24〕劉曉麗，從《麒麟》雜誌看東北淪陷時期的通俗文學〔J〕，中國現代文學研究叢刊，2005（3）。

本侵略背景下的中國現代文學地方經驗之一種：僞滿洲時期的通俗文學》〔註25〕，詹麗的《東北淪陷時期通俗小說研究》〔註26〕、《殖民語境下的另類表述——兼論僞滿洲國通俗小說的五種類型》〔註27〕對《泰東日報》編輯人趙恂九的小說創作有所提及。

蔣蕾教授的《僞滿洲國共產黨報人考察》是僅見的一篇有關近代東北報人群體的專題研究成果。該文對那些具有共產黨員身份的報人在僞滿洲國從事抵抗活動、其與黨組織的關係等問題進行細緻的梳理和考察，其中涉及《泰東日報》中的多位共產黨報人，是本次研究的重要參考。〔註28〕除此之外，趙建明在其博士論文《近代遼寧報業研究（1899～1949）》〔註29〕中對《泰東日報》進行了概述，李梅梅在其碩士論文《民初東三省中日記者大會研究》〔註30〕中通過一個相對具體的事件研究了民初東北報人的公共交往問題，其中部分提及了《泰東日報》中的報人。

除以上外，鮮有涉及《泰東日報》及其報人的相關研究成果。

二、近現代東北國人「國家認同」研究

目前，國內外「國家認同」相關研究十分深入，已有大量高水平成果。限於篇幅，此處無法對已閱讀的此方面文獻作細緻爬梳。基於本次研究的旨趣，這裡重點關注近代東北地區的國人，具體地講，即那些曾經生存於僞滿洲國（日佔 14 年）和關東州租借地（日佔 40 年）國人的國家認同與文化認同方面的研究成果。

遺憾的是，目前華語學界尚未出現有關僞滿洲國與關東州租借地相關的國家認同研究成果。一些有關日本在中國東北地區進行文化殖民的研究間接觸及到了與「國家認同」相關聯的文化認同議題，如李娜的《滿鐵對

〔註25〕劉曉麗，家園淪陷 文學何爲——日本侵略背景下的中國現代文學地方經驗之一種：僞滿洲時期的通俗文學〔J〕，現代中文學刊，2006（1）。

〔註26〕詹麗，東北淪陷時期通俗小說研究〔D〕，吉林大學，2012。

〔註27〕詹麗，殖民語境下的另類表述——兼論僞滿洲國通俗小說的五種類型〔J〕，現代中文學刊，2015：（6）。

〔註28〕蔣蕾，僞滿洲國共產黨報人考察〔C〕／／童兵，經驗與歷程——建黨 90 週年中國共產黨新聞思想研討會論文集，上海：復旦大學出版社，2013。

〔註29〕趙建明，近代遼寧報業研究（1899～1949）〔D〕，吉林大學，2010。

〔註30〕李梅梅，民初東三省中日記者大會研究〔D〕，黑龍江大學，2013。

中國東北的文化侵略》〔註 31〕、閻華的《日本對「關東州」文化侵略過程概述》〔註 32〕、馬伊弘的《「九一八」事變前日本在我國東北殖民文化活動論述》〔註 33〕、張瑞的《〈大北新報〉與僞滿洲國殖民統治》〔註 34〕等。專門研究東北淪陷區國人「國家認同」問題的成果仍付諸闕如。

目前，大陸地區僅見黃東的《塑造順民：華北日僞的「國家認同」建構》對日僞在華的「國家認同」建構問題給予關注。該書從建構的旨趣、內容、方法等方面，對華北僞政權的「國家認同」建構問題進行了深入分析。〔註 35〕應該說，黃東的研究對考察日本在中國東北的「國家認同」建構問題有著很大的借鑒價值，對本書的研究亦有啓示。在中國臺灣地區，相關方面的研究已經有所進展，有江宜樺的《自由主義、民族主義與國家認同》〔註 36〕、方孝謙的《殖民地臺灣的認同摸索：從善書到小說的敘事分析（1895～1945）》〔註 37〕、荊子馨的《成爲日本人：殖民地臺灣與認同政治》〔註 38〕等。尤其值得一提的是荊子馨的著作，無論在方法上，還是在理論上，都對日治時期「臺灣居民」在國家認同問題上的矛盾與掙扎作了極爲精彩的分析。這些臺灣地區的研究成果，戳破了很多東北淪陷區相關研究的「盲點」。許多在大陸被整合、單純化了的問題，在海峽對岸的研究者那裡呈現出其內生的複雜性。因此，本書也希望能從臺灣學者的相關研究中借鑒方法與理論，從對《泰東日報》中國報人群體這一頗具典型意義的「樣本」考察中，觸碰日據時期東北國人「國家認同」問題的冰山一角。

〔註 31〕李娜，滿鐵對中國東北的文化侵略〔D〕，吉林大學，2009。

〔註 32〕閻華，日本對「關東州」文化侵略過程概述〔J〕，遼寧師範大學學報（社會科學版），1997（6）。

〔註 33〕馬依弘，「九・一八」事變前日本在我國東北殖民文化活動論述〔J〕，日本研究，1992（4）。

〔註 34〕張瑞，《大北新報》與僞滿洲國殖民統治〔D〕，吉林大學，2014。

〔註 35〕黃東，塑造順民：華北日僞的「國家認同」建構〔M〕，北京：社會科學文獻出版社，2013。

〔註 36〕江宜樺，自由主義、民族主義與國家認同〔M〕，臺北：揚志文化事業股份有限公司，1998。

〔註 37〕方孝謙，殖民地臺灣的認同摸索：從善書到小說的敘事分析（1895-1945）：增訂版〔M〕，臺北：巨流圖書股份有限公司，2008。

〔註 38〕荊子馨，成爲日本人：殖民地臺灣與認同政治〔M〕，臺北：麥田出版，2006。

第四節　分期與史料

一、歷史分期

《泰東日報》自 1908 年 11 月創刊，至 1945 年 10 月終刊，前後賡續 37 年，是日人在華經營時間最長的中文報紙之一，僅次於《閩報》（48 年）、《盛京時報》（38 年）以及《全閩新日報》（38 年）。總體上，《泰東日報》的發展保持著一定的連續性和穩定性，未曾經歷中途停刊、報人群體遽然更迭等情況。但爲研究與敘述方便，本書將《泰東日報》的歷史（事實上也是該報中國報人群體的發展與演變史）分爲五個時期：1908.11.3～1925.8.31 爲第一期，1925.9.1～1931.9.17 爲第二期，1931.9.18～1937.7.6 爲第三期，1937.7.7～1945.8.15 爲第四期，1945 年「8・15」之後至終刊爲第三期。

第一期：從 1908 年 11 月《泰東日報》創刊至 1925 年 8 月金子雪齋逝世，即首代社長金子雪齋主持時期。此時期跨度較長，歷 17 年。事實上，可再細分爲三個相對更短的時段，即創刊初期（1908～1913）、愛國報人傅立魚主持筆政時期（1913～1921）、傅立魚退社至金子雪齋病逝時期（1921～1925）。因 1908～1913 年間的《泰東日報》基本上全部佚失，詳細考證這一時期中國報人群體狀況難度較大；1921～1925 年間的《泰東日報》則基本延續了傅立魚等人打造的「華人風骨」，中國報人群體的組成和結構也未出現大的變化。鑒於此，本書選擇將這三個小的時段合而爲一，作整體性的考察。更爲重要的是，金子雪齋主持時期的《泰東日報》具有鮮明而統一的風格：報紙自始至終堅持民間立場、秉持比較明確的「中國認同」以及中國報人擁有較大的自由言論空間並受到金子雪齋的政治庇護。金子雪齋逝世時，「五卅慘案」這一重大歷史事件餘波未了，以此爲時間節點界分《泰東日報》發展史，也是一種歷史巧合。

第二期：1925 年 8 月金子雪齋逝世至 1931 年 9 月「九一八」事變發生。金子雪齋離世對《泰東日報》的影響是巨大的，不僅使中日報人失去了精神支柱，更失去了政治庇護。依金子雪齋遺願，其弟子阿部眞言繼任社長。阿部眞言對報社的掌控能力不如金子雪齋，但基本上仍能信任中國報人，給予社內的共產黨報人、國民黨報人、無政府主義者等以一定的活動空間。但總體上，此時期的《泰東日報》已經慢慢失去此前的汪洋恣肆，中國報人的處境逐漸惡化，曾與傅立魚並肩共事的愛國報人至 1928 年左右星散殆盡。之後，雖有共產黨或國民黨身份的報人進入《泰東日報》活動，但言論空間已十分有限。在這個轉折時期，《泰東日報》表面上雖繼續堅持「中國認同」，但已是一副擁蔣反共的面目。

第三期：從 1931 年 9 月「九一八」事變至 1937 年 7 月盧溝橋事變。《泰東日報》對「九一八」事變的報導尚不露骨，但 1932 年 3 月有關僞滿洲國「建國」的系列報導則標誌著《泰東日報》對中國的立場徹底轉變。這一時期的《泰東日報》，無論是對日立場，還是話語表述方式，都與此前的《泰東日報》有著絕大差別，有明顯的殖民權力操控痕跡。自此以後，它徹底淪爲日人推行殖民文化、奴役國人精神的工具。也是在這一時段，第二代社長阿部眞言病歿於日本福岡原籍。因臨終前未指定繼任者，其友人緒方竹虎〔註 39〕、中野正剛〔註 40〕等與其親屬協商，聘任日本國民同盟總務長風見章爲第三代社長。這標誌著《泰東日報》的經營者已從民間人士轉變爲具有日本政府和軍方背景的人士，爲日後「順利」過渡到日僞控制埋下伏筆。

第四期：從 1937 年 7 月盧溝橋事變至 1945 年 8 月 15 日日本宣布投降。1937 年 7、8 月間，一度「游離於」僞滿洲國新聞法制體系之外的《泰東日報》終於被納入僞滿洲國弘報協會，從此徹底喪失其一度標榜的民間報紙身份。此間，風見章因入閣就任近衛內閣書記官長而辭任，時任僞滿洲國弘報協會理事長的高柳保太郎就任社長。與此同時，《泰東日報》於 1937 年 7 月將同城競爭對手《滿洲報》并《關東報》兼併，社務得到空前發展。高柳保太郎於 1940 年退任後，原僞滿洲國總務廳情報處長宮脅襄二、退役軍官井口陸造又先後任社長。此一時段處於中日全面戰爭和太平洋戰爭時期，《泰東日報》報人群體被定位爲「報導戰士」，被裹挾進所謂的「大東亞聖戰」。這是《泰東日報》發展史最後的 8 個年頭，也是中國報人群體所經歷的最爲灰暗的 8 年。他們處於日人的嚴密控制之下，心理上和精神上均忍受著痛苦和煎熬。

第五期：1945 年 8 月 15 日後至同年 10 月上旬《泰東日報》終刊，略延

〔註 39〕緒方竹虎（1888～1956），日本新聞從業者、政治家、劍道家、甲級戰犯嫌疑人，昭和時代日本政界和新聞界有較大影響力的頭面人物。歷任朝日新聞社代表取締役、副社長、主編，自由黨總裁、自由民主黨總裁代行委員、國務大臣、內閣情報局總裁、內閣官房長官、副總理。

〔註 40〕中野正剛（1886～1943），金子雪齋弟子，日本昭和時期著名的反軍派政治家，一生都是以反體制、反現政權的面目而活躍。1943 年因密謀推翻東條內閣失敗而自殺。

伸至 1947 年。這是一個十分短暫的時期，但對《泰東日報》中國報人來說，卻是一個欣喜、恐懼、彷徨等心情相混雜的時期：欣喜於重歸祖國母親懷抱，恐懼於因以往與日人合作的經歷而受懲罰，彷徨於國共之間而不知誰將是未來中國之最終掌權者……《泰東日報》被蘇軍停刊後，極少數具有共產黨身份背景的中國報人在中共大連地方黨委的指示下籌辦市委機關報《人民呼聲》，成爲新中國成立後大連地區黨的新聞事業的奠基者；其他人則整建制地進入大連市人民政府機關報《新生時報》，但由於政治理念存在齟齬，不少人在 1946 年上半年陸續離開報社，最終去向不明，宣告了《泰東日報》中國報人群體的歷史性終結。

二、所用史料

本次研究最大的難點莫過於如何發現《泰東日報》中那些「隱秘」的中國報人。對於已經知曉名姓的報人，又如何準確考證其生平。由於近現代東北報人群體（特別是日僞報刊中的中國報人群體）在戰後的歷史記憶中被有意或無意隱去，當年有哪些中國報人活躍於日僞報刊，除少數人外，目前尚難確知。《泰東日報》新聞類稿件一般並不署作者名，評論性稿件雖大多署名，但多用筆名或假名。時至今日，一些假名或筆名已難辨明眞實身份。此外，一些忍辱爲稻粱謀的中國報人，往往不願意在白紙黑字中留下自己的名姓。此一點，與現有的中國近現代報人研究殊爲不同：已有的報人研究中，即便沒有足夠的資料文獻，但至少不必從零開始「發掘」。因此，研究《泰東日報》中國報人，最基礎的工作便是從極爲有限的史料中發現他們，考證其眞實名姓和生平，並對相關史料進行考辨。

本次研究所使用的基礎史料爲 120 卷《泰東日報》縮微膠片，35mm，縮率 1：14。報人「發掘」工作，主要依賴於對這 120 卷縮微膠片的逐版閱讀。慶幸的是，前中期的《泰東日報》有對本社職員活動進行報導的傳統，如在「人事消息」欄有主要報人何日出行、何日歸來等短訊，在各類「啓事」中有社員喬遷、退社、留學、生病等信息，對本社員工的婚喪嫁娶也常有報導（往往會提及報人姓名、字號、籍貫、年齡等）。此外，副刊中也有大量報人之間或報人與社外友人之間的詩詞酬和之作，不僅可藉以考證中國報人的公共交往與私誼網絡，也能從中考證他們鄉關何處、入社幾年等信息。「九一八」事變後，《泰東日報》中國報人署名的報章文字相對較少，但仍有一些社史回顧性文章、社員表彰名單、文學作品等透露出中國報人的相關信息。這個時期，中國報人被定位爲「報導戰士」，且常擁有具有附敵性質的社會職務，如「道德會會長」、「興亞奉公聯盟指導委員」、「教化團體聯委會幹事」等。《泰東日報》在報導這些僞組織的活動時，擔任僞職的中國報人也常被提及。總之，以《泰東日報》縮微膠片爲基礎史料考察供職於它的中國報人方法較多，此處不一一介紹。重要的是，因是「自己人寫自己人」，至少在名姓、職務、任職時間等方面有較高可信度，這是其他各類史料難以相比的。

除《泰東日報》外，本次研究也對歷史同期出版的《盛京時報》、《滿洲報》、《關東報》、《東北商工月報》、《滿洲日日新聞》、《大連新聞》、《大阪朝日新聞》等報刊進行針對性查閱，從中發現了一些《泰東日報》中國報人的零散信息，並藉此對《泰東日報》相關報導進行核實。而爲考察《泰東日報》停刊後中國報人的活動情況，研究也對戰後大連地區出版的《新生時報》和《人民呼聲》進行了翻閱。

東北三省及下轄各市縣的地方志（主要是報業志、文化志、出版志、人物志等）及各類文史資料中也存有大量簡略而零散的《泰東日報》中國報人史料。總體而言，地方志中有關報人的史料多失之於簡略，且有不少錯訛。各地文史資料也是十分重要的史料來源，因其中有一些老報人本人或其親屬、後代、友人的回憶史料，也就格外值得珍視，如《吉林文史資料 第六輯》（1985）輯錄有《泰東日報》記者周東郊的遺稿《鐵窗內外——獄中生活見聞專輯》；《大連報史資料》（1989）中有《泰東日報》編輯人劉士忱的回憶文章《我與〈泰東日報〉》、整理部長張仁術的《〈泰東日報〉的史料回憶》……但此類資料數量也十分有限，1990 年後更加變得稀少。目前僅有的一些，除與那些後來被界定爲「革命者」或「進步人士」相關的以外，其餘的更像是「供述」材料，其呈現出的內容受政治因素制約較大。此類材料，難以直接構成歷史敘述本身，本次研究在處理相關文本時也始終保持「警惕」，避免將其作爲孤證使用。

發現《泰東日報》中國報人的另一條線索是僞滿洲國政府或日方留下的一些調查統計類資料，如南滿洲鐵道株式會社庶務調查課的《滿洲に於ける言論機關の現勢》（滿鐵調查資料第六十一編，1926 年）、滿洲日日新聞社編輯出版的《滿洲年鑒》和《滿洲國現勢》等。這些調查統計類資料附有不同年代《泰東日報》主要責任人的名姓，其中夾雜的一些報紙宣傳廣告中偶有較爲詳細的記述。雖然僅簡略提及報人的職務和姓名，但作爲當年的「官方」資料，其記述的準確性也較高。

此外，由於《泰東日報》中國報人有相當一部分有文學創作經歷，其中一些還是當年有一定知名度的作家，如畢乾一、趙恂九、孫世瀚等人。這些人在新聞出版類的史料中被記述的不多，但在有關東北近現代文學史的史料中則資料相對較多。如在《東北淪陷時期文學史料》（吉林人民出版社，2008年版）、《僞滿洲國文學》（吉林大學出版社，2001 年版）、《東北現代文學史》（瀋陽出版社，1989 年版）等著作中，這些人或多或少地被提及。雖主要涉及其文學創作活動或文學理論，但無疑也是研究其報人身份的一種關鍵材料。因此，本次研究中也注意對這方面資料進行使用和發掘。

歷史檔案本應是此次研究著力發掘的史料之一，但因特定的歷史原因，有關《泰東日報》中國報人的檔案留存不多，相關部門的開放度也較低，研究中曾屢屢碰壁。此外，因本次研究所關注的報人大都是「小人物」，有服務於日本人這樣的特殊經歷，加之新中國成立後的種種運動，文集、日記、年譜、傳記等人物研究慣常使用的資料未能尋訪到太多。

在搜集史料過程中，有幸得到仍健在的原《泰東日報》編輯部職員、報人後代、大連新聞記者協會早期負責人、《大連市志・文化志》主要編纂者等提供的史料，包括報人作品單行本、回憶錄（僅贈閱於親友之間）、詩詞手稿、報人相片等。對上述諸位先生的口述訪談，也是本次研究的重要史料來源。

第一章　關東州：日人在華辦報的區域樣本

中日甲午戰後，日本開始在中國經營報業，爲其殖民活動作輿論上的鼓譟，上海、武漢、天津、北京、臺北、大連、瀋陽、長春等城市都曾是日人在華辦報的重要基地。上述城市中，大連（關東州）〔註1〕是日俄戰爭結束後日本在華辦報活動的中心之一。據不完全統計，從 1905 年 10 月 25 日創辦第一份報紙到 1945 年 8 月日本戰敗止，關東州先後出版報紙 41 種，其中中文 3 種，英文 1 種，餘皆爲日文。〔註2〕關東州的日人報業呈現了日人在華辦報活動進入「定型期」〔註3〕後的完整脈絡，是研究日人在華辦報活動的重要區域樣本。

日本在關東州大張聲勢地辦報，究其原因，是其冀望以關東州爲基地在中國東北甚至全中國進行擴張，實現其稱霸亞洲的夢想。這些日人報紙大多將讀者群鎖定在整個中國東北甚至部分華北地區，三份日文大報和三份中文大報皆如此，而不局限於狹小的關東租借地，辦報質量在同時期的日本國內

〔註1〕由於歷史上關東州占今大連市之大部分，故本書爲表述方便，有時不嚴格區分歷史上的「關東州」與現今的大連市。

〔註2〕大連解放前報紙簡況〔M〕／／大連日報社，大連報史資料，大連，1989：166。（具體數字有待進一步考證。）

〔註3〕關於日人在華辦報活動的歷史分期，學界尚有不同意見，山本文雄、中下正治、周佳榮等學者均從不同視角加以劃分，本書認同周佳榮的「五分法」：發軔期（1882～1894）、開展期（1895～1904）、定型期（1905～1911）、延續期（1912～1931）、沒落期（1932～1945）。此分類方法基本契合日人報刊在關東州的發展脈絡（具體指後三個分期）。

也屬於較高水準。由於關東州居住著大量日本人，本地居民亦因長期接受殖民教育多識日語，從而造成日文報業高度發展、中文報業相對式微的局面。此外，作爲日本殖民中國東北的工具，關東州的日人報紙與關東軍、關東都督府（關東廳）以及日本外務省的關係均十分密切，其榮其衰與各方力量角逐以及日本侵華總體方針變化有著極爲密切的關聯。

第一節　日文報紙出現及相互競爭

從日人在中國經營報業的時間維度看，關東州並不是日人在華辦報最早的地區。總體而言，日人在華報業經歷了發軔期和開展期後，才開始在關東州經營報業。也恰是因爲日人報紙在關東州及整個東北地區的規模性湧現標誌著日人在中國的辦報活動正式步入定型期。

關東州首份日人報紙爲末永純一郎〔註4〕1905 年 10 月 25 日創辦的日文《遼東新報》。該報的創辦時間僅距日俄《樸茨茅斯條約》簽訂不到兩個月，亦即從沙俄手中接過關東州租借權後，日本便立即著手在該地區部署輿論宣傳機構，《遼東新報》便是此種背景下的產物。創刊號中，該報宣稱「戰爭已結束，和平的舞臺已拉開帷幕，以同胞之鮮血換來的遼東半島大地，再也不能回到故主的手裏。」〔註5〕

《遼東新報》在報頭兩端豎向印有「大陸發展的唯一機關報」兩行小字，表明其充當著日本在關東州的最高殖民統治機關——關東總督府的官報角色。作爲日本在關東州創辦的第一份報紙，也是第一份在中國東北地區產生廣泛影響力的日文報紙，〔註6〕《遼東新報》對「擁護南北滿洲的帝國權力，對遂行國策的滿鐵事業，對策應帝國的對華政策，做過不少貢獻」，〔註7〕成爲東北輿論界先驅。《遼東新報》雖是殖民當局的官方喉舌並在前期接受政府

〔註4〕末永純一郎（1867～1913），日本福岡人，精通日本國典，擅長和歌，23 歲入《藝備日本新聞》社任記者，曾任編輯長。中日甲午戰爭中從軍，與康有爲、梁啓超等人多有交往，支持孫中山、黃興等人的活動，1905 年來到大連。

〔註5〕郭鐵樁等，日本殖民統治大連四十年史〔M〕，北京：社會科學文獻出版社，2008：654。

〔註6〕在《遼東新報》創辦之前，日本侵略者曾在遼寧營口先後創辦兩份日文報紙——《營口新聞》與《滿洲日報》，出版時間很短，影響不大。

〔註7〕中村明星，動く滿洲言論界の全貌〔M〕／／大連日報社，大連報史資料，大連，1989：197。

津貼，但總體上堅持民間立場，由此也得到普通市民的認可與歡迎。〔註 8〕到 1926 年末，該報發行量達到 4.5 萬份。〔註 9〕

《遼東新報》並非官方意志的直接產物，加之末永純一郎在辦報立場上有較大發言權，殖民當局不能隨意左右其言論。〔註 10〕在此情形下，日本殖民當局認識到，有必要再創辦一份報紙作爲官方喉舌，眞正吹響在整個中國東北進行殖民統治的輿論號角。1907 年，在關東州另辦一份官方報紙的契機終於出現。這一年，日本爲統治中國東北而成立的殖民會社——南滿洲鐵道株式會社（下簡稱「滿鐵」）從東京遷至大連。滿鐵首任總裁、原臺灣民政長官後藤新平根據其在臺灣管理殖民地的經驗，力主創辦一個強有力的言論機關，以協助推行日本「經營滿蒙」的方略，宣傳滿鐵業績，對關東州進行思想文化統治，爲日本侵略東北大造輿論。起初，滿鐵擬以 3 萬日元的價格收購《遼東新報》，但遭拒絕。無奈之下，滿鐵決定自辦一份官方報紙作爲「滿蒙開拓的輿論指針」。〔註 11〕11 月 3 日，由後藤新平首倡、東京印刷株式會社社長星野錫積極支持創辦的《滿洲日日新聞》（日文）正式創刊。該報同時作爲滿鐵機關報，由星野錫〔註 12〕爲主持人，聘請《臺灣日日新聞》社長森山守次〔註 13〕任社長，在長春、奉天、哈爾濱、東京、大阪等地設有分社，在日本的門司，中國的臺北、北平、天津、上海等地也設置了通訊、營業網點，其資金、設備及業務力量在東北甚至日本本土也屬於一流水平。〔註 14〕在滿鐵的大力支持下，該報發行量增長很快，1925 年達到 4.18 萬份。〔註 15〕

與《遼東新報》不時體現中立和民間立場不同，《滿洲日日新聞》自成立

〔註 8〕滿史會，滿洲開發四十年史〔M〕，東北淪陷十四年史遼寧編寫組，譯，瀋陽，1988：469。

〔註 9〕曾虛白，中國新聞史〔M〕，臺北：三民書局，1966：176。

〔註 10〕高橋勇八，大連的報社、通訊社、雜誌社〔M〕／／大連日報社，大連報史資料，大連，1989：206。

〔註 11〕李相哲，満州における日本人経営新聞の歷史〔M〕，東京：凱風社，2000：87。

〔註 12〕星野錫（1854～1938），在日本創辦《美術畫報》、《美術新報》，曾任東京印刷株式會社社長。

〔註 13〕森山守次，生卒年不詳，曾任《臺灣日日新聞》社長，《滿洲日日新聞》首任社長。

〔註 14〕大連日報社，大連報史資料〔M〕，大連，1989：168。

〔註 15〕李相哲，満州における日本人経営新聞の歷史〔M〕，東京：凱風社，2000：93。

之日起便完全以滿鐵甚至日本官方的立場示人，積極充當日本在東北實施殖民統治的「急先鋒」。其創刊詞即表明這一立場：

逢天長節〔註 16〕佳辰之際，謹此《滿洲日日新聞》創刊，吾等自知才疏學淺，然力圖將筆墨觸及滿洲之各領域。雖恐招責，實感平息各方議論、發表己見之難，但我等竭力進取，期待充當我滿洲經營之急先鋒是也。唯因我等皆具忠誠愛國，憂慮眾生之資質也。〔註 17〕

從此後的辦報活動看，《滿洲日日新聞》憑藉良好的經營、雄厚的人力與財力爲日本在中國東北的殖民侵略發揮了重要作用。有學者認爲，該報是「繼《漢城日報》之後日本在海外又一個報業的成功範例，觀察後來對『九一八』事變、盧溝橋事變、太平洋戰爭等一系列重大事件的報導，該報始終與日本的國家方針保持一致」。〔註 18〕日人中村明星 1936 年編寫的《動く滿洲の言論界全貌》也給予《滿洲日日新聞》以高度「贊許」：「滿洲日日新聞作爲國家事業會社滿鐵的旁系機關，爲完成它的重大使命做出了貢獻，經過滿洲事變〔註 19〕，則更顯示出它作爲國際新聞的英俊雄姿，令全滿各地新聞刮目相看。」〔註 20〕

《滿洲日日新聞》依靠滿鐵勢力迅速崛起，給早兩年創刊的《遼東新報》造成不可避免的競爭壓力。「滿洲日日新聞是滿鐵的御用報紙，遼東新報則是反滿鐵的報紙，經常表現對立觀點」〔註 21〕，《遼東新報》的編輯策略之一「就是給南滿鐵路公司找茬兒」〔註 22〕。

《遼東新報》與《滿洲日日新聞》兩強相爭的局面維持了 13 年，之後隨

〔註 16〕日本節假日之一，爲慶祝今上天皇（在位中的天皇）生日的日子。

〔註 17〕森山守次，發刊之詞〔N〕，滿洲日日新聞，1907-11-03（1）。（原文爲日文，譯文引自谷勝軍《日俄戰爭與〈滿洲日日新聞〉的創刊》，載《日本問題研究》2013 年第 3 期）

〔註 18〕北京大學日本研究中心，日本學：第 17 輯〔M〕，北京：世界知識出版社，2012：339。

〔註 19〕日本習慣將「九一八事變」稱爲「滿洲事變」。

〔註 20〕中村明星，動く滿洲の言論界全貌〔M〕／／大連日報社，大連報史資料，大連，1989：198。

〔註 21〕佐田弘志郎，滿洲に於ける言論機關の現勢〔M〕／／大連日報社，大連報史資料，大連，1989：187。

〔註 22〕趙敏恒，外人在華新聞事業〔M〕，王海等，譯，廣州：暨南大學出版社，2011：22。

著《大連新聞》（日文）的強勢出現，原有的兩強平衡局面被打破。「當時滿洲新聞界有兩大主力即《遼東新報》和《滿洲日日新聞》，可《大連新聞》就是在這樣困難的情況下成立起來的。」〔註 23〕《大連新聞》創辦於 1920 年 5 月 5 日〔註 24〕，股份公司形式，社長立川雲平〔註 25〕。與《遼東新報》相類似，該報自稱無黨派色彩。初期僅發行晚刊 6 版，次年 2 月 11 起出版日報、晚報各 4 版，後增爲日報 8 版，晚報 4 版。〔註 26〕爲與《遼東新報》和《滿洲日日新聞》競爭，該報不惜從日本聘請名家松井柏軒〔註 27〕爲主筆，同時對外宣稱其辦報宗旨爲「不偏不倚，力主公平」。〔註 28〕

《大連新聞》主要爲大連的日本市民服務，但也有意在中國東北各地與《遼東新報》和《滿洲日日新聞》展開競爭。〔註 29〕首任社長立川雲平退任後，改由和田敬三〔註 30〕爲社長，不久又由曾在日本《國民新聞》任經濟部主任的寶性確成〔註 31〕任社長。爲在《遼東新報》與《滿洲日日新聞》的夾縫中求生存，寶性確成憑藉靈活的經營頭腦和政治投機意識，很快將《大連新聞》推到了日本殖民輿論的前沿。此後，該報積極執行日本殖民當局的侵略政策，配合當局的殖民統治，成爲日本右翼政治團體的重要基地，其最初的「不偏不倚」的外衣已然褪去。

據 1925 年 12 月調查，《大連新聞》日發行 1.5 萬份，約相當於《遼東新報》和《滿洲日日新聞》日發行數的三分之一。〔註 32〕至此，《遼東新報》、《滿

〔註 23〕高橋勇八，大連的報社、通訊社、雜誌社〔M〕／／大連日報社，大連報史資料，大連，1989：208。

〔註 24〕鶴壽にちむ千號發刊まで 過去三箇年間の回顧〔N〕，大連新聞，1923-04-19（記念號第二）。

〔註 25〕立川雲平（1857～1936），政治家，政友會成員，曾當選日本眾議院議員。

〔註 26〕大連市史志辦公室，大連市志·報業志〔M〕，大連：大連出版社，1998：25。

〔註 27〕松井柏軒（1866-1937），新潟人，曾在《每日新聞》、《中央新聞》、《大和新聞》等任記者、主筆。著有《日本內閣論》、《日本帝國史》。

〔註 28〕高橋勇八，大連的報社、通訊社、雜誌社〔M〕／／大連日報社，大連報史資料，大連，1989：209。

〔註 29〕高橋勇八，大連的報社、通訊社、雜誌社〔M〕／／大連日報社，大連報史資料，大連，1989：208。

〔註 30〕和田敬三，生卒年不詳，曾任《大連新聞》社長。

〔註 31〕寶性確成，生卒年不詳，曾任日本《國民新聞》經濟部主任、《大連新聞》社長。

〔註 32〕同年《遼東新報》與《滿洲日日新聞》的發行份數分別爲 4.5 萬份和 4.2 萬份。據大連日報社，大連報史資料〔M〕，1989：191～193。

洲日日新聞》、《大連新聞》三大日文報紙鼎立的局面基本形成。彼時，城市總人口不足 20 萬的大連〔註 33〕，僅三大日文報紙的日發行總量便接近 10 萬份，報紙的人均佔有率令人咂舌。

三份日文大報執牛耳於關東州甚至整個東北新聞界近 7 年之久，此間的關東州報業呈現出一派短暫的繁榮。一方面，新報紙不斷湧現，如《關東報》（中文，1920～1937）、《極東週刊》（日文，1922～1935）、《滿洲報》（中文，1922～1937）、《遼東時報》（遼東タイムス，日文，1921～1932）、《滿洲時報》（滿洲タイムス，日文，1921～1931）、《大連時報》（大連タイムス，日文，1925～1933）、《滿洲廣播新聞》（滿洲ラジオ新聞，日文，1925～1926）等。另一方面，殖民當局的言論控制尚屬寬鬆，法西斯化特徵不甚明顯，「只要不發表反滿抗日的新聞，可以有聞必錄，從哪個角度都可以寫」。〔註 34〕因此，各報除根據殖民當局的政策進行政治、軍事、經濟宣傳外，還積極發表社會新聞和知識性、趣味性新聞，注重發行與廣告，努力提高經濟效益。

三大日文報紙鼎立的格局於 1927 年 11 月發生改變。時值日本軍部得勢，秉持民間報紙立場的《遼東新報》〔註 35〕在各方面遭受壓力，多年來疲於與《遼東新報》競爭的《滿洲日日新聞》終於在滿鐵的強有力支持下以高價將其並購。〔註 36〕並購後的報紙改稱《滿洲日報》，成爲關東廳和滿鐵的「雙料」機關報，其實力進一步增強，新建了辦公大樓並安裝了當時十分先進的高速輪轉印刷機，即便對日本新聞界來說，也屬於一流的地區報。此後，三足鼎立的局面再次恢復到 1920 年之前的兩強相爭，只不過競爭的雙方變成了實力強大的《滿洲日報》和堅持所謂民間立場但財力相對薄弱的《大連新聞》。後者因主要競爭對手的消失而躍居到更爲顯著的地位，接替《遼東新報》成爲滿鐵新的「揭醜者」。〔註 37〕

〔註 33〕程維榮，旅大租借地史〔M〕，上海：上海社會科學院出版社，2012：60。

〔註 34〕大連日報社，大連報史資料〔M〕，大連，1989：165。

〔註 35〕《遼東新報》雖屬關東廳機關報，接受一定津貼，但民間色彩較官方色彩更爲濃厚，因曾拒絕與《滿洲日日新聞》合併從而被取消政府津貼，因此該報一直被當作民間立場的報紙。

〔註 36〕購買價格在 20～30 萬美元之間，參見趙敏恒，外人在華新聞事業〔M〕，王海，譯，廣州：暨南大學出版社，2011：22。

〔註 37〕趙敏恒，外人在華新聞事業〔M〕，王海等，譯，廣州：暨南大學出版社，2011：23。

第二節　英文報紙創辦與經濟類報紙興起

《遼東新報》與《滿洲日日新聞》相繼創刊後，1908年與1912年又各有一份在未來產生廣泛社會影響力的報紙在關東州問世：中文報紙《泰東日報》（下文詳述）與英文報紙《滿洲每日新聞》。

《滿洲每日新聞》（*The Manchuria Daily News*）是關東州出現過的唯一一份英文日報，同時也是日人在中國東北地區創辦的唯一一份英文報紙。該報脫胎於《滿洲日日新聞》的英文欄，1912年8月5日起獨立發行。〔註38〕首任社長兼主筆爲曾留學英國的日本退役中尉濱村善吉〔註39〕，辦報宗旨是「搜集滿洲的歷史的、風俗的、經濟方面的諸方面資料，宣傳說明滿洲的動向，使全世界對滿洲的認識、關心向深化發展」。〔註40〕基於這樣的辦報旨趣，該報在涉及殖民當局利益的問題上觀點明確，即全力配合當局。加上得到滿鐵理事冢信太郎的支持，報紙發展勢頭迅猛。同時，濱村等人認爲，作爲經營手段，報紙必須迎合民眾心理，才能擴大銷路，因此，又打出「追求新聞眞實」的旗號，不時對日本官憲某些弊端進行有限度的抨擊。該報1936年後遷至僞滿洲國首都「新京」，1941年太平洋戰爭後停刊。

另須提及的是，大連自1906年起被日本確立爲自由港，是當時中國北方最爲繁盛的商業中心之一，商業信息需求旺盛。1913年以前，《遼東新報》、《滿洲日日新聞》、《泰東日報》、《滿洲每日新聞》雖對商業性新聞報導給予重視，但關東州境內尚未出現專門的經濟類報紙。這一局面在1913年被打破，是年，一份名爲《滿洲重要物產商況日報》（日文）的純經濟類報紙誕生，該報由日本人井長次郎〔註41〕於7月28日創刊，發行至1935年12月。〔註42〕繼《滿洲重要物產商況日報》之後，又一份商業性報刊——《大連經濟日報》（日文）由松本彬〔註43〕於1917年12月4日創刊，以攫取東北經濟情報爲主要宗旨。該報每天出對開4至8版，節假日增至20版左右，內容涉及工廠企業、金融

〔註38〕李相哲，満州における日本人経営新聞の歴史〔M〕，東京：凱風社，2000：100。

〔註39〕濱村善吉（1869～？），日本上野人，英文《滿洲每日新聞》社長。曾留學美國，歸國後應徵入伍，任少尉軍職，退伍後一度從事英語教學。

〔註40〕大連市史志辦公室，大連市志・報業志〔M〕，大連：大連出版社，1998：27。

〔註41〕生平不詳。

〔註42〕曾虛白，中國新聞史〔M〕，臺北：三民書局，1966：177。

〔註43〕生平不詳。

貿易、商業服務等方面。該報於 1923 年改報名爲《滿洲商業新報》，繼續專注於商業與金融業相關報導，於 1927 年 11 月停刊。〔註 44〕

經濟類報刊的大量存在可認爲是關東州報業的顯著特徵之一。在日本經營關東州的四十年間，除前文提到的兩種經濟類報刊外，此後還先後創辦有《大連株式商品日報》（日文，1920～？）、《滿洲興信公所日報》（日文，1922～1930）、《泰東興信公所日報》（日文，1922～1926）、《大連商業興信所日報》（日文，1925～1937）、《大連商工日報》（日文，1931～1933）、《國際興信所所報》（日文，1932～1933）、《滿洲興信經濟日報》（日文，1941～？）、《大陸商工新聞》（日文，1941～？）、《大陸經濟新聞》（日文，1943～？）等十餘種經濟類報刊，數量不可謂不多。這種情況和當時關東州是中國東北甚至整個東北亞地區商業中心的背景分不開，而幾乎所有經濟類報刊均爲日文出版，一方面說明日本在滿洲的經濟霸權，一方面也說明了民族經濟的凋敝。

第三節　日人對關東州中文報業的壟斷

1905 年，清朝宣布對東北實行預備立憲，准予興辦學堂和報刊，一時遼、吉、黑三省官民，尤其是同盟會員及其他愛國人士紛紛辦報。進入民國後，特別是俄國十月革命和我國五四運動之後，東北國人辦報活動走向高潮。〔註 45〕但處在東北最南端的大連卻因爲在 1905 年已成日本租借地，在它的報刊史上從未留下過國人報紙的痕跡。日據的四十年間，大連雖然一直是日本人居住比例最高的中國城市，〔註 46〕但畢竟中國人口仍占最大比例。然而，一如前文所述，大連歷史上先後出現過的 40 餘種報刊中，中文的僅 3

〔註 44〕張挺在《大連百年報紙》一書中未提及《滿洲商業新報》與《大連經濟日報》的淵源，認爲該報於 1921 年 4 月 15 日單獨創刊，但在曾虛白《中國新聞史》、胡道靜《新聞史上的新時代》、李振遠《殖民統治時期大連的文化藝術》、郭鐵樁《日本殖民統治大連四十年史》等中，均認爲《大連經濟日報》與《滿洲商業新報》一脈相承。本書從後者。

〔註 45〕黑龍江日報社新聞志編輯室，東北新聞史〔M〕，哈爾濱：黑龍江人民出版社，2001：2。

〔註 46〕1915、1925、1935、1943 年大連市區日本人口分別占總人口的 44%、38%、37%、24%。據程維榮，旅大租借地史〔M〕，上海：上海社會科學院出版社，2012：60。

種，且均爲日人把持，讓人很難想像這是一個以中國人爲主要人口構成的城市所呈現出的報業生態。

大連中文報刊的鼻祖是脫胎於《遼東新報》、1908年11月3日創刊的《泰東日報》（因下文詳述，此處從略）。該報煢煢孑立堅守關東州中文報業長達12年，直至1920年《關東報》和1922年《滿洲報》創辦，關東州中文報業的發展才深入一步。《關東報》創刊於1920年9月1日，社長爲前日本海軍政務次官永田善三郎〔註47〕。該報創辦的主要目的是「通俗的報導社會現象，並有利於提高中國人文化，以促進日華親善」。〔註48〕報紙初爲對開6版，後增至12版，發行於關東州、東北及華北等地，在日本東京、大阪設有支局和通信所。1923年前後，大連出現股票市場，該報以所謂「銀本位派」刊登股票價格標準行情，一時身價甚高，後因銀本位價格低落及辦報資金困難而出現銷量下滑。總體來說，該報發行量不高，1925年6月的調查顯示，發行量僅4500份，遠低於《泰東日報》和《滿洲報》。〔註49〕

《滿洲報》晚於《關東報》兩年誕生，由推行侵華政策的急先鋒、原《滿洲日日新聞》副社長西片朝三〔註50〕創辦於1922年7月24日。此人曾提出，《滿洲報》作爲中國文字的報紙，「須要迎合中國人的心理，不得罵中國人」。〔註51〕該報也時常轉載中國內地國人報刊的報導，藉此博得國人好感。報紙初爲日刊8版，後增發晚刊，共12版，在東北及華北設有160餘家分社和支局，此等規模甚至超過《泰東日報》。這在該報發行量上也有所體現，1925年12月的統計顯示，《泰東日報》日發行量爲1.1萬份，而

〔註47〕永田善三郎（1885～1950），日本海軍政務次官，眾議院議員，曾任大連《關東報》社長、日本靜岡民友新聞社社長。

〔註48〕高橋勇八，大連的報社、通訊社、雜誌社〔M〕／／大連日報社，大連報史資料，大連，1989：210。

〔註49〕李相哲，満州における日本人経営新聞の歴史〔M〕，東京：凱風社，2000：93。

〔註50〕西片朝三（1877～1936），日本新瀉人，1899年日本濟生學舍醫專畢業，任大阪府檢疫官，後赴美留學。1910年任東京萬世橋醫院院長，1920年到大連任《滿州日日新聞》副社長，主辦中文版。1922年將該報中文版改刊爲《滿洲報》，任社長。1935年春收買《東亞日報》，改名《民聲晚報》。以其善於經營著稱於報界。

〔註51〕大連市史志辦公室，大連市志 報業志〔M〕，大連：大連出版社，1998：26。

《滿洲報》爲 1.9 萬份。〔註 52〕作爲一份由侵華急先鋒創辦的報紙，該報對反映來自民間的華人聲音並無太大助益。頗爲可恥的是，它甚至借助報紙製造低級輿論以撈取錢財。如該報通過所謂「東北假選」活動，選出當時東北軍閥的頭面人物爲「主席」或「副主席」，刑事、狗腿子爲「縣長」、「局長」，「備選者滿足了虛榮心，報紙獲得資財，但中國普通讀者卻被愚弄」。〔註 53〕

從新聞業務層面而言，由於《泰東日報》、《滿洲報》、《關東報》三份中文報紙之間的市場競爭激烈，加之多份具有較高出版水準的日人報紙同城生存，至 20 世紀 30 年代，大連中文報業已處於較高的發展水平。僅就《泰東日報》而言，作爲大連中文報紙的鼻祖，當時已創刊 20 餘年的該報擁有高速輪轉印刷機〔註 54〕，主要分社多達 120 餘家〔註 55〕，發行遍及整個東北、部分華北地區和日本東京、大阪等城市。此一時期，報紙已成爲大連市民生活必需品：

> 蓋報紙一物，今已成爲家庭必需品。家庭無報，有如暗空無燈。且在家庭之人，亦可利用報紙，得知一般社會情形，並可藉重報紙，得述個人對於社會之希望，以及種種不平，藉促社會之發達。〔註 56〕

市民對接受媒體採訪也持較開放的態度，而不似開埠之初當記者「向之探問，雖極普通之事，亦不肯據實直告，敬鬼神而遠之」。〔註 57〕

〔註 52〕佐田弘志郎，滿洲に於ける言論機關の現勢〔M〕／／大連日報社，大連報史資料，大連，1989：192。

〔註 53〕大連市史志辦公室，大連市志·報業志〔M〕，大連：大連出版社，1998：26。

〔註 54〕本報啓事〔N〕，泰東日報，1936-01-30（1）。

〔註 55〕本報創刊廿五週年紀念〔N〕，泰東日報，1934-09-01（1）。

〔註 56〕本報欲向婦女界進出 特聘品學兼優之女記者訪問各家庭以互相聯絡〔N〕，泰東日報，1931-07-28（7）。

〔註 57〕周恨人，社會與新聞之進步〔N〕，泰東日報，1934-09-01（16）。

大連中文報紙譜系圖〔註 58〕

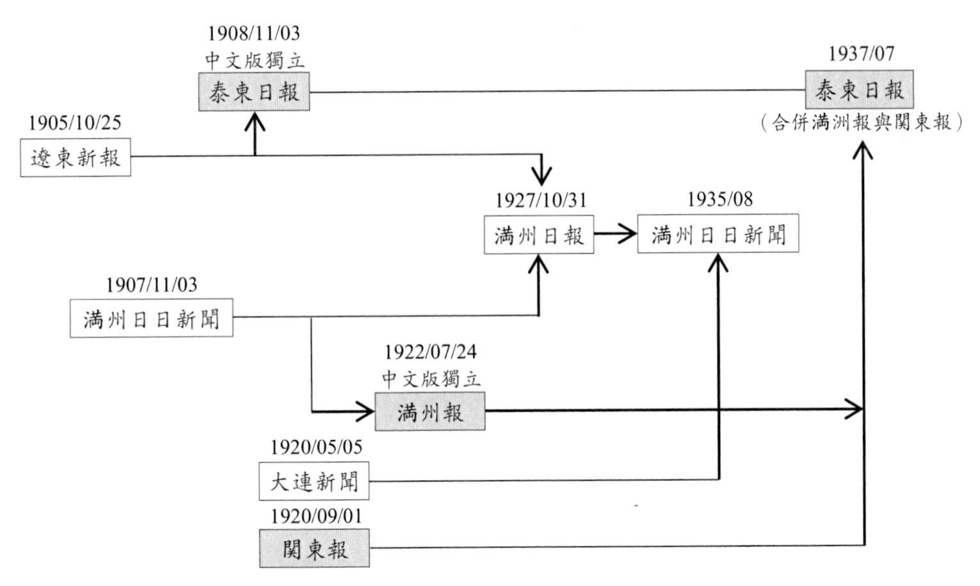

滿洲報

《滿洲報》

泰東日報

《泰東日報》

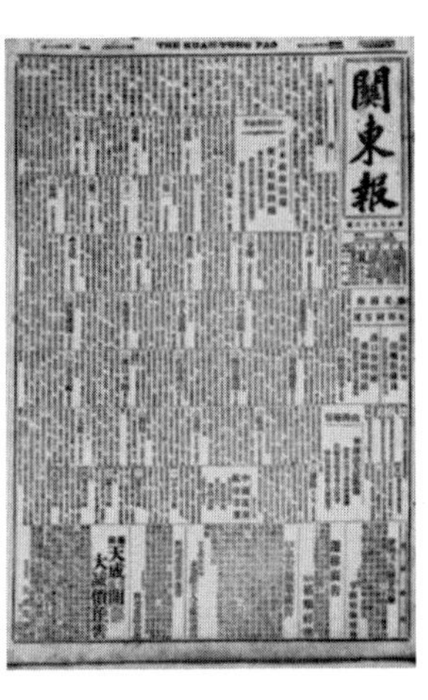
關東報

《關東報》

〔註 58〕此圖轉引自張楓，大連における泰東日報の経営動向と新聞論調：中國人社會との関係を中心に〔M〕／／加瀬和俊，戦間期日本の新聞産業：経営事情と社論を中心に，東京：東京大學社會科學研究所，2011：164。（略有修改）

爲爭奪華人讀者和有限的本埠新聞資源，三家中文報紙之間存在比較激烈的競爭，甚至出現公開抨擊對方的行爲。如《泰東日報》曾抨擊《滿洲報》純以營利爲目的而不注重社會責任：

> 本報創刊以來，歷經多年，忝爲社會之公器，惟盡瘁以增進社會福利爲主旨，致力於各種社會事業，不惜鉅資，力助其成，絕非如某報純以營利爲目的，而唯利是圖，對社會事業向不染指者所可同日而語，其熱衷金迷之欲，殆已不可言喻。〔註 59〕

第四節　日本戰敗與日人報業退場

至「九一八」事變發生前後，關東州新辦報刊數量明顯減少。可資考證的史料顯示，1928～1931 年，新創辦的報刊僅《大連海市日報》（日文，1928～1934）和《大連時報》（日文，1930～？）兩家。事實上，殖民當局對關東州租借地內的報紙從一開始就採取了軍事管控，由遼東守備司令部、關東都督府高等警察課直接控制，全面統治。這一點即便日本人也不曾否認，如淺野虎三郎〔註 60〕就曾有過這樣的記述：「不經過統治機關批准，不准辦報。要刊登的文章，當局如認爲不妥，便不准發表。不聽命令的，就下令停刊。」〔註 61〕但總體上，「九一八」事變前，關東州日人報業法西斯化特徵尚不明顯，一些報刊確也擁有廣泛的社會影響力。這種局面自「九一八」事變後發生重大轉變，辦報環境愈漸惡化。

隨著 1932 年 3 月日本扶持的傀儡政權僞滿洲國的成立，日本官方指示：「滿洲事變後，以滿洲問題爲中心的報導、評論、新聞、雜誌、言論機關，負有重大責任。」〔註 62〕在這樣的背景下，關東州殖民當局加緊了對報刊的控制、改組和收買。1933 年 9 月，關東局在大連設立出版物檢查所，定員 10 人，專事取締檢閱。此後，《大連時報》、《大陸》、《極東週報》等多份報紙被

〔註 59〕某報擾亂公益事業 竟甘冒無恥之尤〔N〕，泰東日報，1937-05-23（11）。

〔註 60〕淺野虎三郎，生卒年不詳，1936 年出版的《大連市史》編者。

〔註 61〕淺野虎三郎，滿洲言論界の今昔〔M〕／／由井濱權平，滿洲タイムス廢刊紀念謝恩誌，大連：滿洲タイムス社，1941：171。

〔註 62〕中村明星，動く滿洲の言論界全貌〔M〕／／大連日報社，大連報史資料，大連，1989：225。

指控有這樣那樣的問題，相繼被勒令停刊。〔註63〕1935年9月，《滿洲日報》將《大連新聞》收買合併，恢復《滿洲日日新聞》的舊稱。至此，日人在關東州所創辦的日文報刊變得一家獨大，且完全爲日本的侵略行徑張目。

雖然政治環境愈發惡劣，但就發行量而言，當時大連報業仍位居中國各主要城市前列。據1935年出版的《中國報紙指南》（*Newspaper Direction of China*）一書所做的統計，作爲一個僅有30多萬人口的城市，大連本埠報紙日發行總量高達120050份，排在江蘇（含上海）、河北（含北平、天津）、香港、廣東、山東之後，居第6位，超過除大連外全部東北地區日報紙發行量的總和（118100份）。若按每萬人擁有報紙數量計算，大連則僅次於香港，居第二位。

1935年中國報紙銷量地理分布

排序	地區	售出報紙	人口	每萬人	排序	地區	售出報紙	人口	每萬人
1	江蘇	1139080	33.786	337	8	湖北	116400	27.167	41
2	河北	520400	34.186	152	9	浙江	103242	22.043	46
3	香港	276700	0.513	5393	10	四川	97700	49.782	19
4	廣東	260800	37.167	70	11	雲南	82200	9.839	84
5	山東	122500	30.831	39	12	湖南	52300	28.443	18
6	大連	120050	0.300	4000	13	福建	50395	13.157	45
7	滿洲	118100	20.000	95	下略				

（本表轉引自林語堂《中國新聞輿論史》，林語堂則轉引自1935年出版的*Newspaper Direction of China*。）〔註64〕

1935年10月，日本爲把整個東北地區新聞機構的報導與言論統一成「一個調子」，開始實行高度集中壟斷的「官制統治」，在僞滿首都新京成立「滿洲弘報協會」，並在大連設支社。〔註65〕在關東州出版的《滿洲日日新聞》和《滿洲每日新聞》被吸納爲該協會首批成員，但中文報紙《泰東日報》、《滿洲報》、《關東報》沒有加入該協會，成爲所謂的「統制外」報社。「對置於統制外的新聞、通訊單位，雖說也可以自由經營發行，但畢竟要受國策統制，

〔註63〕郭鐵樁等，日本殖民統治大連四十年史 下冊〔M〕，北京：社會科學文獻出版社，2008：672～673。

〔註64〕林語堂，中國新聞輿論史〔M〕，上海：上海人民出版社，2008：153～154。

〔註65〕姜念東等，僞滿洲國史〔M〕，長春：吉林人民出版社，1980：429。

要接受日、滿當局的發行許可權和取締權。」〔註 66〕次年，東北日人報刊更進一步受到官制統治的桎梏，僞弘報協會不僅高度壟斷了東北地區的新聞發布及報刊發行，甚至直接派人介入報社的經營管理，關東州各報均未幸免。1936 年的《滿洲時報》（滿洲タイムス）新年號對當時大連新聞界的沒落情形感歎道：「去年大連新聞界開始沒落，言論界也愈發蕭條了。」〔註 67〕

關東州報業徹底走向沒落的另一個時間節點是 1937 年中日戰爭全面爆發。爲了配合侵略戰爭的需要，日人在關東州的報業活動失去了獨立性，已不能自主發展，完全淪爲日本對外擴張政策的工具，僞弘報協會更是對此前的幾家非加盟社進行了兼併和整理。是年 7 月，《滿洲報》與《關東報》被強令併入《泰東日報》，後者也終被吸納進弘報協會。至此，關東州報紙僅剩日文《滿洲日日新聞》〔註 68〕和中文《泰東日報》。如此單一的報業局面與多年前日文三大報、中文三大報交相爭鳴的局面相比，已不可同日而語。另一方面，由於報紙總數減少，各報的發行數和廣告收入顯著增加，如《泰東日報》發行量一度飆升至 12 萬份，廣告收入增加 50%。〔註 69〕

1939 年 8 月，日本方面發布《關東州國家總動員令》（敕令第 609 號）。〔註 70〕此後，關東州的每個居民都被拴到戰爭機器之上。翻閱當年《大連日日新聞》〔註 71〕和《泰東日報》的版面，滿目是「共存共榮」、「大東亞共榮圈」的宣傳，「皇軍凱旋」、「日滿一體化」等新聞、評論充斥每日版面。這些報紙向關東州內軍民大肆鼓吹「皇民化運動」，企圖把關東州人民變爲日本天皇的順民，與日本國民「結成一體」。以今人的目光審視這一時期的報紙，將其界定爲自欺和欺人的工具也不爲過。後世學者甚少將目光投向這些日人報紙，部分原因也正在於其拋棄了新聞眞實性，所刊登的新聞已不能稱爲嚴格

〔註 66〕中村明星，動く滿洲言論界の全貌〔M〕／／大連日報社，大連報史資料，大連，1989：228。

〔註 67〕由井濱權平，滿洲タイムス廢刊紀念謝恩誌〔M〕，大連：滿洲タイムス社，1941：89。

〔註 68〕黑龍江日報社新聞志編輯室，東北新聞史〔M〕，哈爾濱：黑龍江人民出版社，2001：263。

〔註 69〕黑龍江日報社新聞志編輯室，東北新聞史〔M〕，哈爾濱：黑龍江人民出版社，2001：269。

〔註 70〕大連市近代史研究所，旅順日俄監獄舊址博物館，大連近代史研究：第 3 卷〔M〕，瀋陽：遼寧人民出版社，2006：307。

〔註 71〕1940 年，《滿洲日日新聞》遷奉天出版，大連版更名爲《大連日日新聞》，但版面內容與奉天相同。

意義上的「新聞」了。

1945 年 8 月 15 日日本投降，次日的《大連日日新聞》出版了「臨時夕刊」，以通欄顯著位置刊登了天皇詔書，其餘兩篇長文分別爲《萬世の爲太平を開く　皇恩無邊恐懼の極》、《忍苦の前途踏越え　誓つて國威を恢弘》，戚戚然可見一斑。〔註 72〕同日的《泰東日報》頭版整版是日本宣布無條件投降的報導，除了用中文刊登裕仁天皇的詔書〔註 73〕，還配發多篇報導，如《再建和平　聖斷降下》、《國民刻苦勤奮　以開拓國家將來命運》、《冷靜處變各安所業》等。然而，報紙對日本發動侵略戰爭給亞洲人民帶來的巨大災難卻未涉及。〔註 74〕

蘇聯軍隊進入大連後，《大連日日新聞》與《泰東日報》先後於 1945 年 9、10 月停刊。至此，日人在關東州經營了四十年的報業走到終點。

〔註 72〕見 1945 年 8 月 16 日《大連日日新聞》臨時夕刊頭版。

〔註 73〕文中注明是「大致翻譯」，可見其慌忙與倉促。

〔註 74〕見 1945 年 8 月 16 日《泰東日報》頭版。

第二章　《泰東日報》及其報人群體概述

近代以來，日人在華創辦、經營且有一定社會影響力的中文報紙依時間順序主要有漢口《漢報》（1896～1900）、福州《閩報》（1897～1945）、上海《同文滬報》（1900～1908）、北京《順天時報》（1901～1930）、瀋陽《盛京時報》（1906～1944）、廈門《全閩新日報》（1907～1945）以及大連《泰東日報》（1908～1945）等。這些報紙中，《泰東日報》具有發行時間長（37 年）、發行範圍廣（中國東北全境、華北地區以及日本、韓國主要城市）、發行數量大（最高達 12 萬份）、影響力較大（唐繼堯稱之爲「東方木鐸」）、停刊時間最晚（1945 年 10 月上旬停刊）等特點。更爲重要的是，《泰東日報》在中國進入民國時期後仍然長期堅持爲華人立言〔註 1〕，「放任」社內中國報人通過報紙塑造強烈的中國觀念和中國認同，被日本學界稱爲「基於金子獨特思想的一份特別的報紙」。〔註 2〕「九一八」事變後，該報逐漸被裹挾進所謂的「大東亞戰爭」，淪爲日本人麻痹中國人思想的工具。即便如此，《泰東日報》對近現代中國東北地區，特別是日本關東州租借地的政治、經濟、文化、社會等各個方面的記錄，爲後世瞭解和重新審視近現代東北史以及東北淪陷區媒介與文化有著極爲重要的文獻價值。

〔註 1〕 無論是最早的《漢報》，還是其後出現的《閩報》與《興亞時報》，甲午戰後至民國成立前（特別是 1900 年義和團運動前），在華日人報紙大多打著「保全支那」的旗號，支持維新派思想，對中國近代思想觀念的更新起到了一定的促進作用。

〔註 2〕 中下正治，新聞にみる日中關係史：中國の日本人經營紙〔M〕，東京：研文出版，1996：資料篇 15。

第一節　《泰東日報》概述

1908 年，大連公議會〔註 3〕的中國紳商有感於大連消息閉塞，雖有《遼東新報》和《滿洲日日新聞》兩份報紙，但均以日文出版，大多數國人無法閱讀。爲順應時勢潮流並滿足國人獲知信息的現實需要，他們萌生籌設中文報紙的想法。〔註 4〕

創辦《泰東日報》的最初倡議來自大連公議會領袖劉肇億、郭精義等人。爲便於通過殖民當局審查及日後與殖民當局交涉，他們選定在大連中、日人社會均有較高聲譽的金子雪齋爲其合作者：

> 蓋劉郭兩公之於雪齋翁，重其博洽漢文，兼富新聞經驗……諳悉地方情形，彼此信賴十分，相間同舟共濟。在發刊之前曾開役員會議，劉郭兩公，本爲公會領袖，各有商務□身，決定協力後援，未便擔任名義，一致推舉雪齋翁主持筆政。〔註 5〕

參與籌辦《泰東日報》前，金子雪齋在日文報紙《遼東新報》擔任中文版主編，故而亦有《泰東日報》脫胎於《遼東新報》中文版一說，如《雪齋先生遺芳錄》即稱金子雪齋「受清國有力者等所推舉將遼東新報漢文版獨立」而創刊《泰東日報》。〔註 6〕金子雪齋素有經綸大陸、經營「滿蒙」的理想，經華商縉紳推舉主持《泰東日報》後，便積極與關東州殖民當局交涉並網羅報人。事實上，中國紳商既無與殖民當局平等交涉的機會與實力，亦無創設報刊的任何經驗。因此，金子雪齋可認爲是《泰東日報》的實際創辦者，劉

〔註 3〕1905 年 10 月，大連民族工商業者將沙俄統治時期的窪口公議會進行改組，更名爲「大連公議會」，推選劉肇億爲總理，郭精義爲協理。大連公議會是商民聯合自治的組織，擔負著辦理商户註冊，調解商户糾紛，用收取的會費和募集的捐款興辦社會公益事業等責任。1908 年，日本在大連先後建立大連市役所和各區民政、警務機構，由殖民當局直接管理民政和治安工作。此後，大連公議會不再擔負地方民政和治安的部分任務，而成爲純一的代表工商業組織的團體。1914 年實行改組，改稱「大連華商公議會」，以區別於日商之商會組織。華商公議會大力舉辦慈善事業，始終維護華商利益，曾屢與殖民當局發生衝突。但 1927 年後，該會領導權遂落入了親日派商人之手。（參見《遼寧文史資料選輯 第 26 輯》第 50～61 頁）。

〔註 4〕樸亭，本報誕生追記〔N〕，泰東日報，1934-09-01（1）。

〔註 5〕樸亭，本報誕生追記〔N〕，泰東日報，1934-09-01（1）。另參見：前社長金子雪齋先生逝世八週年祭之盛況〔N〕，泰東日報，1932-08-29（3）。

〔註 6〕太田誠，雪齋先生遺芳錄〔M〕，大連：振東學社，1938：159。

肇億、郭精義等大連華商領袖僅是幕後出資人，對報紙的實際運營干預不多。此後，《泰東日報》股東中亦一直有大連華商身影，但均不是報社的主要操控者。

至於為何定名為《泰東日報》，未見現存《泰東日報》中有相關說明性文字。在《雪齋先生遺芳錄》、《大陸浪人：明治ロマンチシズムの栄光と挫摺》等書中，曾與金子雪齋相熟的日本人士認為該報之所以取名「泰東」，係因金子雪齋有志於「在遼東或阿爾泰山以東——即在東亞的天地中用筆進行論戰」。〔註 7〕另據《泰東日報》創刊十週年時旅順華商公議會所寫的祝詞，該報名之「泰東」，是欲與「泰西」並峙之意。〔註 8〕

《泰東日報》創刊號目前無存，但從此後出版的《泰東日報》報頭處所注明的「明治四十一年十一月三日創刊」來看，《泰東日報》創刊於 1908 年 11 月 3 日應無疑。另根據曾參與《泰東日報》創辦的曲模亭回憶，報紙創刊之日正值日本明治節，亦即 11 月 3 日這一天，地址則在大連南山攝津町〔註 9〕的一座小樓：

> 呱呱誕降之辰，恰逢明治天皇天長盛節，是日兩□官紳，皆赴民政署御尊影前，恭祝行禮後，皆順路至本社各投名刺，祝賀發刊。〔註 10〕

〔註 7〕太田誠，雪齋先生遺芳錄〔M〕，大連：振東學社，1938：168。另參見：渡辺龍策，大陸浪人：明治ロマンチシズムの栄光と挫折〔M〕，東京：番町書房，1967：216。

〔註 8〕旅順華商公議會，祝詞匯載之一〔N〕，泰東日報，1918-08-01（6）。

〔註 9〕今大連市中山區松雲街。

〔註 10〕模亭，本報誕生追記〔N〕，泰東日報，1934-09-01（1）。

THE TAI TONG JIH PAO

泰東日報

目前留存的最早一期存有報紙頭版的《泰東日報》（1912 年 2 月 10 日）

泰東日報

惡徒頭目已明正典刑

如仍藏鎗刀必定嚴重懲辦

美英贈與我國軍艦

徹底破摧日人抵抗力

聯合軍占領日本兩目標

永生內科醫院

目前留存的最後一期的《泰東日報》（1945 年 9 月 25 日）

《泰東日報》的終刊時間，未見確切記載，亦未見終刊號。現存所見最後一期《泰東日報》爲 1945 年 9 月 25 日印發。據經歷《泰東日報》終刊的中國報人洛鵬回憶，「《泰東日報》被勒令停刊約在 1945 年 10 月上旬」。〔註 11〕

《泰東日報》原始資本來自大連公議會諸華商，具體數額不詳。但開業未足二年之際，創刊時所募集的資金悉數虧賠告罄。〔註 12〕爲維持運營，大連公議會「幹部諸公，迭次集合討論……共同商決，所得結論，寧願費財費事，久之終得開明，企圖省事省錢，聽其長此愚昧，於是繼續增資」，此後營業逐漸好轉，收支亦略足相抵。〔註 13〕即便獲得增資，之後一個時期內，《泰東日報》仍然經營困難。〔註 14〕日本外務省相關檔案資料也佐證了此一時期該報經營未見好轉。〔註 15〕1916 年 7 月 12 日、7 月 18 日及 7 月 25 日的三份檔案，記錄了陷於經營困境中的金子雪齋派社員鍋誠太郎〔註 16〕赴東京「以『廣告費』向內地（指日本本土——筆者注）大銀行、會社等求援」一事。經向關東都督府核實情況後，日本外務省政務局將金子雪齋的「使者」鍋誠太郎介紹給三井、三菱、久原、大倉組等八家日本銀行及企業。〔註 17〕

1925 年阿部眞言接任社長後，曾進行《泰東日報》社史上的第三次增資，「雖值商業不景氣之時，更當新舊年關，乃一經倡導，咄嗟立集」，〔註 18〕但具體數額亦不詳。1935 年，第三代社長風見章上任後，實現了阿部眞言生前希望報社改組爲株式會社的心願〔註 19〕，《泰東日報》由此「改爲資本金二十

〔註 11〕洛鵬，難忘的十八個半月——《新生時報》從創刊到終刊的戰鬥歷程〔J〕，大連黨史通訊，1989（6）：20。

〔註 12〕模亭，本報誕生追記〔N〕，泰東日報，1934-09-01（1）。

〔註 13〕模亭，本報誕生追記〔N〕，泰東日報，1934-09-01（1）。

〔註 14〕中下正治，新聞にみる日中關係史：中國の日本人經營紙〔M〕，東京：研文出版，1996：資料篇 15。

〔註 15〕日本學者中下正治在《新聞にみる日中關係史：中國の日本人經營紙》（研文出版，1996 年）一書中提及《泰東日報》曾接受關東州鴉片專賣局每月 1000 日元資助，但未指明所用史料。但與此説法相有所衝突的是，1918 年鴉片貿易在大連猖獗氾濫時，傅立魚發表題爲《煙禍未已》的社論，述説鴉片之害及關東廳之不當，對鴉片專賣提出質疑。（見 1918 年 10 月 22 日社論《煙禍未已》）

〔註 16〕生平及其他情況不詳。

〔註 17〕「JACAR（アジア歷史資料センター）Ref.B03040617300、新聞雜志操縱関係雑纂／泰東日報（1-3-1-1_38_001）（外務省外交史料館）」

〔註 18〕模亭，本報誕生追記〔N〕，泰東日報，1934-09-01（1）。

〔註 19〕本報後任社長決由風見章氏就任〔N〕，泰東日報，1935-02-15（7）。

萬元（金額交納）之株式會社」。〔註20〕1937年6月，風見章因入閣就任近衛內閣之書記官長而辭任社長一職。同年7月，《泰東日報》將同城出版的《滿洲報》、《關東報》合併。兩個月後，原僞滿洲國弘報協會理事長高柳保太郎就任社長，《泰東日報》也在此時加入滿洲弘報協會，並增加資本金三十萬元（金額交納）。〔註21〕成爲僞滿洲國弘報協會加盟社後，《泰東日報》是否增資及資本變動情況目前未見資料記載。

辦報宗旨方面，雖創刊號已佚失，但從《泰東日報》的創辦背景及曾參與該報創辦過程的曲模亭回憶來看，該報創刊目的及最初旨趣爲所謂的「開通風氣、啓發民智」〔註22〕、「爲社會謀幸福、爲國際謀和平」〔註23〕等。基於金子雪齋經綸大陸的政治抱負，該報也宣稱以推動「亞細亞民族協和爲使命」。〔註24〕

在《泰東日報》發展史的前中期，特別是金子雪齋主持時期，該報標榜民間姿態，宣稱「我泰東日報，乃天地之所有」，〔註25〕以所謂的正義、人道、平等、自由爲立論和報導新聞的宗旨，〔註26〕並宣稱「凡合乎天道者皆褒之，不問其爲華人爲日人；凡背乎天道者皆貶之，亦不問其爲華人或日人」。〔註27〕

> （泰東日報）無朝無夕，不以合理之報導與主張。對內，絕無黨派上之恩仇，見忠順於民國者皆加擁護。否則，無論何人，與眾共棄，不予毫黍姑容。對外則取親仁善鄰之義，見有禮於民國者，皆認爲好友，否則無論爲日本、爲英、爲美、爲法、爲意，爲任何國家，皆本於正義，口誅筆伐之。〔註28〕

除部分涉及日本及日本人方面的報導態度略顯曖昧外，上述自評大致合於史實。該報還曾聲稱：「凡讀本報三日至一星期者，當未有不能十分與本報

〔註20〕泰東日報之歷史與現狀〔N〕，泰東日報，1940-01-01（17）。

〔註21〕本報增資十萬 高柳氏就任社長〔N〕，泰東日報，1937-09-21B（2）。

〔註22〕模亭，本報誕生追記〔N〕，泰東日報，1934-09-01（1）。

〔註23〕本報緊要啓事〔N〕，泰東日報，1926-02-03（4）。

〔註24〕本報創刊廿五週年紀念〔N〕，泰東日報，1934-09-01（1）。

〔註25〕本報與時局〔N〕，泰東日報，1925-07-07（1）。

〔註26〕西河，本報十週年之回顧〔N〕，泰東日報，1918-08-03（1）。

〔註27〕傅立魚，嗚呼金子雪齋先生 逝世忽一週年矣（一）〔N〕，泰東日報，1926-08-26（2）。

〔註28〕本報與時局〔N〕，泰東日報，1925-07-07（1）。

超然獨立之精神相牴觸者。」1934年創刊25週年時〔註29〕，仍宣稱「始終抱定非盈利之主旨，絕對無黨無偏，□爲社會代宣喉舌」。〔註30〕

除致力維護關東州內華人基本權益外，金子雪齋離世前的《泰東日報》對殖民當局也曾有過對抗與批評，基本上能夠堅守自己所宣揚的辦報旨趣。此一點，在近代日人所辦報刊中屬於特例，也得到時人認可。但也可以看到，除對大連市役所批評較嚴厲外，前中期的《泰東日報》對日本政府、關東軍、關東都督府（關東廳）、滿鐵等，則甚少進行所謂的「輿論監督」。

「九一八」事變後，特別是1932年僞滿洲國建立後，《泰東日報》辦報旨趣出現明顯變化，不再強調純粹的民間立場。除偶而提及所謂的平等、正義等宗旨外，更加強調「努力於全滿官民之融合與協力，同時以與日本及中國民眾，以摯愛精神，爲誠意合作，藉期公保東亞和平」，〔註31〕並將自己定位爲「東亞新秩序建設之使徒」。〔註32〕1937年7月，僞滿洲國弘報協會限令《滿洲報》和《關東報》於7月31日前停刊，合併至《泰東日報》，《泰東日報》也於此間成爲弘報協會加盟社。8月初報紙頭版連續刊出的《緊急啓事》稱，報紙將向更生之途邁進，以實現「全國官民之所望」〔註33〕，可見此時報紙已成爲日本殖民統治和美化戰爭的工具。1941年12月太平洋戰爭爆發後，《泰東日報》創刊時所標榜的旨趣已不再提及。裹挾進戰爭瘋狂的《泰東日報》將辦報宗旨確定爲：

> 上以翼贊皇猷，順應國策，下以啓迪民智，代表輿情。一方盡上德下宣下情上達並報導之使命，一方致力於產業之開發，工商之振興……爲建設大東亞，而對於大東亞諸民族，提攜警覺，而早日完成大東亞之建設。〔註34〕

版式與內容編排方面，《泰東日報》創刊時爲4版，第二年增出6版。〔註35〕1911年11月3日創刊紀念日時，將版面由原來的一張半6版擴至兩大

〔註29〕嚴格來說，1934年並非《泰東日報》創辦25週年，但該年《泰東日報》舉行了相關紀念活動。

〔註30〕模亭，本報誕生追記〔N〕，泰東日報，1934-09-01（1）。

〔註31〕本報創刊廿五週年紀念 創刊號感言〔N〕，泰東日報，1934-09-01（1）。

〔註32〕本報內容刷新啓事〔N〕，泰東日報，1941-07-02乙（1）。

〔註33〕緊急啓事：本報實行擴大強化〔N〕，泰東日報，1937-08-06B（1）。

〔註34〕慶祝明治節 本報卅四週年紀念〔N〕，泰東日報，1942-11-03（1）。

〔註35〕高橋勇八，大連市〔M〕／／大連日報社，大連報史資料，大連，1989：210。

張 8 版。〔註 36〕此後數年間，一直保持兩大張 8 個版的篇幅。1933 年 5 月 1 日起，始在原來 8 版的基礎上增刊 2 頁，擴至兩張半 10 版。此後又曾短時期將報紙回歸至 8 個版。1935 年 2 月 20 日，改爲「株式會社」後不久的《泰東日報》實行擴版，日出三大張 12 版。至 1938 年，因戰爭局勢變化，新聞用紙原料極度匱乏，每週一改出一大張 4 版，但週二至週日仍出 12 個版。〔註 37〕1941 年 7 月 1 日開始，實行近 6 年半的 12 版制重回到創刊初期的 8 版制（週一及節假日次日出一大張 4 版）。〔註 38〕太平洋戰爭爆發後，總版面數又從 8 版減至 6 版。1943 年 11 月 1 日起，每週一只出半張 2 版。〔註 39〕到 1943 年底，每日僅出 4 個版（週一 2 版）。1944 年 3 月以後，只出 2 個版的情況已很普遍。進入 1945 年，基本上只出 2 個版。在保存至今的報紙中，亦有每日僅留存一版的情況出現。〔註 40〕

在《泰東日報》發行的 37 年間，還曾多次出版號外，如 1923 年 9 月 5 日出版的有關日本東京大地震的號外〔註 41〕、1936 年 12 月 15 日出版的有關西安事變的號外〔註 42〕、1937 年 12 月 11 日出版的有關日軍佔領南京的號外〔註 43〕等。1939 年 7 月 17 日起，「爲應付重大時局，俾一般民眾增得時局認識起見」〔註 44〕，《泰東日報》還一度發行小型報《新亞報》（週刊）。

發行方面，在創刊之初，由於聲譽未立，社會風氣也不夠開通，《泰東日報》的發行量與發行範圍均十分有限，「不但招募分社，應者寥若晨星，即在本市派送之報，月間收費，當滋紛議」。〔註 45〕由於 1908～1911 年初的報紙佚失，《泰東日報》發行的初始區域較難確知。但從留存至今最早一些報紙上的分社廣告可看出，至 1911 年時，東北大部分地區都有該報的訂戶。在 1940 年出版的《倭寇對東北的新聞侵略》一書中，出生於黑龍江一個邊僻縣份的老報人趙新言談及早在 1917 年自己還是一名私塾的小學生時就見過《泰東日報》：

> 即以泰東日報而言，在一九一七年，筆者還是一個私塾的小學

〔註 36〕請看泰東日報之維新〔N〕，泰東日報，1911-10-12（1）。

〔註 37〕本報啓事〔N〕，泰東日報，1938-01-23A（1）。

〔註 38〕四社共同啓事〔N〕，泰東日報，1941-06-28 甲（1）。

〔註 39〕社告〔N〕，泰東日報，1943-10-27（1）。

〔註 40〕可能其他版面佚失，也可能此時期每日僅出 1 個版，尚難確證。

〔註 41〕本報啓事〔N〕，泰東日報，1923-09-05（2）。

〔註 42〕本報發行號外〔N〕，泰東日報，1936-12-15（2）。

〔註 43〕泰東日報，1937-12-11（號外）。

〔註 44〕新亞報發行社告〔N〕，泰東日報，1939-07-16（1）。

〔註 45〕模亭，本報誕生追記〔N〕，泰東日報，1934-09-01（1）。

生，在黑龍江一個邊僻的縣城中的私塾讀書，第一次讀到報紙，就是它呢。因爲那個塾師，是一個相當開通的人，喜歡看地圖，也喜歡看報紙。他訂了一份泰東日報，隔三五日選社論一篇，爲我們□□作□文的模範。……從這一件小的事件中，我們可以看出，敵報彼時，在推銷上的勢力，已經由大連發展到黑龍江，並且發展到黑龍江的一個邊僻縣份。〔註46〕

由此可見，在創刊不足十年之時，《泰東日報》已廣泛發行於中國東北地區。另據日本外務省1916年的一份檔案，至該年，《泰東日報》「在當地（指關東州——筆者注）迄今爲止已取得相當之業績，這次更欲向南支那方面拓寬銷路」。〔註47〕可知其發行範圍可能已達中國南方地區。1918年的報紙上，報頭下方所列出的69個「本報分館」中，除廣布於東北各地的分館外，還有北京、天津、濟南、青島、芝罘，以及韓國仁川，日本東京、大阪等處分館。據日本外務省的相關調查，《泰東日報》在1919年發行量爲0.28萬份〔註48〕、1921年的發行量爲0.88萬份〔註49〕、1923年的發行量爲1.15萬份〔註50〕、1925年的發行量爲1.20萬份〔註51〕、1926年的發行量爲1.15萬份〔註52〕、1932年的發行量爲2萬份〔註53〕。

1934年，《泰東日報》迎來創刊25週年，此時報社「直轄各地重要分社，一百二十餘處，而代派處更遠達窮鄉僻壤，未易屈指縷數」。〔註54〕在大連本

〔註46〕趙新言，倭寇對東北的新聞侵略〔M〕，重慶：東北問題研究社，1940：11。

〔註47〕「JACAR（アジア歴史資料センター）Ref.B03040617300、新聞雑志操縦関係雑纂／秦東日報（1-3-1-1_38_001）（外務省外交史料館）」。

〔註48〕「JACAR（アジア歴史資料センター）Ref.B03040888800、新聞雑志ニ関スル調査雑件／支那ノ部 第五巻（1-3-2-46_1_4_005）（外務省外交史料館）」。

〔註49〕趙新言，倭寇對東北的新聞侵略〔M〕，重慶：東北問題研究社，1940：12。

〔註50〕「JACAR（アジア歴史資料センター）Ref.B03040888800、新聞雑志ニ関スル調査雑件／支那ノ部 第五巻（1-3-2-46_1_4_005）（外務省外交史料館）」。

〔註51〕「JACAR（アジア歴史資料センター）Ref.B02130809700、支那（附香港）ニ於ケル新聞及通信ニ関スル調査／大正15年7月印刷 大正14年末現在（情-27）（外務省外交史料館）」。

〔註52〕「JACAR（アジア歴史資料センター）Ref.B02130809700、支那（附香港）ニ於ケル新聞及通信ニ関スル調査／大正15年7月印刷 大正14年末現在（情-27）（外務省外交史料館）」。

〔註53〕「JACAR（アジア歴史資料センター）Ref.B02130835000、外国に於ける新聞 昭和 7 年版（上巻）／（満州及支那の部、附大連、香港）（情-35）（外務省外交史料館）」。

〔註54〕模亭，本報誕生追記〔N〕，泰東日報，1934-09-01（1）。

埠，也擁有大量極爲忠實的華人讀者群體。在每日發行的 3 萬份報紙中，其中 1 萬份銷售在大連市內，其餘則運往各外地分社。〔註 55〕報上曾記載一位居住於山中的名爲「山雲」的年邁讀者，「每朝於其太太猶臥於被窩中時，君即起床，立於山麓，待送報童子之至也，雖風雪而不輟，二十年來如一日」。〔註 56〕1937 年，《泰東日報》將本埠的競爭對手《滿洲報》和《關東報》兼併，獨佔了大連中文報業市場。此時，日發行量最高曾達到驚人的 12 萬份。〔註 57〕太平洋戰爭初期，《泰東日報》日發行量的具體數字尚未見確切記載，但該報自稱此時報紙「深蒙閱者愛護，一紙風行，幾遍海內，其發達與日並進，迄無止境」，〔註 58〕大致可推斷此時發行量與發行範圍均甚爲可觀。二戰臨近結束時，日本帝國主義物資枯竭，《泰東日報》實行減張縮版，但發行量仍達到每日 2 萬餘份。〔註 59〕

第二節　《泰東日報》報人群體概述

作爲一家由日人經營的中文報紙，《泰東日報》報人群體由日、中兩國報人共同結構而成。本書雖主要關注其中的中國報人群體，但因日、中兩國報人在報社內部爲一有機整體，處於各種複雜關係之中，故本節對《泰東日報》內的日、中兩國報人一併作以概述。

一、日本報人群體

《泰東日報》自始至終是一份由日人經營和掌控的報紙。本質上，社內的中國報人僅是日人社主的雇傭文人。在不同歷史時期和不同政治環境下，以及在不同經營者的主持下，中國報人的言論和新聞採編權限時大時小，但總體上，他們始終受制於日人社主。從權力而言，《泰東日報》歷代日人社長是報紙的絕對控制者，也是報紙的主要經營者。雖一直有大連華商爲該報注資，並以理事、甚至副社長等身份參與經營，但對《泰東日報》並無實際控

〔註 55〕張仁術，《泰東日報》的史料回憶〔M〕／／大連日報社，大連報史資料〔M〕，大連，1989：296-297。

〔註 56〕滴岩，《廿五年來本報文藝版之變遷》引言〔N〕，泰東日報，1934-09-01（4）。

〔註 57〕大連日報社，大連報史資料〔M〕，大連，1989：170。

〔註 58〕慶祝明治節本報卅四週年紀念〔N〕，泰東日報，1942-11-03（1）。

〔註 59〕大連日報社，大連報史資料〔M〕，大連，1989：170。

制權。37 年間，《泰東日報》共經歷六代社長，先後爲金子雪齋、阿部眞言、風見章、高柳保太郎、宮脅襄二及井口陸造，所任職的年月如下表所示：

《泰東日報》歷代社長

代別	姓名	任職時間
第一代	金子雪齋	1908.11～1925.08
第二代	阿部眞言	1925.08～1935.02〔註 60〕
第三代	風見章	1935.02～1937.09
第四代	高柳保太郎	1937.09～1940.12〔註 61〕
第五代	宮脅襄二	1940.12～1944.？〔註 62〕
第六代	井口陸造	1944.？～1945.08

在所有六代社長中，金子雪齋與阿部眞言爲民間人士，〔註 63〕自風見章後，則均在出任《泰東日報》社長前有從政或從軍背景，如風見章曾任日本國策研究會委員，並參與策劃全面侵華戰爭；高柳保太郎曾任日本參謀本部作戰課長、僞滿洲國弘報協會理事長；宮脅襄二曾任僞滿洲國總務廳情報處長；井口陸造則爲退役軍人。

金子雪齋去世後，按其遺囑，由阿部眞言繼任第二代社長。此間曾出現金子雪齋族人爭奪社產的糾紛，並因社長繼承權問題引發訴訟。《泰東日報》發布公告指出，金子雪齋臨終前確曾召集友人公開指定阿部眞言爲第二代社長，〔註 64〕以示對阿部眞言的支持。但在阿部眞言上任之初，《泰東日報》社員未敢斷定其前途如何，「比及成年累月，砧其律己律人，既能以公明正大宅心，復能以寬厚和平處事，而配置幹部重要人物，亦皆各用所長，咸使無忝厥職，由是公眾信賴之心，比以前更增鞏固，無徵不信」。〔註 65〕但直至 1931 年 1 月，阿部眞言才在這起長達 6 年的社權爭奪中勝訴。〔註 66〕

〔註 60〕本報後任社長決由風見章氏就任〔N〕，泰東日報，1935-02-15（7）。

〔註 61〕本報社長更迭 後任決定宮脅氏〔N〕，泰東日報，1940-12-27 乙（1）。

〔註 62〕宮脅襄二與井口陸造更替時的《泰東日報》佚失，尚難確定二人更替時的具體日期。

〔註 63〕金子雪齋曾在甲午戰爭與日俄戰爭時期任隨軍翻譯，但卻終生以民間人士自居，以布衣身份活躍於中日社會。

〔註 64〕本報緊要啓事〔N〕，泰東日報，1926-02-03（4）。

〔註 65〕模亭，本報誕生追記〔N〕，泰東日報，1934-09-01（1）。

〔註 66〕本報訟案第二審 阿部社長勝訴〔N〕，泰東日報，1931-01-14（7）。

1935年，阿部眞言因病在日本福岡原籍去世，但臨終前並未指定繼任者。對於《泰東日報》社長繼承問題，阿部眞言在東京的友人緒方竹虎、中野正剛、風見章等人與其親友協商後，決定聘請日本國民同盟總務風見章爲《泰東日報》第三代社長，大連方面也予以認可。〔註67〕但風見章任社長後，主要在日本從事政治活動，甚少赴大連主持社務，而是由主幹柳町精代爲負責。〔註68〕

1937年，風見章出任第一屆近衛文麿內閣書記官長，社長改由時任僞滿洲國弘報協會理事長高柳保太郎擔任，〔註69〕之後則分別爲宮脅襄二和井口陸造，但具體選任程序不得而知。因此時《泰東日報》已加入弘報協會，像此前由社內人員、原社長或原社長友人等自行確定社長人選已不大可能。

金子雪齋、阿部眞言等歷代社長姓名約在1913年後一般署於報頭下方，所標明的身份爲「發行人」（見下表）。但「發行人」有時並不由社長擔任，如風見章任社長後，曾在最初的幾個月內擔任「發行人」，此後則一直由柳町營一（即柳町精）擔任。在高柳保太郎任社長時，「發行人」也是柳町營一。井口陸造擔任社長時，「發行人」與社長再次合而爲一。

《泰東日報》歷代發行人〔註70〕

時間	發行人
1915.01～1925.08	金子平吉
1925.08～1935.04	阿部眞言
1935.04～1935.07	風見章
1935.07～1938.07	柳町營一
1938.07～1945.08	井口陸造

1938年7月以前，《泰東日報》「發行人」一般由「主幹」擔任，而主幹又負責具體的社務管理。據曾擔任《泰東日報》整理部長的張仁術回憶，1938年，主幹柳町營一另有他就，由支配人井口陸造接替，把主幹管社改爲支配

〔註67〕本報後任社長決由風見章氏就任〔N〕，泰東日報，1935-02-15（7）。

〔註68〕三報歡迎記者團 新聞各界出席者甚眾〔N〕，泰東日報，1935-04-24（11）。

〔註69〕事實上，在擔任《泰東日報》社長後，高柳保太郎仍兼任弘報協會理事長逾半年。參見：弘報協會理事長高柳氏勇退〔N〕，泰東日報，1938-04-01A（1）。

〔註70〕現存1913年2月28前的《泰東日報》並未標明發行人、編輯人與印刷人。

人管社。〔註71〕自此，《泰東日報》由「主幹」管理社務改爲「支配人」管理社務。以1940年初的報社領導層爲例，此時社長爲高柳保太郎，主幹是大西秀治，支配人和發行人則是井口陸造。由此可大致推斷，自風見章時代開始，無論發行人是否還擔任其他職務，在社內，都是各項事務的具體管理者。

新聞業務方面，日本報人在不同歷史時期參與或操控的程度有所不同。創刊初期，金子雪齋親自主持筆政，「從早上八時到深夜，徹夜執筆校閱」。〔註72〕在早期採編人員中，尙有曾在《順天時報》任主筆的日人平山武靖。〔註73〕1928年時的《泰東日報》仍提及過此人，當時在社中地位僅次於社長阿部眞言。〔註74〕但總體而言，在「九一八」事變前，日人對《泰東日報》言論及新聞採編並未進行過多干預，中國報人在其中的影響明顯大於日本報人。但此後力量對比出現反轉，雖在人數上不及中國報人，但日人對編輯部（局）已實施全面控制。約自1931年春起，編輯局長一職開始由日本報人擔任，直至終刊。而在此前，這一職務全部由中國報人擔任。據不完全統計，〔註75〕曾先後擔任編輯局長一職的日本報人有飯河道雄〔註76〕、橋川浚〔註77〕、西岡泰吉〔註78〕、大西秀治〔註79〕、佐藤四郎〔註80〕及島屋進治〔註81〕。除編輯局長外，編輯局中的編輯總務一職一般也由日人擔

〔註71〕張仁術，《泰東日報》的史料回憶〔M〕／／大連日報，大連報史資料，大連，1989：296。

〔註72〕平山武靖，奇抜な採用試驗〔M〕／／太田誠，雪齋先生遺芳錄，大連：振東學社，1938：350。

〔註73〕國史館「中華民國」史事紀要組，「中華民國」史事紀要（初稿）：中華民國十九年一至三月份〔M〕，臺北：「國史館」，1990：383。

〔註74〕本報祝賀式 元旦午前十時〔N〕，泰東日報，1928-01-05（2）。

〔註75〕因史料匱乏，統計可能不全，任職時間亦不詳。

〔註76〕外務省情報部，外國に於けるの新聞：昭和六年版〔M〕／／許金生，近代日本在華報刊通信社調查史料集成（第8冊）〔M〕，北京：線裝書局，2014：147。（注：目前，飯河道雄是否在《泰東日報》任職仍未發現其他有力證據。）

〔註77〕1934年4月26日第9版《教育視察團來連 本報設宴招待》、1938年6月16日第7版《前本報編輯局長橋川氏入新民報》中提及。

〔註78〕1937年11月9日第2版《治廢答謝使節隨行記》一文及《大連報史資料》第175頁提及。

〔註79〕1938年7月11日第7版《大西本報社主幹抵任》一文中提及。

〔註80〕1940年3月2日第1版《適當物價》一文的作爲署名「佐藤四郎」，文後特別注明「筆者爲編輯局長」。

〔註81〕1941年10月23日第7版《本報主辦講習生座談會》一文中提及。

任，如西岡泰吉〔註82〕、高槌秀之介〔註83〕等均擔任過該職務。

「九一八」事變後，採編群體中除編輯局長、編輯局編輯總務等「要職」由日人擔任外，一線採編也開始有越來越多的日本報人參與並經常刊登署名稿件，〔註84〕如取材班長柴田萬三採寫的《橫斷津浦線》〔註85〕、《關東州牛畜現況與其將來計劃》〔註86〕、《滿鮮旅行記》〔註87〕，政經部長武田文三採寫的《大連之水飢饉對吾人有何教訓》〔註88〕，記者渡邊昌信採寫的《冀東政府概觀》〔註89〕，記者升田武雄採寫的《東滿北鮮日滿最捷線視察記》〔註90〕、《王道樂土滿布和平》〔註91〕、《純實眞情與報國精神使樂土滿洲更有增輝》〔註92〕等。有時編輯局長也親自撰寫社論，如佐藤四郎的《排斥功利主義的教育》〔註93〕、《滿人對教育設施之要望》〔註94〕、《重點主義統制經濟與國民之覺悟》〔註95〕等。

「九一八」事變前，《泰東日報》日本報人與中國報人能夠在相對尊重、平等基礎上進行各類公私交往，金子雪齋與傅立魚即可視爲日中報人坦誠合作的典範。但隨著中日關係變化，特別是日本報人全面控制編輯局，對等的公私交往已難在日中報人間確立和維持，日本報人更多的是對中國報人加以提防、限制和利用，中國報人漸趨邊緣化與傀儡化。編輯局長島屋進治聲色俱厲地「要求」中國報人劉士忱擔任徒具虛名的「編輯人」一職，便是一例。

但也應注意到，在新聞業務和社務管理方面，日本報人的辦報理念相對先進。個別日人記者進入《泰東日報》前曾在日本本土新聞界活動，爲中國

〔註82〕1937年11月9日第2版《治廢答謝使節隨行記》一文中提及。

〔註83〕1939年3月10日第7版《日俄戰爭追憶座談會》一文中提及。

〔註84〕在「九一八」事變前，僅見一名爲「山下」的日本記者與中國記者呂儀文於1928年6月同赴奉天採訪張作霖發喪時在稿件中署名。

〔註85〕柴田萬三，橫斷津浦線〔N〕，泰東日報，1940-05-22（7）。

〔註86〕柴田萬三，關東州牛畜現況與其將來計劃〔N〕，泰東日報，1940-11-30（3）。

〔註87〕柴田萬三，滿鮮旅行記〔N〕，泰東日報，1941-04-29（3）。

〔註88〕武田文三，大連之水飢饉對吾人有何教訓〔N〕，泰東日報，1939-01-28A（7）。

〔註89〕渡邊昌信，冀東政府概觀〔N〕，泰東日報，1936-07-07（1）。

〔註90〕升田武雄，東滿北鮮日滿最捷線視察記〔N〕，泰東日報，1940-11-15甲（7）。

〔註91〕升田武雄，王道樂土滿布和平〔N〕，泰東日報，1943-02-09乙（5）。

〔註92〕升田武雄，純實眞情與報國精神使樂土滿洲更有增輝〔N〕，泰東日報，1943-02-10乙（5）。

〔註93〕左騰，排斥功利主義的教育〔N〕，泰東日報，1940-03-03甲（1）。

〔註94〕左騰，滿人對教育設施之要望〔N〕，泰東日報，1940-03-07甲（1）。

〔註95〕左騰，重點主義統制經濟與國民之覺悟〔N〕，泰東日報，1940-05-10乙（1）。

報人職業化提供了某種示範。這也是爲何各時期《泰東日報》中國報人的新聞業務水準和職業素養不遜於一些中國知名大報的原因之一。

二、中國報人群體

較之於其他在華日人報紙，《泰東日報》的一個顯著特徵是在其發展史的前中期，中國報人群體在言論與新聞採編領域擁有相當大的自主權。

因是中文報紙，加之金子雪齋的特異性格及終生秉持的所謂「大乘的民族主義」思想，創刊後不久，《泰東日報》便廣泛引納中國文人進入該報從事言論寫作與新聞採編工作。1913 年，同盟會會員、愛國報人傅立魚受金子雪齋邀請主持《泰東日報》筆政。由於早年受關內文人論政傳統的浸染及創辦《新春秋報》的論政實踐，主持《泰東日報》筆政的傅立魚承續了清末民初中國知識人群體以匡扶時世爲己任的精神傳統，將「天下興亡，匹夫有責」的憂患意識貫穿到了《泰東日報》的報章言論當中。此外，傅立魚對《泰東日報》編輯部人事加以整理，將張復生、安懷音、畢乾一、沈紫暾、沈止民、汪小村等關內外愛國進步文人延攬入社，使《泰東日報》中國報人群體借助私誼網絡和公共交往進一步聚合和組織化。在人員數量上，除報紙創刊初期採編人員數量可能較少外，1919 年後採編部門的人員數量基本穩定在 20 人左右，均以華人爲主體。1925 年初代社長金子雪齋去世時，編輯部共有 23 人〔註 96〕，基本上全部爲華人。

1921 年 5 月 16 日《泰東日報》本社全體大會攝影

〔註 96〕佐田弘志郎，滿洲に於ける言論機關の現勢〔M〕，大連：南滿洲鐵道株式會，1926：30。

金子雪齋去世後，《泰東日報》愛國報人群體逐漸星散。但在 1928 年前後，又陸續有李笛晨、陳濤（化名陳達民）、吳曉天等中共黨員潛入該報從事黨的地下工作。由於陳濤很快獲得日人社主信任，對編輯局用人也擁有很大權限，他除介紹曾任中共北滿地委委員、團北滿地委書記的吳曉天進入《泰東日報》外，還陸續介紹蓋仲人、周東郊、傅希若、徐廉、周璣璋等人到《泰東日報》擔任編輯。〔註 97〕1930 年底至 1931 年初，吳曉天、陳濤或是被迫逃離，或是被殖民當局逮捕，至 1931 年 3、4 月間，關內報人已從《泰東日報》流散殆盡，繼續留下的多爲關東州或東北其他地區「土著」報人。他們即便對日本殖民統治持不認同的態度，卻無法或不願離開故土，甘願作爲雇傭者在日人報紙中從事新聞工作。

1932 年僞滿洲國成立後，日本壟斷了東北地區經濟、政治、文化等方面的全部新聞來源，〔註 98〕這使得《泰東日報》中國報人自由採訪空間被嚴重擠壓。但直至 1940 年左右，在《泰東日報》大連本社百餘人的本社社員群體中，日人社員仍不足 10 人。至 1935 年底，作爲採編業務核心部門的編輯局，共有編輯記者約 24 人，其中，日人僅 2 人（含局長 1 人），其餘 22 人均爲華人。〔註 99〕1940 年後，「各部門的日人數量遽然增加，編輯局原來只有局長是日人，以後日人增加到 10 人左右，9 名採訪記者中 4 名是日人」。〔註 100〕自此時起，早已喪失話語權的中國報人在總人數上也不再擁有絕對優勢。

縱觀《泰東日報》採編群體人員數量與結構的歷史變化，可看出，編輯部（包括後來由「編輯部」升格成的「編輯局」）社員長時期以中國人爲主體，〔註 101〕日人僅占很小的比例。〔註 102〕即便到戰爭行將結束時，中國報人數量

〔註 97〕大連地方黨史編輯室，中共大連地方黨史資料彙輯〔M〕，大連，1983：216。

〔註 98〕黑龍江日報社新聞志編輯室，東北新聞史〔M〕，哈爾濱：黑龍江人民出版社，2001：237。

〔註 99〕參見 1935 年 12 月 8 日和 12 月 10 日《泰東日報》連續登載的《本報曲君逝世 各界醵金撫孤》一文中列出的泰東日報捐款者名單；整理部長張仁術 1986 年撰寫的《〈泰東日報〉的史料回憶》中提及的 1934 年 11 月時報社的人員構成情況。

〔註 100〕張仁術，《泰東日報》的史料回憶〔M〕／／大連日報社，大連報史資料，大連，1989：296。

〔註 101〕編輯部社員一般分爲「內勤」與「外勤」兩種，「內勤在屋裏編輯，極少和外間接觸，外勤記者則在外面採稿」。

〔註 102〕張仁術，《泰東日報》的史料回憶〔M〕／／大連日報社，大連報史資料，大連，1989：296。

仍多於日本報人。然而，在 1931 年初陳濤離任編輯局長後，中國報人不再對言論和採編活動擁有控制權，社內各主要部門負責人也都換爲日人，再未見有中國報人擔任過編輯部（局）長一職。此後，柳町精、西岡泰吉、橋川浚、高槌秀之、佐藤四郎、大西秀治、島屋進治等日人先後主持編務。在其控制下，中國報人的言論寫作和新聞採編活動受到嚴格控制，日人甚至直接爲其提供「原稿和材料」。〔註 103〕稿件寫作與報紙編排往往需要經過重重審核，這在太平洋戰爭後一些新聞報導和新聞圖片後印有的「閱訖」字樣可得印證。

總體而言，《泰東日報》中國報人大多將新聞記者作爲自己的長期職業選擇，將清談送日的耕硯生涯作爲一種頗有顏面的文人生計。雖然僅有極爲有限的言論自由空間，但他們仍認爲「本是書生面目，尊爲無冕之王」、「手執禿筆一枝，足抵三千毛瑟」可帶來一定的成就感。〔註 104〕在遭遇不測時，也能不改初衷，如 1928 年記者王蘭遇襲後所言：「自我從業記者的那天，我便未有記得我的職責是記者，忠實於記者的職責。」〔註 105〕這種對新聞記者的職業認同，亦可從《泰東日報》中國報人供職的時間長度作以考察，如趙恂九、張興五、周靜庵以及尚難確知其準確姓名的「甦生」等人均在《泰東日報》供職近 20 年。〔註 106〕

除大連本社採編人員外，《泰東日報》在各分支機構所在地也聘有大量記者。專職從事此項工作且較知名的有新京分社曹雲章、哈爾濱分社劉醒寰〔註 107〕、河北蘆臺支社許景文〔註 108〕等。

不僅依靠男性中國報人，《泰東日報》也曾一度嘗試啓用女性中國報人。〔註 109〕1931 年 7 月 28 日至 8 月 14 日間，曾有一組中國女記者採寫的《家庭訪問記》陸續在《泰東日報》本埠新聞版刊登，以女性特有的細膩筆觸記錄了 10

〔註 103〕劉淳，我和《泰東日報》〔M〕／／大連日報社，大連報史資料，大連，1989：315。

〔註 104〕恨人，編餘回顧瑣記〔N〕，泰東日報，1934-01-01（7）。

〔註 105〕王蘭，答〔N〕，泰東日報，1928-12-08（5）。（注：似不通順，原文如此）

〔註 106〕弘報協會新廳舍昨日舉行落成式 表彰老社員共五十六名〔N〕，泰東日報，1938-11-19A（7）。

〔註 107〕劉興賓君故去〔N〕，泰東日報，1939-03-05A（7）。

〔註 108〕厚生列車在蘆情況誌〔N〕，泰東日報，1941-12-12 乙（5）。

〔註 109〕本報欲向婦女界進出 特聘品學兼優之女記者訪問各家庭以互相聯絡〔N〕，泰東日報，1931-07-28（7）。對於聘用女記者一事，《泰東日報》認爲這是在「中國報界乃最初之試行」，因此「深恐有何弊害發生，是以對於女記者之任用，格外愼重，特選品學兼優之女子，以當其事，務乞諸君安心」。

個大連本地家庭的日常家居生活。遺憾的是，這 10 篇訪問記均未署名，致使目前很難考證這些被《泰東日報》自稱爲「開中國報界先例」的女記者具體情況。

本報女記者
家庭訪問記
（一）
遲君之美滿家庭
遲夫人注重子女教育
洵不愧賢妻良母模範

無論總社還是分社社員，在社或外出採訪時一般要求佩戴社員徽章。其中，總社社員及分社長須佩戴金字黑地徽章，各地派報員及記者則須佩戴銀字黑地徽章。〔註 110〕工作之餘，《泰東日報》中國報人也會自發組織同人團體，取名「泰東俱樂部」，下設足球部、籃球部、乒乓部和音樂部。除音樂部外，其他三部均享受報社的經費補助。〔註 111〕此外，報社也能關注中國報人健康狀況，大連滿鐵醫院醫學士楊歧山、博愛醫院院長孟天成均曾擔任過《泰東日報》「囑託醫師」。〔註 112〕

在本書附錄《〈泰東日報〉中國社員統計表》中，列出了《泰東日報》歷史上的大連本社部分社員名單，可藉此大略考察該報中國報人群體的知識社會學特徵。該統計表中，年齡最大的中國報人出生於 1869 年（清同治三年），最小的則生於 1926 年（中華民國十五年）。籍貫分布上，來自關東州本土的報人最多，占 19%，以下依次爲奉天 8%，安徽 5%，江蘇、直隸、北京各 2%，廣東、山東、浙江各 1%，其他目前尚難考證。值得注意的是，來自關內的中國報人多活躍於傅立魚主持筆政時期，多與傅立魚有地緣或學緣等關係。傅立魚退社後，關內報人陸續離開《泰東日報》；共產黨人陳濤主持筆政時期，關內報人數量又有所增加，與陳濤多爲黨內同志關係。「九一八」事變後，關東州本土報人成爲《泰東日報》中國報人主體，關內報人數量銳減。從受教育情況看，早期的李在旃爲進士出身，曲模亭、傅立魚則爲秀才，接受的主要是中國傳統私塾教育。因廢除科舉等原因，此後入社的中國報人不再擁有功名，但大多受過良好的現代教育且有留日經歷。統計中，曾留學於日本名校（早稻田大學、明治大學、慶應義塾等）的占達 10%。北京大學、上海大學、北京國立法政學校、直隸鹽山師範學校等是關內報人曾經求學的主要機構。關東州本土報人則主要畢業於金州公學堂、

〔註 110〕本報特別啓事〔N〕，泰東日報，1934-03-32（9）。
〔註 111〕書先，本報俱樂部小史〔N〕，泰東日報，1932-01-01（27）。
〔註 112〕孟天成被聘爲本社囑託醫師〔N〕，泰東日報，1921-04-12（2）。

旅順第二中學校（旅順高公中學部）、大連商業學堂、旅順師範學堂、大連中華青年會學校等——除並不十分正規的大連中華青年會學校外，均爲日本在關東州的殖民教育機構，學校校長與主要教師爲日本人。

在可資查證的1915～1945年間的《泰東日報》上，每期報頭上均署有「編輯人」的名字。這三十年間，擔任此職務的先後爲張復生、李子民、陳達民（陳濤）、蔣模庵、李永蕃、趙忠忱、劉士忱。（詳見下表）但除張復生、陳達民外，他們大多不對報紙的採編活動擁有較大話語權，「九一八」事變後擔任此職務的李永蕃、趙忠忱與劉士忱更是如此。〔註113〕「名爲編輯人，卻不負任何責任，也不管什麼事」。〔註114〕「『編輯人』只當傀儡，一切都由各級日本人主持，但不管怎說，這個名義是起了迷惑或麻痹中國讀者的作用。」〔註115〕

《泰東日報》歷屆編輯人〔註116〕

任職時間〔註117〕	姓名
1915.1.5之前	不詳
1915.1.5～1915.1.23	張復生
1918.3.2～1929.7〔註118〕	李子民
1930.8.1～1931.7.7〔註119〕	陳達民
1931.7.8～1931.11.14	蔣模庵
1931.11.15～1937.12.11	李永蕃
1937.12.12～1944.4.21	趙忠忱
1944.4.22～終刊	劉士忱

〔註113〕此6人中，最早的張復生曾寫作大量社論，至少是當時《泰東日報》言論方面的主持人；李子民僅是一名普通記者，主要擔任東三省新聞版的編輯；陳濤曾任編輯局長，擁有一定言論與採編權限；蔣模庵任職時間甚短，尚未發現有關此人的史料；李永蕃僅是經濟版編輯；趙忠忱曾寫作大量署名社論，但部分社論有明顯的日人授意痕跡；至劉士忱時，「編輯人」已完全是「徒有虛名的傀儡」（劉士忱自述）。

〔註114〕劉淳，我和《泰東日報》〔M〕／／大連日報社，大連報史資料，大連，1989：309。

〔註115〕劉淳，我和《泰東日報》〔M〕／／大連日報社，大連報史資料，大連，1989：309。

〔註116〕因部分報紙佚失，無法準確統計是否還有其他「編輯人」。

〔註117〕此處標注的時間僅爲在縮微膠片上可找到確切記載的時間。

〔註118〕因1929年7月至1930年7月的《泰東日報》佚失，「編輯人」何時由李子民更換爲陳達民（陳濤）的具體日期不詳。

〔註119〕由於1929年7月至1930年7月的《泰東日報》佚失，因此，陳達民有可能在1930年8月1日前已擔任編輯人。

較之於編輯人，編輯長或編輯局長才是《泰東日報》採編群體的核心人物，在整個報社中也是極爲重要的角色，對報紙的政治立場有決定性的影響。此職務不僅控制整個採編體系，也有採編崗位用人、選人的權限。在「九一八」事變前，該職務全部由中國報人擔任，這也是前中期的《泰東日報》表現出鮮明的「中國認同」重要原因之一。從現已掌握的史料看，可確證傅立魚、畢乾一〔註 120〕、馬冠標〔註 121〕、陳達民（陳濤）〔註 122〕曾先後擔任過此職務。有時，編輯局長也兼任編輯人，但中國報人中僅陳濤如此。

至於中國報人的引進，在金子雪齋時期主要依賴於私誼網絡與公開招聘相結合的方式，之後則主要是在「全滿」各地進行公開招聘。如 1927 年 10 月，爲應對報紙銷路大增、改良版面的需要，《泰東日報》曾向社會公開招募記者數位，要求「學優品端、操守堅固、精通日文，而於新聞事業有理解與趣味」。〔註 123〕1937 年兼併《滿洲報》與《關東報》後，社務空前發展的《泰東日報》開始更加頻繁地在「全滿」各地招募記者：1938 年 12 月，「爲達成新聞報國之使命，兼謀發展新聞事業計，特招聘記者數名，但以精通日語能翻譯者爲限」〔註 124〕；1939 年 7 月，「爲備社業之發展，特募集擅長漢文優秀記者數名」〔註 125〕；1940 年 5 月，「招考編輯局局員，全滿各地應募者，紛紛擁來，截止四日已達五十八名之多」〔註 126〕，之後在奉天僞滿洲國通訊社奉天支社和大連泰東日報本社分別舉行考試〔註 127〕；1943 年 4 月，《泰東日報》再次公開招募記者，要求「中等學校畢業程度以上，限三十歲以內，能解日文漢譯者即日語會話一二等程度者」〔註 128〕。

〔註 120〕1926 年 6 月 5 日第 2 版《華商會新任會長招請中國記者》中提及。
〔註 121〕1928 年 12 月 21 日第 7 版《本報記者王蘭遇難之經過》中提及。
〔註 122〕1930 年 10 月 16 日第 7 版《旅順各會長參觀本社》中提及。
〔註 123〕本報招聘記者〔N〕，泰東日報，1927-10-09（2）。
〔註 124〕本報招聘記者〔N〕，泰東日報，1938-12-06A（7）。
〔註 125〕本報招考記者 定於廿二日考試〔N〕，泰東日報，1939-07-15（7）。
〔註 126〕招考編輯局局員截止期迫近〔N〕，泰東日報，1940-05-05 甲（7）。
〔註 127〕本報招募社員定期考試啓事〔N〕，泰東日報，1940-05-10 乙（1）。
〔註 128〕招募記者〔N〕，泰東日報，1943-04-18 乙（5）。

第三章　1908～1925：金子雪齋時代中國報人的獨立精神與愛國立場

在日本侵華史上，曾有一種名爲「大乘的民族主義」（大乘的ナショナリズム）思想存在並流行，也有一份受該思想影響、長期堅持爲華人立言的日人報紙——即本書所關注的大連《泰東日報》。「大乘的民族主義」的提出者和《泰東日報》的創辦者均爲日本大陸浪人金子雪齋。金子雪齋是日本「國家主義」和「皇位中心主義」的鼓吹者，〔註1〕他提出的「大乘的民族主義」雖具有宗教式的理想主義色彩，卻難掩擴張日本國權、分裂和侵吞中國領土的本質。然而，該種思想客觀上也給予《泰東日報》中國報人一定的獨立言論空間，使金子雪齋對中國及中國人保持著一定程度的尊重，這與絕大多數日本大陸浪人蔑視華人、主張武力侵呑「滿蒙」有所區別。

在金子雪齋主持時期（1908～1925），《泰東日報》未將「中國」作爲殖民權力話語表述下的「他者」，而是以「日人報紙」之身將中國視爲「自我」，在相對本眞的層面稱中國爲「吾國」，並長期堅持爲華人立言，這在近代日人在華所辦報刊中並不多見。但本質上，《泰東日報》的華人立場和「中國認同」是該報中國報人群體國家認同的體現。此一時期，一些從關內地區來到關東州尋求政治避難的文化精英，和州內本土愛國文士一道，在金子雪齋的允許和「庇護」下，試圖利用《泰東日報》重建中國人的精神家園。

〔註1〕金子雪齋，日本革新の根本義〔M〕／／金子雪齋，雪齋遺稿，大連：振東學社，1937：目次頁。

當然，作爲一位精明的大陸浪人，金子雪齋深知，通過某些方面的「讓步」更可以博得中國報人的鼎力合作及華人讀者的信任，有利於他的辦報活動並提升個人影響力。在現實中，確實也達到了這種效果。

第一節　初代社長金子雪齋對中國報人獨立言論空間的奠定

一、金子雪齋其人〔註2〕

金子雪齋本名金子平吉，舊姓牧野，1864年生於日本福井，藩士之後。青少年時期，曾入廣部鳥道創辦的廣部塾研習漢學，入中村敬宇的同人社和島田重禮的雙柱塾學習經學與英語等，並師從來自中國的湖南人王治本學習漢語。22 歲時，志願加入東京鎮臺步兵第十五師聯絡隊；24 歲時，在東京開辦私塾，教授英語、漢語；29 歲時，因參加海軍大尉郡司成忠〔註3〕組織的「青年報效義團」赴千島群島未果，輾轉進入札幌《北門新報》任時事評論編輯。〔註4〕

1894 年，中日甲午戰爭爆發，31 歲的金子雪齋作爲隨軍翻譯來到中國參戰至戰爭結束；1895～1904 年間，赴臺灣任民政長官翻譯。1904 年，日俄戰起，他隨少將木村有恆再次來到中國遼東地區，在近衛師團本部任特殊翻譯官。〔註5〕據渡邊龍策所著《大陸浪人：明治浪漫主義的榮光與挫摺》（《大陸浪人：明治ロマンチシズマの榮光と挫摺》）描述，日俄戰爭期間，金子雪齋「白天於槍林彈雨中鼓勵將士前行，夜晚則在營房的燈下爲將士們演說，受

〔註2〕有關金子雪齋生平，大連近代史研究領域的資深學者、大連圖書館副研究館員王子平先生在其研究成果《金子平吉其人其事》中有詳細考證，該文載於大連出版社 2010 年版《「近百年中日關係與 21 世紀之展望」國際學術研討會文集　下集》第 292～302 頁。

〔註3〕郡司成忠（1860～1924），日本海軍軍人，探險家。

〔註4〕略年譜〔M〕／／太田誠，雪齋先生遺芳錄，大連：振東學社，1938：156-160。

〔註5〕太田誠，雪齋先生遺芳錄〔M〕，大連：振東學社，1938：159。

到日軍將士的崇拜」。〔註6〕

日俄戰後的一年，金子雪齋為關東州民政署從事經濟情報搜集工作，在我國東北地區進行廣泛調查。1906 年 1 月，日本外務省擬派金子雪齋進駐北京專事情報工作，同時京都大學亦聘其前往任教，但金子雪齋拒絕雙方聘請，以民間人士身份再度回到其兩次參加戰爭的大連，出任友人末永純一郎創辦的《遼東新報》中文版主編。

1908 年 11 月 3 日，45 歲的金子雪齋在中國紳商的邀請和資助下創辦了日後在東北華人社會產生重要影響的中文報紙《泰東日報》。〔註7〕1910 年，又在大連創立大陸青年團，對來到中國大陸的日本青年予以「精神指導」，〔註8〕並創辦機關雜誌《大陸》（日文）。1916 年，已 53 歲的金子雪齋創辦了振東學社，〔註9〕欲以文化教育為手段在中國東北「佈施王道」。〔註10〕1937 年金子雪齋逝世十二週年之際，《泰東日報》刊發祭文稱，金子雪齋「在連事業，一為創設本報，開州內輿論之天荒，一為組織振東學社，立新學人才培養之基礎，皆飽歷艱苦，費盡拮据，以經營者也」。〔註11〕

如上述《泰東日報》祭文所言，在大連居住、生活的人生最後 20 年，金子雪齋的主要社會身份是《泰東日報》社長和振東學社社長，前者使他在租借地華人社會中產生巨大影響，後者則使他成為在華日人特別是那些往來於「滿洲」的浪人、學生的精神領袖。〔註12〕他與杉浦重剛、頭山滿、三浦觀樹、犬養毅等人關係密切，被稱為「當時在大陸活動的日本人的靈魂」。〔註13〕據稱，在其生年，歷代滿鐵總裁等都曾向其諮詢方略並「受益」。〔註14〕

金子雪齋屬於日本殖民侵略中國的先鋒分子，但其殖民統治理念與其他激進派日人有所區別。他是日本近代民族主義思想中「大乘的民族主義」一派的理論創建者。據曾任滿鐵總裁、日本外務大臣，戰後被列為甲級戰犯的

〔註6〕渡邊龍策，大陸浪人：明治ロマンチシズマの榮光と挫折〔M〕，東京：番町書房，1967：95。

〔註7〕故金子雪齋社長忌辰所感〔N〕，泰東日報，1937-08-28B（1）。

〔註8〕太田誠，雪齋先生遺芳錄〔M〕，大連：振東學社，1938：159。

〔註9〕黑龍會編，東亞先覺志士記傳 下卷〔M〕，東京：黑龍會出版部，1936：234。

〔註10〕渡邊龍策，大陸浪人：明治ロマンチシズマの榮光と挫折〔M〕，東京：番町書房，1967：95。

〔註11〕故金子雪齋社長忌辰所感〔N〕，泰東日報，1937-08-28B（1）。

〔註12〕中野正剛，魂を吐く〔M〕，東京：金星堂，1938：290。

〔註13〕中野正剛，魂を吐く〔M〕，東京：金星堂，1938：290。

〔註14〕黑龍會編，東亞先覺志士記傳 下卷〔M〕，東京：黑龍會出版部，1936：234。

松岡洋右回憶，金子雪齋在世時，曾急切地倡導「大乘的民族主義」，是風靡一時的嚮導者。〔註15〕他提出的「大乘的民族主義」以一種理想主義的方式反對日本武力侵佔中國東北及在關東州推行強硬殖民政策。因此，他主張以溫和的方式對待租借地華人。關東州本土愛國報人畢乾一在金子雪齋病篤之際發文稱金子雪齋「遇有華人不平之事，每每爲人所不能爲，道人所不敢道」〔註16〕。大連華商群體在其逝世後的悼詞中亦稱：

> 自辦理泰東報以來，爲我華商宣其喉舌出力之處，指不勝屈，環顧並時日本名流如翁之與華人各界感情孚洽相交水乳者，殆無其匹，所以華商全體亦視同師友無差別焉。〔註17〕

雖極力倡導所謂的「大乘的民族主義」，但金子雪齋從日本國家利益出發，也傾其一生心力從事「滿蒙」分離活動，黑龍會編著的《東亞先覺志士記傳》一書稱其「爲滿蒙諸問題濺盡了心血」。〔註18〕他以實際行動直接參與「滿蒙獨立運動」，是宗社黨起兵時所擎旗幟上「檄」字的書寫者，〔註19〕在巴布扎布〔註20〕舉兵南下之際親赴郭家店陣地慰問。

1916年8月金子雪齋赴郭家店陣地慰問巴布扎布（《雪齋遺稿》）

〔註15〕太田誠，雪齋先生遺芳錄〔M〕，大連：振東學社，1938：1～2。
〔註16〕大拙，金子本社長病篤感言〔N〕，泰東日報，1925-08-21（1）。
〔註17〕大連華商公議會全體董事，悼詞〔N〕，泰東日報，1925-08-31（1）。
〔註18〕黑龍會編，東亞先覺志士記傳 下卷〔M〕，東京：黑龍會出版部，1936：234。
〔註19〕太田誠，雪齋先生遺芳錄〔M〕，大連：振東學社，1938：82。
〔註20〕巴布扎布（1875～1916），清末土默特左翼旗（今遼寧阜新蒙古族自治縣）人。1915年與清肅親王善耆及日本浪人川島浪速結成同盟，試圖推動滿蒙獨立運動。後在日本參謀本部、關東都督府等援助下，組織勤王復國軍，舉兵討伐袁世凱，試圖復辟清朝，未果。後率部入侵內蒙古。北洋政府出兵討伐，戰敗。次年被北洋直系部隊殺死。

金子雪齋生前大力鼓吹的「王道思想」後來成爲僞滿洲國「建國」的重要思想來源，他倡導的「移民滿洲」也成爲二戰時期日本侵吞中國東北的「國策」之一，最終給中國東北地區人民和受移民「國策」蠱惑的日本人民帶來了傷害和災難。

二、經營《泰東日報》的風格與特徵

金子雪齋主持時期的《泰東日報》堅持民間身份。創辦初期，曾一度經營困頓，但沒有得到各方面的補助，〔註21〕這與中島眞雄經營的《盛京時報》每月都從日本外務省領取一定補助費有所區別。〔註22〕至其逝世的1925年，《泰東日報》因堅持民間立場、較高的編輯水準並時常替華人發聲而擁有大量華人讀者，日發行量約1.2萬份〔註23〕，自稱「銷遍南北滿洲、中國內地及日本歐美之各地」。〔註24〕

言論與新聞報導方面，金子雪齋主持時期的《泰東日報》宣稱「我泰東日報，乃天地之所有也」〔註25〕，「凡合乎天道者皆褒之，不問其爲華人爲日人；凡背乎天道者皆貶之，亦不問其爲華人或日人」〔註26〕，且能基本恪守這個辦報旨趣，此一點也得到時人認可。如創刊10週年時，唐繼堯爲其手書「東方木鐸」〔註27〕，張作霖爲其手書「國際喉舌，持論明通，爲我圭臬」〔註28〕，段祺瑞爲其手書「擇言五洲，餉遺華夏」〔註29〕，張敬堯則寫下「一腔心血經營苦，十載星霜持論平」。〔註30〕

與中島眞雄等日人在華經營中文報紙時倚重的心腹多是追隨自己多年

〔註21〕「JACAR（アジア歴史資料センター）Ref.B03040617300、新聞雑志操縦関係雑纂／泰東日報（1-3-1-1_38_001）（外務省外交史料館）」。

〔註22〕彭雷霆，近代中國人的日本認識（1871～1915）〔M〕，北京：社會科學文獻出版社，2013：159。

〔註23〕東亞同文會，對華回憶錄〔M〕，胡錫華，譯，北京：商務印書館，1959：498。

〔註24〕貔子窩教育視察團〔N〕，泰東日報，1925-03-01（2）。

〔註25〕本報與時局〔N〕，泰東日報，1925-07-07（1）。

〔註26〕傅立魚，嗚呼金子雪齋先生 逝世忽一週年矣（一）〔N〕，泰東日報，1926-8-26（2）。

〔註27〕唐繼堯，祝詞彙載〔N〕，泰東日報，1918-08-01（7）。（原報誤印爲1919年）

〔註28〕張作霖，祝詞彙載〔N〕，泰東日報，1918-08-01（15）。（原報誤印爲1919年）

〔註29〕段祺瑞，祝詞彙載〔N〕，泰東日報，1918-08-05（2）。

〔註30〕張敬堯，祝詞彙載〔N〕，泰東日報，1918-08-02（3）。

的日本人不同，〔註31〕金子雪齋經營《泰東日報》的一個顯著特徵，是將言論與新聞採編權限較大限度地給予中國報人群體，自己甚少干預報紙編務。〔註32〕他契重其所網羅到的各類中國報人，大量聘用中國報人是他經營《泰東日報》最大的特點。在他任社長時期，不僅編輯部、政經部、社會部、販賣部中國人占多數，甚至廣告部、營業部也都是中國人。〔註33〕對待中國報人，金子雪齋也保持尊重的態度。據傅立魚回憶：「先生頗重國際禮儀，又知中國人素重體面。故對報社內之中國人，雖下至工役，必稱以『樣』，在日語中有相當敬意者，而對日人多稱以姓或附以君字，則殊禮也。」〔註34〕

對中國人編輯長提拔任用中國報人的行爲，金子雪齋也給予很大權限，「凡編輯部用人行政，悉以委之，絲毫不加干涉」。〔註35〕如傅立魚入社後曾先後引進、提攜多位愛國報人，社內對此頗有非議，「有人告先生曰，傅立魚引用私人太多，恐非泰東報之福，如新來之某君某君等，皆其同鄉或親戚也，似宜注意及之」，對此，金子雪齋指出：「所行不違天理，而於本報有益，雖私人何傷？編輯事吾已悉任之矣，勿言。」〔註36〕

金子雪齋在日人社會極高的威望也爲《泰東日報》中國報人的言行提供了一定程度上的政治「庇護」。他生前完整參與了中日甲午戰爭和日俄戰爭，參與了臺灣殖民地的初期治理，定居大連後又成功創辦和經營《泰東日報》與振東學社。他終生未娶，傾其一生服務於日本的所謂「大陸政策」，由此而被稱爲「滿洲頭山」〔註37〕、「大陸志士之父」〔註38〕以及「闖蕩大陸的日本

〔註31〕黑龍江日報社新聞志編輯室，東北新聞史〔M〕，哈爾濱：黑龍江人民出版社，2001：27。

〔註32〕目前留存的《泰東日報》中尚未發現金子雪齋專門爲報紙寫作的評論性文字，唯一一篇署名「金子雪齋」的社論爲1920年7月1日刊發的《人格修養與良心》，但卻是他在大連中華青年會成立大會上的演講詞。

〔註33〕張楓，大連における泰東日報の経営動向と新聞論調：中國人社會との関係を中心に（G）／／〔日〕加瀨和俊，戦間期日本の新聞産業：経営事情と社論を中心に，東京：東京大學社會科學研究所，2011：168。

〔註34〕傅立魚，嗚呼金子雪齋先生 逝世忽一週年矣（三）〔N〕，泰東日報，1926-08-28（2）。

〔註35〕傅立魚，嗚呼金子雪齋先生 逝世忽一週年矣（三）〔N〕，泰東日報，1926-08-28（2）。

〔註36〕傅立魚，嗚呼金子雪齋先生 逝世忽一週年矣（三）〔N〕，泰東日報，1926-08-28（2）。

〔註37〕「滿洲頭山」金子雪齋翁（G）／／藤本上則，頭山精神，東京：大日本頭山精神會，1940：225。

〔註38〕渡邊龍策，大陸浪人：明治ロマンチシズマの榮光と挫折〔M〕，東京：番町書房，1967：221。

浪人的精神支柱」〔註39〕，「與岡倉天心〔註40〕齊名」〔註41〕，可見其社會威望之高。

金子雪齋秉性剛直，曾對日本政界及關東州租借地的多位要人當面指斥，他主持的《泰東日報》更是多次直接批評殖民當局施政不當和不顧及華人利益。試想，若沒有他的多次政治斡旋和政治庇護，《泰東日報》斷乎不能在日本在華殖民程度最深的地區立場鮮明地維護華人權益，也不能長期公開認同中國爲「吾國」了。事實上，中國報人一些觸及日本殖民當局底線的過激言論，便是在金子雪齋的袒護甚至鼓勵下發表的。如1918年關東州鴉片貿易猖獗時，傅立魚在《泰東日報》發表題爲《煙禍未已》的社論，述說鴉片之害及關東廳之不當。〔註42〕初成此稿時，傅立魚僅準備將之刊登在報紙的「讀者投稿」欄目，以爲日後對付殖民當局留有餘地，但金子雪齋閱後「瞿然曰」:「堂堂正正之論也，可作本報社說，有事吾自當耳」。〔註43〕又如在金州三十里堡水田事件中，爲幫助傅立魚擺脫糾紛，金子雪齋與傅立魚「同車赴旅順，對峙公廷，受刑事之訊」。

在金子雪齋的信任和庇護下，傅立魚、張復生、安懷音、畢乾一、沈紫暾、沈止民、劉憫躬等數十位中國報人長時期供職於《泰東日報》，他們不僅表現出相當高的新聞業務能力，也通過自己的辦報活動，使《泰東日報》呈現出一副華人面目，甚至華人「風骨」。國家認同方面，更是將「中國」作爲其國家歸屬。（詳見本章第五節）傅立魚曾感慨道:「金子先生去世之後，決無我輩在大連做事之餘地也。」〔註44〕事實也確乎如此，金子雪齋死後，中國報人不再有抵禦政治風險的能力，《泰東日報》也從汪洋恣肆漸歸平靜。

〔註39〕杉木寒三，小白龍傳奇：一個日本浪人在中國的大陸的經歷〔M〕，袁韶瑩等，譯，長春：吉林文史出版社，1991：106。

〔註40〕岡倉天心（1863～1913），日本明治時期著名的美術家，美術評論家，美術教育家，思想家。他是日本近代文明啓蒙期最重要的人物之一，與福澤諭吉認爲日本應該「脱亞入歐」不同，岡倉天心則提倡「現在正是東方的精神觀念深入西方的時候」，強調亞洲價值觀對世界進步做出貢獻。

〔註41〕杉木寒三，小白龍傳奇：一個日本浪人在中國的大陸的經歷〔M〕，袁韶瑩等，譯，長春：吉林文史出版社，1991：106。

〔註42〕西河，煙禍未已〔N〕，泰東日報，1918-10-22（1）。

〔註43〕傅立魚，嗚呼金子雪齋先生 逝世忽一週年矣（二）〔N〕，泰東日報，1926-08-27（2）。

〔註44〕傅立魚，嗚呼金子雪齋先生 逝世忽一週年矣（一）〔N〕，泰東日報，1926-08-26（2）。

三、予以中國報人獨立言論空間的思想根源

「考察先覺志士的大陸經營論，構成其思想根底，毫無疑問就是熱烈的愛國心和民族的自信。」〔註 45〕閱讀《泰東之大陸爲王道宣施之處》〔註 46〕、《覺醒之時》〔註 47〕、《大陸主義的決定之日即是一切問題的解決之時》〔註 48〕等金子雪齋遺作，可讀出他強烈的日本「國家主義」和「皇位中心主義」思想。他在中國東北地區經營《泰東日報》、開辦振東學社，也暗含著宣傳「王道思想」、爲日本伸張國威的目的。

金子雪齋生前，日本主流民族主義尚未發展到法西斯主義階段，但日本政府及軍方在推行大陸政策時已表現出明顯的非人道主義「霸道」傾向，金子雪齋將之稱爲「小乘的民族主義」：「小乘的民族主義標榜『爲了國家』……但它蔑視民生，藐視邦交，甚至輕視了人道。」他注意到，「小乘的民族主義」的流行不僅在日本國內造成「道念淪滅、勞資相鬩、丑案百出」，更導致不良的國際影響，使排日之聲震徹寰宇。鑒於此，他呼籲日本上下「要猛省，要恍悟，要抓住時機建立『大乘的民族主義』」。〔註 49〕

「大乘」原爲佛教用語，與小乘「利己」有別，大乘著重強調「利他」，拔苦與樂，普渡眾生。〔註 50〕在日本近代史上，金子雪齋首次提出並使用了「大乘的民族主義」一詞。〔註 51〕他在 1921 年發表的《大乘的民族主義》一文中指出，之所以提出建立「大乘的民族主義」，主要是考慮到日本近代流行的主流民族主義思潮（即他所說的「小乘的民族主義」）以日本國家利益至上，忽略了對本國和外國普通民眾的利益，也暗指已經初露端倪的軍國主義思想形諸霸道，輕視人道。因此，他的「大乘的民族主義」認爲，在保證日本國家利益的前提下，更加注重民權與民生，尊重國際間的人道、平等、正義，

〔註 45〕王柯，民族主義與近代中日關係〔M〕，香港：香港中文大學出版社，2015：87～88。

〔註 46〕金子雪齋，雪齋遺稿〔M〕，大連：振東學社，1937：120。

〔註 47〕金子雪齋，雪齋遺稿〔M〕，大連：振東學社，1937：51。

〔註 48〕金子雪齋，雪齋遺稿〔M〕，大連：振東學社，1937：108。

〔註 49〕金子雪齋，雪齋遺稿〔M〕，大連：振東學社，1937：24。

〔註 50〕方克立，中國哲學大辭典〔M〕，北京：中國社會科學出版社，1994：41。

〔註 51〕中野泰雄，日本におけるデモクラシーとアジア主義〔J〕，亜細亜大學経濟學紀要，1975，1（12）：122。

其主要特徵是非犧牲他國民〔註 52〕、非侵略〔註 53〕與尊重鄰邦〔註 54〕。

金子雪齋認識到，中國歷來十分痛恨日本軍國主義，因臺灣被奪，關東州被租借，朝鮮被合併、「滿洲」也極有可能被奪，中國人理所當然地要心存疑慮。因此，當務之急是弄清中國人嫌忌排斥日本人的原因和理由，清除兩國人之間多年形成的隔閡。要立足於所謂的「人道」，將兩國人結合起來，改變歷來日本人所持的態度，變「強要」爲「給予」。〔註 55〕基於這種認識，他的對華觀也較之近代在華活動的其他大陸浪人有所區別，認爲日本欲完成「建設東亞和平」的大業，對鄰邦中國不能徒以武力相干涉，應改變日本歷來重視西洋、輕視東洋，尤其是輕視中國之做法，深刻理解日本與中國的國民性乃至傳統習俗，著眼於國際與傳統的差別，尊重各自的是非觀念，不恃強凌弱、壓制對方。〔註 56〕

對中國實行所謂的「王道」固然有居高臨下的意味，但其「大乘的民族主義」思想中的「人道主義」和「尊重鄰邦」的觀點，也使金子雪齋對中國及中國人保持著一定程度的尊重，能夠不拘一格使用中國報人並給予其極大信任，對中國報人表現出的強烈民族主義情緒也持默認甚至支持的態度。

第二節　創刊初期《泰東日報》中國人員考述〔註 57〕

由於特殊的地理及政治原因，中國東北地區的報業起步較晚。直到 1899

〔註 52〕中野泰雄，近代ナショナリズムと日韓関係〔J〕，亜細亜大學経濟學紀要，1987，12（2）：3。

〔註 53〕中野泰雄，日本におけるデモクラシーとアジア主義〔J〕，亜細亜大學経濟學紀要，1975，1（12）：122～123。

〔註 54〕張楓，大連における泰東日報の経営動向と新聞論調：中國人社會との関係を中心に〔M〕//〔日〕加瀬和俊，戦間期日本の新聞產業経営事情と社論を中心に，東京：東京大學社會科學研究所，2011：167。

〔註 55〕金子雪齋，人道上より俯瞰して日華親善の最後批判〔M〕//太田誠，雪齋先生遺芳錄〔M〕，大連：振東學社，1938：《雪齋遺稿》補遺 22～30。

〔註 56〕張楓，大連における泰東日報の経営動向と新聞論調：中國人社會との関係を中心に〔M〕//〔日〕加瀬和俊，戦間期日本の新聞產業：経営事情と社論を中心に，東京：東京大學社會科學研究所，2011：167。

〔註 57〕本書所說的《泰東日報》初創期，主要指 1908 年創刊到 1913 年傅立魚入社這一時期。

年，才創刊了首份近代報刊——由俄國人在關東州創辦的俄文《新邊疆報》。但直到日俄戰後的1905年左右，中文報業才登上歷史舞臺。〔註58〕此時，距首份近代中文報刊——《察世俗每月統記傳》創刊90年，距中國境內出版的首份近代中文報刊——《東西洋考每月統紀傳》創刊也已72年。

《泰東日報》創刊的1908年，東北報業仍處於嬰兒期，而在關東州，此前更未曾有中文報刊出現。因中文報業剛剛萌生，東北地區尚未孕育足夠數量、具有基本職業素養的中國報人，在偏居一隅的關東州更是如此——「風氣初開，難得辦報之人」。〔註59〕《泰東日報》主辦者金子雪齋雖有編輯《遼東新報》漢文版的經驗，但畢竟所經營的是一份每日出版的中文報紙，他亟需一些中國文人進入報社襄理編務，即便他們沒有任何報刊工作經驗。

因創刊號至1913年初的《泰東日報》大量佚失，加之其他相關史料極度匱乏，考察初創期《泰東日報》中國報人情況有相當大的難度。在目前所掌握的史料中，可知曲模亭、李在旃、金梅五以及尚難查證其準確姓名的「海外閒人」、「甦生」等人曾在此時期的《泰東日報》從事新聞採編或其他社務管理工作。

曲模亭（1869～？），金州人，清末秀才。《泰東日報》籌備發刊時，曲模亭正在大連公學堂任教職。之所以受邀參與籌辦報紙，有他本人志願順應潮流、藉以指導社會的考量，也因他與金子雪齋有文字相知之雅。創刊初期，金子雪齋親自主持筆政，曲模亭則專在社內，擔任監督之職。〔註60〕1936年時，這位創刊時的「元老」仍在社內兼任副社長一職，〔註61〕在社外則擔任大連東三省銀行經理。

金學尊，又名金梅五，籍貫及生卒年不詳，《泰東日報》最早的中國社員之一，曾擔任印刷人。1913年1月，曾與金子雪齋一同赴吉林參加首屆東三省中日記者大會。〔註62〕據傅立魚回憶，在他1913年8月入社時，「曲模亭君爲該社監督，金梅五君則理事，二人皆社中元老也。後金君作古，曲君亦別有他就，先生（指金子雪齋——筆者注）每每向余垂念不置，其不忘勳舊

〔註58〕黑龍江日報社新聞志編輯室，東北新聞史〔M〕，哈爾濱：黑龍江人民出版社，2001：8～9。
〔註59〕模亭，本報誕生追記〔N〕，泰東日報，1934-09-01（1）。
〔註60〕模亭，本報誕生追記〔N〕，泰東日報，1934-09-01（1）。
〔註61〕本報紀念始政卅年來回顧座談會〔N〕，泰東日報，1936-10-25（5）。
〔註62〕中日記者預備會紀事〔N〕，泰東日報，1913-01-26（4）。

有如此者」。〔註63〕在 1915 年 1 月的報紙上，報頭下方「印刷人」一欄署名金學尊。此後情況不詳。

創刊初期主持《泰東日報》編務的中國人員中，最具社會聲望的是金州人李在旃（1864～1928）。李氏名義田，字在旃，號薑隱，光緒己丑恩科舉人，「清門世德，著籍金州」，〔註64〕是近代大連地區最爲知名的愛國文士之一。李在旃與金子雪齋爲知交，在《泰東日報》初創時無人可用之際，他「自宣統元年，經金子雪齋邀約主該報筆政者有年」，〔註65〕但不居名位，不支薪水。〔註66〕1928 年 8 月，李在旃病逝，《泰東日報》在社論中追述了這位清末進士對報社的貢獻：

> 氏學有淵源，品超凡眾，惟不熱心於聞達。……當本報創辦伊始，人才缺乏，金子前社長與氏相契重，氏因不居名位，不支薪水，來督理編輯事。嗣以事業漸發展，專司其事者亦有人，氏乃設帳於奉垣。……氏在社時，鞠躬盡瘁，固不待言。□去而之奉以來，至於最近，垂二十年間，直接間接，無條件贊助本社，殊非鮮少。其服務社會之熱誠，同人甚欽佩之。〔註67〕

除可查證名姓的曲模亭、金學尊、李在旃三人外，「甦生」與「海外閒人」在 1913 年以前也已入社。「甦生」眞實姓名不詳，在 1911 年 2 月 14 日的《泰東日報》上已有他寫的《白話：再莫辜負新年》。由於創刊號至 1911 年 2 月 8 日間的報紙佚失，因此，他很有可能在此之前已經入社。直至 1927 年 1 月 1 日，仍有一篇他所寫的《勸捐小言》刊於報端，此後再未見有署名「甦生」的文字出現。然而，即便從 1911 年算起，甦生供職《泰東日報》的時間也已達 17 年，不可謂不長。他主要的寫作文類「白話」，十數年間基本未曾間斷。這些白話文通俗易懂，明白曉暢，有時臧否時事，有時談做人道理，但都鞭闢入裏，饒有興味。除創作略具消閒性的「白話」外，他也曾寫作大量社論，表現出鮮明的愛國民族主義立場。〔註 68〕（本書後續章節將論及）

〔註63〕傅立魚，嗚呼金子雪齋先生（三）〔N〕，泰東日報，1926-08-28（2）。
〔註64〕李在旃先生紀念碑建立旨趣書〔N〕，泰東日報，1931-07-21（3）。
〔註65〕李在旃先生紀念碑建立旨趣書〔N〕，泰東日報，1931-07-21（3）。
〔註66〕弔李在旃氏〔N〕，泰東日報，1928-08-14（1）。
〔註67〕弔李在旃氏〔N〕，泰東日報，1928-08-14（1）。
〔註68〕如《國慶紀念感言》（載《泰東日報》1919 年 10 月 10 日第 5 版）等。

同樣不知眞實姓名的「海外閒人」曾稱自己「生長海上，飽聽風潮，不知感觸了多少古往今來的事情，閱歷了多少滄海桑田的變故，卻幸身無一業」。〔註69〕但在1911年2月14日一篇題爲《新聞雨》的短文中，他稱自己是「做新聞的」，又稱《泰東日報》爲「我們這泰東日報」，可見其當時已經供職於《泰東日報》。海外閒人留存至今的報章文字較少，但其1911年初所寫的短文《新聞雨》卻對考察《泰東日報》初創期報人數量及新聞稿件來源有重要價値，茲照錄如下：

> 宣統三年，正月元旦，這旅大兩口的地方，所有的中國人，大家都要慶賀新年，沿著老風俗，都打算在元日這一天，彼此行那請安作揖磕頭的規矩，叫做拜年。這也不在話下，沒料想，到了元旦那一天，足足下了一天大雨，下得滿街水流花放，把拜年的老風俗，竟然給停了。這麼的，就有那老頭兒，活到九十九歲的年紀，都說是亙古沒有的事。於是你一言、我一語，可就評論起來，很像猜謎一般。有的說這元日下雨，是主著年景不好的，有的說這元旦下雨是主著人民有病的，也有的說，這元日下雨，是主著天道反常的……諸位，都是想錯了，這元旦雨，並不是主著什麼祥不祥，這確是老天爺，因爲現下防疫南北交通遮斷，可憐我們這泰東日報新年出版，沒有眞正新聞，才特爲的下了這天大雨，給我們做新聞的料了。諸位，士農工商，各各安心努力前進，再不要管那雨是祥不祥啦，簡直，都送給我們報館來，作爲新聞雨吧，我們是要給諸位一齊道謝的呀。〔註70〕

由此可看出，初創期的《泰東日報》訪員並不充裕，加之開埠不久的大連商業處於起步階段，人口總量也有限，導致報紙新聞資源匱乏。在報人短缺的情況下，《泰東日報》不得不向社會上的「士農工商」們徵集新聞稿件：「如有訪稿送到本社，經本社登載者，每一稿酬銀一角，如係重大事件，必格外酌贈訪金」。〔註71〕

〔註69〕海外閒人，大家一笑〔N〕，泰東日報，1912-02-09（5）。
〔註70〕海外閒人，新聞雨〔N〕，泰東日報，1911-02-14（17）。
〔註71〕本社啓事〔N〕，泰東日報，1913-01-09（1）。

第三節　傅立魚入社與《泰東日報》「華人風骨」的形成

作爲日人報紙的《泰東日報》在其發展史的前中期〔註 72〕表現出比較明顯的華人立場和華人風骨，其中原因是多方面的，但不可忽視的一點，是愛國報人傅立魚在該報創刊不久的 1913 年即入社並長期主持筆政。

一、關於主持筆政時間的考證與辯誤

傅立魚（1882～1945），原名卓夫，號西河，安徽英山人（今屬湖北省）。傅立魚少年聰慧，曾獲英山縣童生考試榜首，此後，「以州試冠軍補博士弟子，兩度秋闈悉膺房薦……慨國家積弱，知非興新學新政無以圖存，於是棄舉子業，入安徽大學堂」。〔註 73〕1904 年，他以官費留學日本，畢業於明治大學分校，此間與孫中山、汪精衛等人相識，入同盟會。回國後，歷任安徽省視學官、巡撫部參議。〔註 74〕辛亥革命時，奔走於南方多地，曾任安徽省民軍總指揮、揚州攻城軍參謀長、臨時政府外交部參事等職，〔註 75〕「及共和告成，被招入都，專爲袁世凱做事」。〔註 76〕後因不滿袁氏竊奪革命成果，轉赴天津創辦《新春秋報》，終因言獲罪於袁世凱，亡命於當時的日本租借地大連。〔註 77〕

傅立魚

〔註 72〕《泰東日報》共有 37 年歷史，本書將金子雪齋主持時期，即 1908～1925 年的 17 年，稱爲其發展史的「前中期」。作此劃分的依據參見本書緒論中有關歷史分期的說明。

〔註 73〕加藤清風，深谷松濤，東三省官紳史〔M〕，大連：東三省官紳史發行局，1917：223。

〔註 74〕傅立魚，泰東日報〔N〕，1924-10-10（6）。

〔註 75〕傅立魚，泰東日報〔N〕，1924-10-10（6）。

〔註 76〕田邊種治郎，東三省官紳錄〔M〕，大連：東三省官紳錄刊行局，1924：850。

〔註 77〕傅立魚，泰東日報〔N〕，1924-10-10（6）。

據傅立魚自述以及民國時期出版的《東三省官紳史》、《最新支那官紳錄》、《東三省官紳錄》以及《泰東日報》等所載，傅立魚流亡至大連的時間在1913年8月間，而其進入《泰東日報》的時間，亦在此時。當時，傅立魚本不想在大連久留，「意欲乘便轉赴滬江，因居覺生君〔註78〕在吳淞，何海鳴〔註79〕君在南京，將往與謀全圖重來之計也，而候船之暇，乃持倉古箕藏君之介紹往訪金子先生於泰東日報社之二階」。〔註80〕傅立魚所說的「金子先生」即金子雪齋。會談中，金子雪齋告知傅立魚南方大勢已去，不如且住爲佳，並委傅立魚以《泰東日報》編輯長要職。〔註81〕傅立魚感其厚意，決定擔任此職務。〔註82〕

因繼續從事革命活動，傅立魚曾短暫離開《泰東日報》約半年時間。據《東北官紳史》記載，1915年12月袁世凱稱帝後，「義師起於雲南，（傅立魚）君以報國之時至矣，投筆而起，走津滬齊魯，不避艱險，而運籌多中時機。去歲袁氏逝世，君適在濰縣軍中，朝聞報，夕即棄去」。〔註83〕回到大連後，傅立魚復將精力投入《泰東日報》筆政，從留存的報紙來看，署名「西河」的社論開始大量出現，而不似參加護國戰爭前社論多爲其他作者（如張復生、甦生等人）所撰寫。

對於傅立魚何時從《泰東日報》退社，目前國內各類史料和公開發表的研究成果說法不一。1924年出版的《東三省官紳錄》提及傅立魚於1922年辭職〔註84〕；第一任中共大連特別支部書記楊志雲〔註85〕在回憶文章中稱，傅

〔註78〕即居正（1876～1951），原名之駿，字覺生，號梅川，別號梅川居士，湖北省廣濟縣（今武穴市）人，民國時期「廣濟五傑」之一，中國當代著名民主革命家、政治家、軍事家、法學家。年輕時赴日學習，加入中國同盟會，參與組織共進會，辛亥革命武昌起義指揮者之一，辛亥革命元勳。曾任南京臨時政府內政部次長，南京國民政府司法院院長。

〔註79〕何海鳴（1887～1944），湖南衡陽人，本名時俊，字一雁。曾先後辦《愛國晚報》、《民權報》、《僑務》雜誌，還自編《海鳴叢書》。作品多爲社會言情小說，是民國初年「鴛鴦蝴蝶派」重要人物。

〔註80〕傅立魚，嗚呼金子雪齋先生 逝世忽一週年矣（一）〔N〕，泰東日報，1926-08-26（2）。

〔註81〕西河傅立魚，退社之詞〔N〕，泰東日報，1921-10-15（1）。

〔註82〕傅立魚，嗚呼金子雪齋先生 逝世忽一週年矣（一）〔N〕，泰東日報，1926-08-26（2）。

〔註83〕加藤清風，深谷松濤，東三省官紳史〔M〕，大連：東三省官紳史發行局，1917：224。

〔註84〕田邊種治郎，東三省官紳錄〔M〕，大連：東三省官紳錄刊行局，1924：850。

〔註85〕楊志雲（1899～1975），第一任中共大連特別支部書記，曾參與傅立魚創辦的大連中華青年會，與傅氏相熟。

立魚到 1923 年時才辭掉《泰東日報》職務〔註 86〕；而在近年發表的《傅立魚與近代民主思想在大連的傳播》〔註 87〕、《傅立魚主筆下的〈泰東日報〉》〔註 88〕、《金子雪齋與傅立魚合作時期的〈泰東日報〉》〔註 89〕等學術論文以及《日本殖民統治大連四十年史》〔註 90〕、《長夜・曙光：殖民統治時期大連的文化藝術》〔註 91〕等著作則認爲傅立魚主筆《泰東日報》直至 1928 年。但事實上，傅立魚早在 1921 年 10 月 15 日即宣布從《泰東日報》正式退社。當日，他發表署名社論《退社之詞》，告知讀者自己已決定「自今日始，辭去泰東日報編輯長之職，而爲滿鐵公司之一個客卿矣」。所謂「滿鐵公司之一個客卿」，是指傅立魚接受當時日本南滿鐵道株式會社總裁早川千吉郎〔註 92〕之聘擔任該會社華人囑託。至於退社原因，傅立魚在《退社之詞》中說得比較模糊：

> 伴於世界之進運，新聞記者之責任，愈益重大，而思想日新，大勢日變。吾人之知識學問，往往不能應其需要，使讀者得滿足之效果，對報社盡最善之努力，用是昕夕危懼，常有退避賢能之意。……但余雖辭去泰東日報編輯長之職，余對於泰東日報當局，決無絲毫不平不滿之事。不但於是而已，金子社長年高德劭，固當永遠奉爲師資。佐藤理事，痛癢相關，亦當終身引爲摯友。此外社中同事，長者視爲昆季，幼者看作比兒。情誼之間，與在社時，毫無差異。要而言之，即余身體雖已退社，而精神則如在社時樣也。〔註 93〕

退社後，傅立魚專注於自己所創辦的大連中華青年會，同時擔任滿鐵囑託職務，在 1922 年還被選爲大連市市會議員，〔註 94〕直至 1928 年被日本殖民當局逐出大連。

〔註 86〕楊志雲，關於大連中華青年會的回憶〔G〕／／中共大連市委黨史研究室，大連中華青年會史料集，大連，1990：59。

〔註 87〕荊蕙蘭，曲曉範，傅立魚與近代民主思想在大連的傳播〔J〕，歷史教學問題，2008（6）：69～72。

〔註 88〕魏剛，于春燕，傅立魚主筆下的《泰東日報》〔J〕，大連近代史研究，2009。

〔註 89〕張曉剛，張琦偉，金子雪齋與傅立魚合作時期的《泰東日報》〔J〕，日本研究，2012（4）：81～87。

〔註 90〕郭鐵樁，關捷，日本殖民統治大連四十年史〔M〕，社會科學文獻出版社，2008。

〔註 91〕李振遠，長夜・曙光：殖民統治時期大連的文化藝術〔M〕，大連出版社，1999。

〔註 92〕1921 年 5 月至 1922 年 10 月任南滿鐵道株式會社總裁。

〔註 93〕西河傅立魚，退社之詞〔N〕，泰東日報，1921-10-15（1）。

〔註 94〕高紅梅，大連における傅立魚：ナショナリズムと植民地のはざまで〔J〕，言語・地域文化研究，2005（11）：62。

二、報章言論與中日「親善」觀

供職於《泰東日報》期間，傅立魚曾發表過多種體裁文章，包括評論、時事演說、行記、古詩詞等，但以社論爲主。由於傅立魚入社之初的《泰東日報》大量佚失，彼時他是否直接參與社論等的寫作尚難確知。從留存下來的少量1915年1月間的16期報紙來看，他在最初入社時，並未如參加反袁戰爭返社後寫作社論數量豐富。與張復生同時在社的幾年，社論寫作主要由後者完成——至少1915年初的情形如此。

在目前可供查閱的《泰東日報》上，可見傅立魚所寫的最早一篇社論是1918年3月3日的《中日共同出兵》，迄至1921年10月15日的《退社之詞》，共計200篇整。選題涉及中國時局、「州政」討論、華人權益、國際問題以及科普知識等，種類繁雜。1918～1920年間，他的評論寫作極爲高產，甚至在1920年成爲大連中華青年會會長後，百事纏身之際仍筆耕不輟。但1921年4月後，傅立魚的社論寫作戛然停止，10月15日完成其在《泰東日報》上的最後一篇論說《退社之詞》後，與報社脫離關係。

前文曾述及，主持《泰東日報》筆政時期的傅立魚承續了清末民初中國知識人群體以匡扶時世爲己任的精神傳統，力圖以言論來指引中國走向。處身於日本在華老牌租借地，傅立魚報章言論的激烈程度並未而有所損減，反因關東州特殊的政治生態而對關內各軍閥派系及東北張作霖放言評論。在《噫，督軍橫行之結果》、《北洋派之亂國》、《段祺瑞賣煙土 馮國璋敲竹槓 政局澄清之無望》、《愈趨愈危之大局》、《出兵問題》、《警告無骨氣之政客》以及《奉直軍在北京之橫暴》等數十篇討論軍閥割據下中國政局的社論中，〔註95〕他哀歎於「當此外患迫在眉睫之秋，各跋扈軍人，不但不知息內對外，而且飛揚突決，愈演愈奇……若無法以救濟之，則國之不國」，〔註96〕因之斷言：「北洋派一日不亡，中國前途必無幸矣。」〔註97〕

在傅立魚的報章言論中，對中華民國的認同自始至終是明確而強烈的，認爲自己身爲「民國者之主人翁」，在內亂之益甚、外侮之孔亟的當口，不能不投袂而起，去除民賊，力謀國是。〔註98〕而對於租借地內的華人同胞，傅

〔註95〕分別見於1918年3月15日、3月20日、6月28日、9月10日、7月19日、9月5日以及1920年8月6日《泰東日報》。

〔註96〕西河，如何如何〔N〕，泰東日報，1918-03-15（1）。

〔註97〕西河，北洋派之亂國〔N〕，泰東日報，1918-03-20（1）。

〔註98〕西河，眞愛國者與假愛國者〔N〕，泰東日報，1919-04-10（1）。

立魚也通過報章言論爲其力謀平等權益，如《笞刑廢止乃當然之事也》一文斥責關東州民政署員自尊自大，要求其以廢除笞刑爲契機將從前對待華人種種不善之處徹底改良〔註 99〕；《第二公學堂之設定》一文告誡當局切不可忽視華人孩童教育問題，因爲華人既已向民政署納稅，即有就學之權利〔註 100〕；《上海華商要求市民權 關東當局宜參考》一文希望殖民當局「棄舊式之殖民方策，以民本爲發展地面之元素」〔註 101〕；《爲三十里堡三千農民向山縣關東廳長官乞命》一文要求懲處侵佔華人水田的日人和田篤朗〔註 102〕；《嗚呼苦力》一文則針對日人歧視、排斥華人苦力的事實，指出華人不僅不可輕侮，更應切實給予其平等權利。〔註 103〕

早年曾留學日本且親身見證大連在日人治下由一荒涼漁村漸成繁華商港，使得傅立魚對日本的崛起基本持尊敬的態度，對日本租借旅大的合法性問題亦未有所質疑。他認爲，日本之於大連，與英國之於香港、列強之於上海相似。但因主權屬於中國，因此，殖民當局對於關東州華人，應視之爲「寄養於伯叔之家的甥侄」，飲食教育方面應與對待自己子女無所差別，在制定殖民政策時也應「以尊重殖民地人民之習慣爲必要」。〔註 104〕

由於並不拒斥日本的殖民統治，且主持筆政期間日本方面尚未明顯表現出武力侵吞滿蒙的意圖，傅立魚報章言論中的「中日本兄弟之邦」的提法較多，〔註 105〕並主張以平等正義爲前提的中日「親善」。1919 年 3 月，日本原敬內閣調整對華外交策略，改變前內閣的援段政策，對中國南北雙方採取「不偏不倚」的姿態，促進南北議和。〔註 106〕對此，傅立魚在《日本對華具體的親善方針說》一文指出，若日本政府能眞正實行上述外交政策，則是「適於時勢最良之舉動」。他寄望於此後日本能夠對中國「極力援助，不事躊躇」，

〔註 99〕西河，笞刑廢止乃當然之事也〔N〕，泰東日報，1919-08-9（1）。

〔註 100〕西河，第二公學堂之設定〔N〕，泰東日報，1920-08-11（1）。

〔註 101〕西河，上海華商要求市民權 關東當局宜參考〔N〕，泰東日報，1920-01-24（1）。

〔註 102〕西河，爲三十里堡三千農民向山縣關東廳長官乞命〔N〕，泰東日報，1920-11-20（1）。

〔註 103〕西河，嗚呼苦力〔N〕，泰東日報，1920-07-30（1）。

〔註 104〕西河，可憂之金建問題〔N〕，泰東日報，1921-04-20（1）。另參見：西河，第二公學堂增設之決定〔N〕，泰東日報，1920-08-11（1）。

〔註 105〕西河，第二公學堂增設之決定〔N〕，泰東日報，1920-08-11（1）。

〔註 106〕沈予，日本大陸政策史（1868～1945）〔M〕，北京：社會科學文獻出版社，2005：229。

但前提是在不干涉內政之範圍內。〔註 107〕1921 年初,傅立魚等人發起成立大連中日懇親會,以推動中日兩國「相敬相愛」。〔註 108〕

三、主持筆政期間的政治與社會活動

在中國近代報業發展歷程中,革命派報人大都將報刊工作視爲革命工作的一部分,這種思想也影響到傅立魚。作爲留日學生、同盟會早期成員,傅立魚與可稱爲革命派「報人」的孫中山、胡漢民、邵力子、居正、汪精衛、葉楚傖等有密切交往,〔註 109〕並受其思想感染。與這些相熟的「革命報人」一樣,傅立魚全身心辦報卻志不在報,對辦報的重視和投入也主要在於實現自己的政治目標。

在入職的最初幾年,傅立魚給外界的印象是潛心學問、韜光養晦:

> 泰東日報社長金子雪齋先生重君之品學,與爲忘年交,勸君養晦待時,而聘君主其編輯事務。君慨然應允,立論一如曩日,泰東報名譽愈隆。君居大連數年,潛心學問,除報章記載外,口不談政治,深自韜晦。〔註 110〕

然而,一旦中國革命出現新的轉機,傅立魚便放下辦報活動而投身其中。據稱,在應允進入《泰東日報》前,傅立魚與金子雪齋曾有三條君子協定,其中第一條即是如有討袁機會,便須立即放行。1915 年 12 月,袁世凱在北京宣布接受帝制,南方將領唐繼堯、蔡鍔、李烈鈞等在雲南宣布獨立,並且出兵討袁。如前所述,聞此消息,主持《泰東日報》筆政兩年多的傅立魚便「投筆而起,走津滬齊魯」。〔註 111〕

袁世凱死後,傅立魚返回大連並繼續擔任《泰東日報》編輯長,但他同情革命之心始終未變,與國共雙方的革命人士均有密切交往,對過連的革命者曾給予熱情接待和資助,如共產黨人何叔衡、瞿秋白到過傅家,傅

〔註 107〕西河,日本對華具體的親善方針説〔N〕,泰東日報,1919-03-14(1)。

〔註 108〕大連中日懇親會之發起〔N〕,泰東日報,1921-01-22(2)。

〔註 109〕楊志雲,關於大連中華青年會胡回憶〔M〕//中共大連市委黨史研究室,大連中華青年會史料集,大連,1990:58。

〔註 110〕加藤清風,深谷松濤,東三省官紳史〔M〕,大連:東三省官紳史發行局,1917:224。

〔註 111〕加藤清風,深谷松濤,東三省官紳史〔M〕,大連:東三省官紳史發行局,1917:224。

維鈺〔註112〕長期住在傅家並進行地下活動，由傅立魚爲其掩護。國民黨方面，汪精衛、陳璧君夫婦也到過傅家，同時傅還利用汪、陳的影響，營救過多位被日本人逮捕的共產黨員，如第一任中共大連特別支部書記楊志雲等。此外，曾對愛國藝人如梅蘭芳、歐陽予倩等，給予盛情接待。〔註113〕

隨著在大連華人社群中的影響日隆，傅立魚參與各類社會及政治活動的頻率明顯增加，成爲20世紀一二十年代關東州最有影響力的華人領袖之一。借助《泰東日報》這一當時關東州唯一的中文報紙，〔註114〕他不僅時常就政局、時事等發表言論，充當輿論領袖，還數次借助所供職的《泰東日報》參與到地方文化、政治及社會事務中。如前述的1920年下半年，傅立魚利用《泰東日報》報導了關東州金州民政署三十里堡地區日人和田篤朗侵佔中國人水田事件，並在報上發表《爲三十里堡三千農民向山縣關東廳長官乞命》等言論以主持公道，最終保護了華人利益。但他本人也被殖民當局以「毀壞名譽」的罪名被控告，纏訟三年之久。〔註115〕

傅立魚對社會公益慈善事業也頗爲熱心。20世紀一二十年代，大連販賣華人婦孺之風甚盛，當時，傅立魚與人在大連合辦婦孺救濟會，隸屬於總部在上海的中國婦孺救濟總會，任總幹事。在多次營救被拐婦女的活動中，他均親自出面斡旋。據統計，該會曾先後營救被拐騙婦女五十多名，「南方的送到上海，北方的送到天津，再分別送回原籍」。〔註116〕此外，每當關內外發生重大自然災害，傅立魚便利用《泰東日報》發起賑捐，如1920年華北黃河沿

〔註112〕傅維鈺（1901～1932），安徽英山（今屬湖北）人，中國共產黨黨員，黃埔軍校一期生，1927年參加過南昌起義。1929年奉中共指示，在北京雍和宮以做和尚爲掩擴，從事地下工作。1930年夏，到上海任「上海民眾抗日救國義勇軍」組織部長（直屬中央軍委領導）。1931年11月，周恩來由上海調中央蘇區，傅維鈺接任中央軍委書記。1932年3月1日，在上海石灰港被特務殺害。

〔註113〕中國人民政治協商會議英山縣委員會文史資料委員會，英山文史資料（第1輯）〔M〕，英山，1989：167。

〔註114〕1945年前，大連共有三份中文報紙，除傅立魚供職的《泰東日報》外，另有《關東報》和《滿洲報》，但前者創刊於傅氏離開《泰東日報》的前一年，即1920年，而《滿洲報》則是在傅氏離開《泰東日報》後的1922才創刊。

〔註115〕傅立魚，嗚呼金子雪齋先生 逝世忽一週年矣（二）〔N〕，泰東日報，1926-08-27（2）。另參見1920年7月21日第4版《三十里堡水田被占事件之眞相》、1920年11月4日第2版《本報爲登載三十里堡水田事件被官場控於法庭》等。

〔註116〕楊志雲，關於大連中華青年會情況的回憶〔G〕／／中共大連市委黨史研究室，大連中華青年會史料集，大連，1990：57。

岸地區發生嚴重旱災，無食之民達三千萬人以上，他在金子雪齋支持下聯合《遼東新報》發起「勸募直魯豫災民救濟義捐」〔註 117〕，最終籌得善款一萬九千餘元。〔註 118〕

自 1920 年起，熱衷於政治與社會活動的傅立魚已不再將主要精力放在主持《泰東日報》筆政之上，而是將言論與新聞編輯工作逐漸交給安懷音、畢乾一、沈紫暾、沈止民等人。是年 5 月，傅立魚在大連組織發起大連中華青年會。兩個月後的 1920 年 7 月 1 日，該會在大連商業學堂召開成立大會，成爲大連開埠以來「中華民國獨立自創教育機關」之嚆矢。此後十餘年間，該會在傅立魚主持下，迅速發展成近代大連最爲著名的愛國團體。

在主持大連中華青年會工作的最初半年，傅立魚參與報社事務仍然較多，多篇由其完成的社論可供佐證。但 1921 年後，特別是該年 5 月赴北京參加全國報界聯合會第三次代表會議後，〔註 119〕傅立魚已很少參與報社編務，終在該年 10 月 15 日宣布退社，專心於中華青年會的組織發展工作。

值得注意的是，傅立魚主持筆政後期的《泰東日報》也是工人運動理論和社會主義思潮在東北地區傳播的重要基地。1919 年五四運動後，該報曾刊登鵑魂的《六個月間的李寧（即列寧——筆者注）》〔註 120〕、瞿秋白的《中國的勞動問題？世界的勞動問題？》〔註 121〕、陳獨秀的《中國革命黨應該補習的功課》〔註 122〕、鄭振鐸的《我們今後的社會改造運動》〔註 123〕、倪洪文的《社會主義的解釋》〔註 124〕、李仲剛的《列寧》〔註 125〕等多篇介紹社會主義思想和世界工人運動的文章。傅立魚本人的言論中雖未直接涉及相關題材，但掩護和營救共產黨人，允許報社同人及社外人士大量發表有關社會主義、工人運動相關稿件，可見其對工人運動及社會主義思潮持理解和支持的態度。

〔註 117〕勸募直魯豫災民救濟義捐〔N〕，泰東日報，1920-09-19（2）。
〔註 118〕本社經募華北賑款已經回送北京矣〔N〕，泰東日報，1921-02-06（2）。
〔註 119〕遯廬，送西河北上參議報界聯合會〔N〕，泰東日報，1921-05-04（5）。
〔註 120〕鵑魂，六個月間的李寧〔N〕，泰東日報，1919-12-02（5）。
〔註 121〕瞿秋白，中國的勞動問題？世界的勞動問題？〔N〕，泰東日報，1919-12-11（5）。
〔註 122〕陳獨秀，中國革命黨應該補習的功課〔N〕，泰東日報，1920-01-14（1）。
〔註 123〕鄭振鐸，我們今後的社會改造運動〔N〕，泰東日報，1919-12-25（5）。
〔註 124〕倪洪文，社會主義的解釋〔N〕，泰東日報 1920-10-26（5）。
〔註 125〕李仲剛，列寧〔N〕，泰東日報，1920-12-16（5）。

四、在報紙「華人風骨」形成中的作用

前中期的《泰東日報》之所以具有鮮明的「華人風骨」，其原因是多方面的，如與彼時日本對華政策、關東州租借地複雜的政治文化生態，以及日人社長金子雪齋「大乘的民族主義」思想與社會影響力等不無關係。但不可忽視的一點，即是傅立魚在該報創刊早期即入職並主持筆政。在他入社後，《泰東日報》所表現出的華人立場進一步強化，由普通的「華人面貌」轉而呈現爲鮮明的「華人風骨」，對關東州殖民當局甚至日本政府的抨擊亦毫不客氣，儼然是一份國人報紙。

在傅立魚入社前，他對《泰東日報》的印象和大多數國人一樣，認爲《泰東日報》「爲日人所主宰，必爲純粹之日本機關報，比如北京之某報（指《順天時報》——筆者注）等，稱日本爲我國，稱中國爲支那」。〔註126〕對此，他恐感立論困難，不欲就任。察知傅立魚心態後，金子雪齋特向其鄭重聲明：

> 泰東日報，代天立言，乃天之機關，非個人所得有，亦非一國人所得私也。天道福善禍淫，凡合乎天道者皆褒之，不問其爲華人爲日人；凡背乎天道者皆貶之，亦不問其爲華人或日人。〔註127〕

據傅立魚的侄女傅放初、侄子傅紹先等人回憶，入社時傅立魚與金子雪齋曾有三條約定：

> 一有討袁機會，便須立即放行；泰東日報既係漢文報，讀者是中國人，只能站在中國人立場説話；遇有中日兩國爭端及民間糾紛，是非曲直均服從眞理正義，平等對待。〔註128〕

金子雪齋對這三條意見，均表贊同。從實際情形看，金子雪齋在有生之年履行了他的承諾，傅立魚也在《泰東日報》迅速樹立起個人權威。

《泰東日報》作爲一張以政論爲主的綜合性大報，具有強烈中國人意識的社論是塑造其華人品格的關鍵性因素。在清季民初文人論政的時代背景下，作爲編輯長的傅立魚親自主筆寫作了數百篇社論，〔註129〕其中展現出了

〔註126〕傅立魚，嗚呼金子雪齋先生　逝世忽一週年矣（一）〔N〕，泰東日報，1926-08-26（2）。

〔註127〕傅立魚，嗚呼金子雪齋先生　逝世忽一週年矣（一）〔N〕，泰東日報，1926-08-26（2）。

〔註128〕中國人民政治協商會議英山縣委員會文史資料委員會，英山文史資料：第一輯〔M〕，英山，1989：160。

〔註129〕目前留存下來的社論爲整200篇，寫作時間爲1918～1921年間。

對中華文化和當時中華民國明確的認同感。事實上，傅立魚擔任《泰東日報》編輯長期間，報社中尚有一位日人主筆平山竹齋（即平山武靖），〔註130〕但從保存至今的報紙來看，無論是社長金子雪齋，還是主筆平山竹齋，其對報紙言論寫作和新聞編輯干預不多，傅立魚寫作社論或組織其他中國報人撰寫社論時有極大自主決定權。這樣，傅立魚與其他愛國報人在十數年間使《泰東日報》表現出鮮明的民族立場也就不足爲奇了。

僅靠傅立魚一人並不能全面塑造前中期《泰東日報》的華人風骨。擔任編輯長後，他著手對報社人事加以整理，通過個人私誼吸引或延聘了一批關內外愛國文士，如張復生（早期重要社論作者，後創辦《國際協報》，成爲近代東北地區著名愛國報人）、安懷音（記者，傅立魚主持筆政時期最重要的社論作者之一，離開《泰東日報》後任哈爾濱《大北新報》主筆）、畢乾一（評論作者，文藝版編輯，後任編輯長）、沈紫暾（評論作者，後任副編輯長）、劉惆躬（評論作者，文藝版編輯）等。傅立魚對這些記者、編輯的培養鍛錬，使《泰東日報》在言論寫作、新聞採編、副刊組稿等方面建立起一套完整的中國報人體系。在其任職期間，這些愛國報人協同互補，將報紙的華人立場和華人風骨展現地淋淋盡致，如畢乾一的《大連市役所可以撤廢矣》〔註131〕、安懷音的《願東鄰守此勿渝》〔註132〕、沈止民的《官吏與犯贓》（批評大連民政署長）〔註133〕等文章均表現出強烈的愛國民族主義立場；又如副刊《泰東雜俎》在畢乾一、沈止民、劉惆躬等主持下，通過「虞初新語」、「擒藻揚芬」、「照世明鏡」、「薤露哀響」等極具中國特色和中國風味的欄目傳承著中華傳統文化，也藉此建立起租借地華人與中國其他地區華人的文化和情感紐帶。

〔註130〕在1921年5月28日第2版刊登的一幅「本社全體大會攝影」的圖片説明中提及此人與他職務。參見：本社全體大會攝影〔N〕，泰東日報，1921-05-28（2），另可參見下述檔案史料：「JACAR（アジア歷史資料センター）Ref.B02130802900、支那（附香港）ニ於ケル新聞及通信ニ関スル調查／大正14年7月印刷 大正13年末現在（情-26）（外務省外交史料館）」,「JACAR（アジア歷史資料センター）Ref.B02130809700、支那（附香港）ニ於ケル新聞及通信ニ関スル調查／大正15年7月印刷 大正14年末現在（情-27）（外務省外交史料館）」。

〔註131〕大拙，大連市役所可以撤廢矣〔N〕，泰東日報，1921-03-29（1）。

〔註132〕淮陰，願東鄰守此勿渝〔N〕，泰東日報，1920-10-01（1）。

〔註133〕指鳴，官吏與犯贓〔N〕，泰東日報，1921-04-08（1）。

第四節　私誼網絡與公共交往：中國報人的聚合及組織化

據 1930 年代《泰東日報》本埠新聞版編輯周恨人回憶，《泰東日報》創刊時，大連社會風氣未開，「往往群聚一室，談笑正歡，或有新聞記者至，談笑頓時終止。遇有向之探問，雖極普通之事，亦不肯據實直告，敬鬼神而遠之」。〔註 134〕從此段回憶可窺見剛開埠時大連社會對待新聞記者之心理，也反映出初創時期《泰東日報》報人所遭遇的社會歧視和鄙夷——他們無法在社會公共交往網絡中獲得尊重和認同。篳路藍縷之際，報社內部的私誼網絡爲報人們提供了某種歸屬感和職業認同感，並在此基礎上形成具有共同價值標準和目標追求的報人「業緣」及報人群體意識。

一、私誼網絡

在金子雪齋主持時期，《泰東日報》組織與管理尚未完全走向現代化，私誼網絡在報人組織化過程中仍扮演著重要角色。如本章第二節所述，《泰東日報》創刊初期，日人社長金子雪齋借助私誼延攬到李在旃、曲模亭、金梅五等關東州中國文人入社，初步建立起《泰東日報》的採編與經營體系。金州名士李在旃因爲與金子雪齋私誼深篤，襄理《泰東日報》編務期間甚至不領分文。

創刊 5 年後，金子雪齋將《泰東日報》編輯部用人行政權力委於編輯長傅立魚，且絲毫不加干涉。〔註 135〕後者陸續引納張復生、王子衡、安懷音、沈紫暾、畢乾一、侯小飛、王昨非、沈止民、汪小村、李子民、呂儀文、劉惆躬、獅兒等關內外文士入社，構成金子雪齋主持時期《泰東日報》中國報人群體的主體。

上述人中，以言論犀利聞名的安懷音來自安徽英山（今屬湖北省），爲傅立魚同鄉；曾任副編輯長的沈紫暾籍貫不詳，但由其所寫《歸省途中見聞錄》一文可大致推知，其家鄉在英山附近，〔註 136〕與傅立魚亦有鄉誼；短暫供職

〔註 134〕周恨人，社會與新聞之進步，泰東日報，1934-09-01（16）。

〔註 135〕傅立魚，嗚呼金子雪齋先生逝世忽一週年矣（三）〔N〕，泰東日報，1926-08-28（2）。

〔註 136〕紫暾，歸省途中見聞錄〔N〕，泰東日報，1921-03-05（5），文中說：「自漢口就返里之途，由漢口至團風，水程百六十公里，趁小船以行，正午在團風啓程……橋霜店月至五日，而行盡鄂境，六日早抵宜（即沈氏之家鄉，但尚未查證具體指何處——筆者注）」。依此行程路線及方向可大致推知在英山附近。

於《泰東日報》、僞滿洲國成立後任濱江省省長等職的王子衡，其父王凱臣曾與傅立魚同院而居，兩人爲患難之友。〔註 137〕從《關東報》「跳槽」至《泰東日報》的汪小村，〔註 138〕在進入《關東報》之前即與傅立魚爲舊交。〔註 139〕此外，劉憫躬等人爲國民黨員，與傅立魚有黨派同志之誼。

由於多位中國報人來自千里之外的中國關內地區，〔註 140〕他們客居於陌生的殖民城市大連，難免有孤獨悲涼之感。安懷音將身處大連描述爲「羈絕域」，〔註 141〕沈紫暾則稱爲「滯」，〔註 142〕可見他們仍認爲自己只是旅人，大連只是客鄉。1921 年舊歲除夕，身處異鄉、此時尚無家眷的安懷音與另一位關內友人相集於同鄉傅立魚寓所，飲酒賦詩爲樂。〔註 143〕席間，安懷音有感而發，賦詩曰：

年年是日遲歸期，海外何人慰別離。
白髮徒然悲老父，紅顏畢竟誤山妻。
家書滯絕伊誰問，身世浮沉只自知。
我本無心兒女事，竭來對此亦淒其。〔註 144〕

傅立魚和曰：

若問歸期未有期，鄉關廿載苦睽離。
七旬就養憐阿母，萬里相從幸有妻。
遼海荒涼書館寂，論壇得失寸心知。
與君同是天涯客，慷慨王郎問孰其。〔註 145〕

「與君同是天涯客」——這樣的心境促進了同鄉人之間的情感聯絡，強化了報社同人之間的地緣歸屬。

對中國社會而言，「地緣」或「家鄉」概念是具有彈性的。〔註 146〕漂泊

〔註 137〕傅立魚，忠告王子衡——給王子衡的一封信〔N〕，泰東日報，1923-06-23（5）。
〔註 138〕三記者聯袂辭職〔N〕，泰東日報，1920-05-30（2）。
〔註 139〕關東商報披露宴〔N〕，泰東日報，1920-01-17（2）。
〔註 140〕如傅立魚、安懷音、沈紫暾來自安徽（或湖北），汪小村來自浙江，沈止民來自廣東，張復生來自山東。
〔註 141〕淮陰，致友人恨石書〔N〕，泰東日報，1919-03-27（5）。
〔註 142〕紫暾，歸省途中見聞錄〔N〕，泰東日報，1924-01-28（5）。
〔註 143〕除夕雅集〔N〕，泰東日報，1921-02-13（2）。
〔註 144〕淮陰，除夕遣懷〔N〕，泰東日報，1921-02-13（2）。
〔註 145〕西河，步安淮陰君除夕遣懷原韻即以自遣〔N〕，泰東日報，1921-02-13（2）。
〔註 146〕黃光國，胡先縉等，面子：中國人的權力遊戲〔M〕，北京：中國人民大學出版社，2004：94。

的處境使非同省但同樣來自中國南方的報人之間也產生一定的鄉誼。在社中，來自安徽的沈紫暾與來自廣東的沈止民即是如此。1921 年臘月，已在《泰東日報》供職三年、久客思鄉的沈紫暾南旋省親，沈止民不僅盛筵餞行，且撰文《送沈君歸省》一篇以祝友人一路平安，刊於 1921 年 1 月 21 日第 2 版頭條位置「隨感錄」一欄，可見情誼之摯。〔註 147〕又如來自安徽的傅立魚與來自浙江的汪小村，後者從《關東報》「跳槽」至《泰東日報》便是因二人早有私交。之後傅立魚創辦中華青年會，汪小村亦相追隨，任該會常駐總務幹事。〔註 148〕

供職於日人報紙，無論來自東北本土還是南國遠鄉，中國報人之間也因共同的民族屬性促進了彼此的聯合與交往。來自奉天的報人劉倜躬與安懷音交誼頗深。安懷音離社時，他特賦新詩一首，言辭中飽含深情：「愛之神呀！你要走了，我當黯淡……別矣，別矣！珍重，珍重！」〔註 149〕來自關東州本土的中國報人代表畢乾一與傅立魚、安懷音、沈止民之間的關係也甚篤，這從畢乾一的《與淮陰柳柳聯句和作》〔註 150〕、《和傅西河先生生女詩即原韻》〔註 151〕以及沈止民的《和大拙歸省原韻》〔註 152〕等詩詞唱酬中可見一斑。畢乾一與沈紫暾的合作也十分密切，在傅立魚退社後，他們二人成爲《泰東日報》中國報人的中堅力量。1925 年五卅運動發生時，正是此二人在言論上的呼應與支持，使《泰東日報》表現出明確的愛國反帝民族主義立場，成爲《泰東日報》歷史上展現「華人風骨」的高光時刻，其激烈舉動甚至引發忍無可忍的日本殖民當局將報紙禁賣一日。（詳見本章第 4 節）

由於中國傳統文化對私人情感十分看重，上述私誼網絡有效增強了《泰東日報》中國報人的組織與聚合，促進了中國報人群體內部活動的協調與效率，降低了報社管理成本和經濟成本。如果說傅立魚個人的能力和威望爲《泰東日報》中國報人獲取了初步的言論與採編自由權，此後以傅立魚、安懷音、沈紫暾、畢乾一、劉倜躬等人爲主體形成的具有一定忠誠度的私誼網絡則強

〔註 147〕芷，送沈君歸省〔N〕，泰東日報，1921-01-21（2）。
〔註 148〕丁希文，大連早期的話劇活動〔M〕／／李振遠，長夜·曙光——殖民統治時期大連的文化藝術，大連：大連出版社，1999：108。
〔註 149〕倜，送別懷音〔N〕，泰東日報，1923-11-06（副張 4）。
〔註 150〕大拙，與淮陰柳柳聯句和作〔N〕，泰東日報，1921-05-06（5）。
〔註 151〕畢大拙，和傅西河先生生女詩即原韻〔N〕，泰東日報，1921-02-27（5）。
〔註 152〕芷溟，和大拙歸省原韻〔N〕，泰東日報，1921-03-17（5）。

化了這個群體的整體實力，保證了《泰東日報》華人風骨在一定時段內的傳承和延續。

然而，與規範化的現代組織管理體系相比，植根於儒家文化的私誼網絡也有其弊端。比較明顯的一點是，如果私誼網絡的核心人物離去，中國報人間的聚合強度便明顯下降。1921 年 10 月 15 日傅立魚宣布退社後，沈止民旋於 17 日決定退社，〔註 153〕安懷音則在 1 年後的 1922 年 7 月 28 日退社，〔註 154〕沈紫暾也在 1924 年左右暫時離社留學日本。〔註 155〕至 1925 年 8 月金子雪齋離世時，《泰東日報》中的關內報人群體已經星散大半。

此外，一些靠人情引進的報人並不一定勝任其工作，反因私誼造成齟齬。如認爲「友人之子何啻己子」的傅立魚在引入王子衡時，《泰東日報》本不用人，但傅立魚商之於社長金子雪齋，勉力讓王子衡試充訪員，並準備日後漸爲拔擢。不料王子衡就職後，無所不爲，聲名狼藉。傅立魚後來給王子衡的一封公開信中稱：

> （王子衡）因登載源發盛私鎔小洋一稿，張作霖派人來連拿辦，其執事劉任堂已潛逃無蹤云云，觸怒劉任堂君，親來社中質問。由故金梅五君引見金子社長，對汝大爲攻擊。金子雪齋社長告余免汝之職，余爲力爭。爲汝之事，幾與社長暨社中同人齟齬，卒以多數主張，不得已任汝出社。〔註 156〕

二、公共交往

私誼網絡並非《泰東日報》中國報人組織與聚合的唯一途徑，社會公共交往網絡同樣起著重要作用。1920 年前，作爲關東州中文報業鼻祖的《泰東日報》一直是該地區唯一一份中文報紙，因此，該報中的報人也是十多年間當地最早且唯一一支具有組織性的報人群體。作爲當時關東州內的「新興職業」群體，《泰東日報》中國報人需要通過更具開放性和流動性的公共交往去獲得職業身份認同，而不僅僅是社群內部的私誼。從交往的廣度和影響力來看，公共交往的影響顯然更大一些。

〔註 153〕本報客員之退社〔N〕，泰東日報，1921-10-17（2）。
〔註 154〕安懷音啓事〔N〕，泰東日報，1922-07-28（2）。
〔註 155〕沈紫暾啓事〔N〕，泰東日報，1924-07-18（2）。
〔註 156〕傅立魚，忠告王子衡——給王子衡的一封信〔N〕，泰東日報，1923-06-23（5）。

所謂「公共交往」，是指發生於公共空間的行動主體的交往活動。〔註 157〕許紀霖認爲，現代中國的公共領域從一開始就是以新式士大夫和知識分子爲核心，這個「知識人社會」公共網絡的場景主要是學校、社團和傳媒。〔註 158〕在特定的歷史時空下，金子雪齋主持時期《泰東日報》中國報人公共交往的場景主要爲後兩者：一是作爲「傳媒」的《泰東日報》自身，一是各類社團組織（可細分爲新聞行業類或非新聞行業類兩種）。

（一）以文藝副刊為中心的文人唱酬交際網絡

一般認爲，在報館中實現的公眾交流，包含兩個方面：一是受眾與報紙之間的交流；二是主筆、編輯、記者等同人與社外「同好」之間的交流。〔註 159〕由於《泰東日報》讀者與中國報人之間交流的相關史料留存甚少，本書主要關注《泰東日報》中國報人與關東州文人知識分子間的交往，具體則以刊登在《泰東日報》文藝副刊上的大量舊體詩詞唱和之作爲分析文本。

大連開埠之後，因關東州租借地特殊的政治文化生態，不少關內文人「僑寓」於此。這些人之間以及他們與本地文士之間常有詩酒雅集等公共交往活動。《泰東日報》創辦後，特別是 1916 年左右報紙版面上出現相對固定的文藝副刊後，這些文人雅士便借助這個「地盤」開展往來酬唱的文字神交。在《關東報》與《滿洲報》未創刊前，《泰東日報》文藝副刊是關東州內文人們詩詞酬唱的主要園地。通過這塊園地上的詩詞唱和、往來應酬，逐漸建構起一張關東州文人唱和與交際網絡。

梳理留存至今的大量詩詞酬和作品，可大致列出一份與《泰東日報》中國報人相交密切的關東州文士名單：尹介甫、楊鳳鳴、黃偉伯、林心栽、胡子晉、金念曾、韓輯五、韓岡瑞、林培基、吳遯廬、劉心田、程耐永、柴孚五、文筱侯、楊槖吾，等等。在這個交際網絡中，《泰東日報》方面活躍的中國報人則有曲模亭、傅立魚、安懷音、畢乾一、沈止民、李子民、劉惆躬、呂儀文、王昨非等。就內容而言，這些社內外文人的應和酬唱之作表現出殖民統治之下中國人心中的彷徨與苦悶，及對祖國、鄉邦的憂思之情。

〔註 157〕羅映純，林如鵬，公共交往與民國職業報人群體的形成〔J〕，新聞與傳播研究，2012（5）：103。

〔註 158〕許紀霖，近代中國知識分子的公共交往〔M〕，上海：上海人民出版社，2007：8～9。

〔註 159〕方平，晚清上海的公共領域（1895～1911）〔M〕，上海：上海人民出版社，2007：236～237。

另一方面，這些詩詞也記錄下了有關《泰東日報》中國報人與社外文人之間交往方式與交往地點的大量線索。通過安懷音的《薑隱先生召遊半可園即成二首》〔註 160〕、尹介甫的《五月十四日立魚先生邀同吳胥孫楊鳳鳴胡業順李仲剛諸君子至老虎灘爲消夏之會爰紀七古一章》〔註 161〕、畢乾一的《夏曆八月朔日偕恩廷瑞五兩君遊金州龍王島有感而作》〔註 162〕等詩文，可見當時《泰東日報》中國報人時常與文人同好相約出遊，其間又常杯盤紛設，把酒言歡，以詩相和。從安懷音的《即席贈日本歌妓》〔註 163〕、《席次贈歌者小舫》〔註 164〕、李薑隱的《模亭邀讌席中郭君炳文告辭而吳胥孫張仁安傅西河四君極品花賭酒之盛賦小詩調之》〔註 165〕、畢乾一的《吾今日才要評評花》〔註 166〕等詩文，可知當年《泰東日報》中國報人與州內文人也常相邀於煙花之處品花賭酒，但安懷音等人也能「與風塵姊妹概以哀鴻孤鶩視之，從未忍作踐一人」。〔註 167〕

當交往群體中的某人遇有家庭、事業、歸省、轉任、離職等事時，包括《泰東日報》中國報人在內的關東州文人間的詩詞酬和更加密集。1921 年 1 月，年近不惑的傅立魚喜得千金。對這一人生喜事，1 月 29 日，文藝副刊《泰東雜俎》「摛藻揚芬」欄登出傅立魚喜極而作的《庚申臘月八日姬人榴仙舉一女子余年將四十初爲人父慰喜過望卒成七律二章》。〔註 168〕該詩刊出後，州內文人紛紛賦詩相和，此後兩個月內《泰東雜俎》時有刊載，如文筱侯的《賀立魚仁兄生女步原韻》〔註 169〕、程耐永的《西河先生舉女徵得學步次韻聊以奉和》〔註 170〕及柴孚五的《和大史筆傅立魚先生得

〔註 160〕淮陰，薑隱先生召遊半可園即成二首〔N〕，泰東日報，1920-05-04（5）。

〔註 161〕尹介甫，五月十四日立魚先生邀同吳胥孫楊鳳鳴胡業順李仲剛諸君子至老虎灘爲消夏之會爰紀七古一章〔N〕，泰東日報，1920-07-04（5）。

〔註 162〕大拙，夏曆八月朔日偕恩廷瑞五兩君遊金州龍王島有感而作〔N〕，泰東日報，1920-10-17（5）。

〔註 163〕淮陰，即席贈日本歌妓〔N〕，泰東日報，1921-03-19（5）。

〔註 164〕淮陰，席次贈歌者小舫〔N〕，泰東日報，1921-05-17（5）。

〔註 165〕薑隱，模亭邀讌席中郭君炳文告辭而吳胥孫張仁安傅西河四君極品花賭酒之盛賦小詩調之〔N〕，泰東日報，1920-01-22（5）。

〔註 166〕淮陰，即席贈日本歌妓〔N〕，泰東日報，1921-03-19（5）。

〔註 167〕淮陰，席次贈歌者小舫〔N〕，泰東日報，1921-05-17（5）。

〔註 168〕傅西河，庚申臘月八日姬人榴仙舉一女子余年將四十初爲人父慰喜過望卒成七律二章〔N〕，泰東日報，1921-01-29（5）。

〔註 169〕文筱侯，賀立魚仁兄生女步原韻〔N〕，泰東日報，1921-02-27（5）。

〔註 170〕程耐永，西河先生舉女徵得學步次韻聊以奉和〔N〕，泰東日報，1921-03-05（5）。

女》〔註171〕。又如1922年7月安懷音辭職赴哈爾濱任職《盛京時報》分社（即《大北新報》前身）、1924年7月沈紫暾赴日留學，社內并州內文人也多賦詩相送並在《泰東雜俎》登出。

除舊體詩外，1924年7月，在劉憪躬的主持下，《泰東日報．副張》（由《泰東雜俎》易名而來，沿承原主要欄目）設置「點將會」專欄，「由本埠文人試行輪流擔任」。〔註172〕具體方式爲前一期的作者在文尾點名州內另一文人進行下一期創作。如第一期第一篇畢乾一創作了《海上泛舟》，文末點名「第二篇請越川作」〔註173〕；第二篇上，黃越川如約交稿《盛夏膩友》，文末又點名楊槖吾創作第三篇〔註174〕。以此往復，促進了金子雪齋主持末期《泰東日報》中國報人與社外文士之間的交流與互動。更重要的是，這種非古體詩的酬和，使不太工於舊詩文的王昨非、呂儀文等《泰東日報》中國報人被引入這個酬和圈子，進一步擴大了《泰東日報》中國報人與關東州文人雅士之間的社會交往網絡。

至1928年左右，《泰東日報》上登載的酬和詩文逐漸減少。此時，日據後出生、接受完整日本殖民教育的州內文人陸續進入報社，漸成中國報人的主體，他們私人之間以及與社外文人之間的交往內容和交往方式已經不同於有著深厚古詩文功底的前輩了。

（二）以新聞行業類社團為中心的職業交往

除通過報紙自身進行公共交往外，《泰東日報》中國報人也積極參與各類報界團體及行業會議，在與業界同行的交流聯絡中開拓公共交往空間。通過此類交往，他們的職業認同得以增強，專業精神有所提升，新聞職業理念不斷內化。

1913年初，在北京中日記者俱樂部的推動示範下，吉林《吉長日報》發起召開東三省中日記者大會，「藉以交換識見而聯絡兩國感情」。〔註175〕在1月19日召開的第一次正式大會上，共28家報館、通信社的51名中日記者出席會議，成爲東三省新聞界的空前盛會。〔註176〕對於此次大會，《泰東日報》

〔註171〕柴孚五，和大史筆傳立魚先生得女〔N〕，泰東日報，1921-03-05（5）。
〔註172〕啓事〔N〕，泰東日報，1924-07-13（副張2）。
〔註173〕大拙，點將會：海上泛舟〔N〕，泰東日報，1924-07-14（副張2）。
〔註174〕越川，點將會：盛夏膩友〔N〕，泰東日報，1924-07-16（副張2）。
〔註175〕記者大會之列席者〔N〕，泰東日報，1913-01-16（7）。
〔註176〕東三省中國記者預備會紀事〔N〕，盛京時報，1913-01-23。

表示「熱心贊成」，〔註 177〕共派出 3 名記者北上赴會。除日人金子雪齋、小川雲平外，中國報人金學尊名列其中。〔註 178〕

1913 年 9 月，東三省中日記者移師大連召開第二屆大會，由《滿洲日日新聞》、《遼東新報》和《泰東日報》聯合承辦，且由《泰東日報》具體負責所有關於會務的往來信函，並獨立承擔與會代表路費與住宿費。〔註 179〕9 月 22 日，大會正式召開，出席的中日記者達 140 餘人之多，其中包括東三省 27 家中國報館的 54 名記者，日本 7 家報館、7 家通訊社的 26 名記者和通訊員，東三省以外 6 家報館的 6 名記者，僅大連記者團即有 45 人出席，被認爲是「鮮有之盛舉」。〔註 180〕這些人中，包括 6 位《泰東日報》地方分社記者：鐵嶺分社曹希彬、奉天分社宋文岐、西豐分社于顯廷、遼陽分社姜文閣、熊嶽分社李鳳陽以及海城分社陳宗岱。遺憾的是，此一時期的《泰東日報》佚失，《泰東日報》大連本社中國報人具體參會情形難以詳細考證。但不難想見，作爲主辦方之一，《泰東日報》中國報人應是深度參與到此次行業盛會當中。作爲承擔會務接待的一方，他們應有機會全方位接觸前來參會的各類報人，極大地擴展同業間的社交網絡。

時隔一年，1914 年 10 月 17 日，第三次東三省中日記者大會在奉天召開，由《盛京時報》主辦，來自長春、吉林、奉天、大連、營口、遼陽、新民、鐵嶺、開原、安東和其他地方的中日記者共 80 餘人出席。〔註 181〕《泰東日報》方面除社長金子雪齋參會外，中國報人張復生、劉仁山也在參會人員之列。〔註 182〕

1914 年後，《泰東日報》中國報人迎來的又一次與行業內人士交往的重要活動是 1918 年 5 月招宴從日本回北京途經大連、由《京津時報》汪立元任團長的「北京中國十五報館代表赴日視察記者團」一行。5 月 5 日，《泰東日報》聯合《滿洲日日新聞》和《遼東新報》在大連市內共和樓設宴款待該記者團一行。出席宴會的記者團成員包括：《京津時報》汪立元、《民視報》康世鐸、《北京日報》徐瑾、《日知報》王蔭蕃、《新民國報》湯用彬、《國民公報》王

〔註 177〕記者大會之列席者〔N〕，泰東日報，1913-01-16（7）。
〔註 178〕中日記者預備會紀事〔N〕，泰東日報，1913-01-26（4）。
〔註 179〕東三省中日記者第二次大會預誌〔N〕，盛京時報，1913-08-29。
〔註 180〕記者大會之日程與順序〔N〕，盛京時報，1913-09-24。
〔註 181〕中日記者大會開會詳誌〔N〕，盛京時報，1914-10-26。
〔註 182〕第三次東三省中日記者大會出席名表〔N〕，盛京時報，1914-10-16。

貞常、《公論日報》吳光□、《北京新聞》谷耀山、《亞東新聞》李安陸、《北京新聞》婁鴻聲、《民強報》王河屏、《愛國白話報》馬璞、《日知報》王博謙、《大中華日報》張傳綸、《新民報》烏澤聲、《國是報》光雲錦。〔註 183〕當晚，大連各機關重要人物、各報社記者百餘人陪宴，之後由負責接待的《泰東日報》等單位陪同記者團一行遊覽大連各處。〔註 184〕雖然此次《泰東日報》方面赴宴和負責接待的中國報人不詳，但他們首次與來自中國關內的知名報人群體集中晤面，意義不言而喻。

《泰東日報》中國報人首次參加全國性報界會議是在 1921 年。是年農曆 3 月下旬，報社收到全國報界聯合會事務所發來的參會邀請。在《京華回憶錄》一文中，傅立魚曾詳述接信當時之情形：

> 農曆三月下旬，不冷不熱，正是關東最良的時候。……無奈天時雖好，人事無常，我清穆華麗之大連市，在這個當兒，因爲發生金建問題，鬧了個昏天暗地。那一天風潮正是激烈，我們坐在編輯部裏，愁顏相對，不知如何是好。正在發呆，忽然館僮遞上一封信來，信封上寫了泰東日報社臺啓七個字，内容裏面寫的是:『敬啓者:中國全國報界聯合會第三屆大會定於陽曆五月五日在北京内城中央公園開會，務乞貴報特派代表屆時與會爲荷。順頌公祺。全國報界聯合會事務所。』我們看了這一封信，就抛開金建問題，把精神移在這一封信上。我想報紙乃是社會的導師，國家的干城，最關緊要，我們中華報界雖在幼稚時代，然而近來數年之間，也發達地很。全國計算，足有數百家，若能集在一堂，討論國家大計，也算是一種快心之事。想來不覺欣欣欲動。〔註 185〕

陽曆 5 月 5 日，會議如期在北京中央公園水榭舉行，傅立魚代表《泰東日報》與來自全國各報代表 140 餘人、來賓 200 餘人一同出席。〔註 186〕因北京報界內部出現分歧與衝突，此次會議並未取得預期效果。〔註 187〕但由於有

〔註 183〕記者團近日來連　中日官民之歡迎　大連市上之珍客〔N〕，泰東日報，1918-05-05（7）。

〔註 184〕記者團來連誌〔N〕，泰東日報，1918-05-06（2）。

〔註 185〕西河，京華回憶錄·序言〔N〕，泰東日報，1921-06-15（2）。

〔註 186〕全國報界大會之盛況〔N〕，泰東日報，1921-05-20（1）。

〔註 187〕詳見趙建國，分解與重構：清季民初的報界團體〔M〕，北京：生活·讀書·新知三聯書店，2008：268-278。

本社報人參加此次大會，《泰東日報》仍對大會給予較高評價。如安懷音即認爲，「報界人物，胥爲國家之優秀分子，似此次交歡一堂，溝通意見，互換智識，其影響於國計民生者，又豈淺鮮哉」。〔註 188〕

作爲大連歷史最久、影響最大的中文報紙，《泰東日報》中國報人也是本市新聞記者行業性組織的主要成員。1921 年 7 月，大連市內出版的日刊新聞社、通信社記者與在外埠發刊的各新聞特派員通信員等，發起成立大連記者協會。16 日晚，成立大會在大和旅館舉行，「當日到會之各新聞社長與記者，共計不下七十人，其中華人十餘名」。〔註 189〕會上，協會主席、《遼東新報》編輯長佐藤四郎指定 7 人爲協會幹事。此 7 人中，有 6 人爲日人，分別爲《滿洲日日新聞》馬場力、《遼東新報》佐藤四郎、《大連新聞》寶性確成、《大阪每日新聞》加茂貞次郎、《電報通信》內海安吉、《日滿通信》津上善七。僅 1 位爲華人，爲《泰東日報》記者沈紫暾。〔註 190〕

身處日本視爲「本土」的關東州，《泰東日報》中國報人與日本報界向來交往密切。1923 年 5 月在大連召開的「日本全國新聞記者協會大會」再次爲中日報人間的交流提供了重要平臺。對於此次級別甚高的記者會議，承辦方大連記者協會極爲重視。爲做好會務接待工作，「特設庶務會計接待三股，各股各設主任，以期於接待上毫無遺漏」，其中，《泰東日報》沈紫暾爲庶務係委員之一。〔註 191〕5 月 18 日，大會在大和旅館舉行，「出席者日本內地方面一百二十八名，大連方面參加者三十六名，其外朝鮮方面亦參加若干，總員約達二百名云」。在 36 名參會的大連報人中，《泰東日報》共 6 人，除金子平吉、佐藤長治、阿部眞言、小林淺吉外，沈紫暾、呂儀文作爲該報中國報人代表出席。〔註 192〕後來曾擔任僞滿洲國通化省長、駐德國兼匈牙利特命全權公使的呂儀文，於次年 3～4 月間又隨「滿蒙文化協會」組織的東三省赴日實業視察團考察日本，其間曾受到日本報界等公私團體「隆重招待」。〔註 193〕

勿論其參與的各類報界同業活動性質如何，客觀上，這些公共交往活動有利於《泰東日報》中國報人形成職業群體意識，增強了他們的職業身份認

〔註 188〕淮陰，我所望於報界聯合會者〔N〕，1921-05-07（1）。
〔註 189〕破天荒之大連記者協會成立〔N〕，泰東日報，1921-07-18（2）。
〔註 190〕破天荒之大連記者協會成立〔N〕，泰東日報，1921-07-18（2）。
〔註 191〕記者協會議妥接待事宜〔N〕，泰東日報，1923-04-17（2）。
〔註 192〕新聞協會大會出席 大連側三十六名〔N〕，1923-04-29（2）。
〔註 193〕呂儀文，赴日視察感想之追錄〔N〕，1924-04-24（2）。

同。與新聞業相對發達的日本報界的廣泛接觸，對他們接受較先進的新聞理念、提升新聞業務水平也有很大幫助。

（三）以非新聞行業類社團為中心的社會交往

除行業內、文人雅士間以及新聞採訪活動所必需的社會交往外，在傅立魚入社後，特別是他組織發起近代大連地區最爲著名的愛國進步團體——大連中華青年會後，《泰東日報》中國報人的社會交往網絡逐漸溢出原有的邊界，向關東州社會政治文化各領域延伸。

如前文所述，傅立魚是在擔任《泰東日報》編輯長期間創辦大連中華青年會的，一年多之後才宣布退社。在此期間，仍擔任《泰東日報》編輯長的傅立魚已經基本確立其在關東州內的華人領袖地位，其社會交往的圈子自然超過他僅作爲報人所能擁有的圈子。更重要的是，與傅立魚有私誼的安懷音、畢乾一、沈止民、沈紫暾 、汪小村等多位《泰東日報》中國報人也被他「拉」進他的社團和社交網絡。

在金子雪齋主持《泰東日報》末期，一些中國報人除參與傅立魚組織的中華青年會活動外，也曾組織其他各類社會、政治、文化等團體。如安淮陰、汪小村、李子民、沈紫暾、畢乾一等人曾聯合發起成立大連人道維持會，〔註 194〕爲關東州內華人聲張權益；汪小村曾發起組織中華文藝社，「內容爲研究新舊戲曲、中西音樂以及書畫琴棋等等」〔註 195〕；沈紫暾等人曾組織發起微光學術研究社，「以研究學術及關於學術一切之調查爲旨趣」〔註 196〕，等等。在這些社團組織中，他們已不再是單純的報人，而是以人權領袖、社會教育家、戲曲藝術家、學術權威等身份活躍於各種社會公共空間，進行著更加複雜的社會交往。

與此同時，此一時期《泰東日報》中國報人中的劉憫躬等人爲國民黨黨員，非採編人員中的關向應、趙悟塵等則是當時關東州中共地下黨團組織的核心成員。作爲黨派組織的一員，他們自然又各自擁有一張或公開或隱秘的黨內同志關係網。

應該說，上述非新聞行業類的社會交往活動一定程度上分散了《泰東日報》中國報人從事新聞採編活動的精力，也對他們的新聞報導及評論的客觀

〔註 194〕大連人道維持會〔N〕，泰東日報，1922-07-06（5）。
〔註 195〕中華文藝社消息 戲曲研究部成立〔N〕，泰東日報，1923-03-16（2）。
〔註 196〕微光學社宣言〔N〕，泰東日報，1923-10-18（副張 1）。

性與公正性造成減損。傅立魚等人甚至因熱衷於從事各類社會事務或黨派活動而放棄了報人職業。然而，若考慮到受雇於殖民者一方的報紙所不可避免的精神壓抑，發起、參與或索性直接「出走」到完全由華人組成的社團組織，又何嘗不是一種尋求民族精神獨立的無奈之舉。

第五節　中國即「吾國」：中國報人與《泰東日報》國家認同

《中國新聞事業通史》對包括日人報紙在內的所有在華外報所作的總結性評價認爲：「整體而言，外報是外國殖民主義者的輿論工具，爲外國殖民主義者侵略中國的總目標服務，這一點，是應該肯定毋庸置疑的」。但該書也指出，「外報的品類複雜，表現各異，所起的作用不盡相同。即使同一類報刊，在歷史發展長河中也常有所變化，不能一概而論。」〔註 197〕

然而，折中主義的論斷容易忽略一個重要問題，即在華外報的國家認同到底是什麼？是否因是外人創辦或經營，便一定認同於其主辦者或經營者所歸屬的國家？在當前的學術話語體系中，對於外人在華創辦的任何事業，只要不是依附於某種進步組織，必定是帝國主義、殖民主義的。對個別外報、特別是日人報紙爲華人立言、表現出「中國認同」的現象，由於不符合意識形態的解釋邏輯，也被長期忽略。因此，有必要對這一問題做出科學理性的解釋，對不同的報紙做不同的分析，而不能以「殖民工具」概而論之或作折中主義式的處理。金子雪齋主持時期的《泰東日報》（1908～1925），其言論寫作與新聞採編活動主要由具有愛國意識的中國報人群體完成，明確將中國稱爲「吾國」，甚至因激進地張揚民族氣節而被日本殖民當局禁賣。

需要指出的是，同屬日人報紙的《順天時報》、《盛京時報》等也曾稱中國爲「吾國」，在特定問題上反映過中國主流民意（如《順天時報》的反袁報導、《盛京時報》的抗俄報導），受到中國讀者的歡迎。但總體來看，這些報紙僅在個別問題上支持中國民意，並不存在所謂的「中國認同」，主要是爲日本殖民活動鼓譟，將之稱爲「殖民文化工具」並不爲過。就連對日本持有好

〔註 197〕方漢奇，中國新聞事業通史 第一卷〔M〕，北京：中國人民大學出版社，1992：376。

感的周作人也曾斥責此類報紙的「可恥」一面，如他在《語絲》第51期談及《順天時報》時說：「關於《順天時報》，我總還是這樣想，它是根本應該取消的東西……報上又聲聲口口很親熱地叫『吾國』，而其觀點則完全是日本人的，憑了利害截不相同或者竟是相反的外國人的標準，來批評指導中國的事情。」〔註198〕

那麼，金子雪齋主持時期的《泰東日報》宣稱中國爲「吾國」，是否如《順天時報》、《盛京時報》一樣，是一種殖民主義式的、討好中國讀者的虛僞與矯飾？此外，在特定歷史條件下，一份由日人主持、在日本租借地內出版的報紙，存在眞正意義上的「中國認同」有無邏輯可能性？金子雪齋不似《申報》主人美查「爲了賺錢」而「不得不討好中國人」，〔註199〕他的「大乘的民族主義」也未超越他狹隘的「國家利益觀」，又爲何允許其具有絕對控制權的報紙表現出激進的民族主義情緒和「中國認同」？

一、「中國認同」之表徵

「國家認同」指一個人「確認自己屬於哪個國家，以及這個國家究竟是怎樣一個國家的心靈性活動」，〔註200〕是一個國家內部成員對國家所抱的歷史文化情感和政治認同心態。〔註201〕作爲報紙，本無所謂的「心靈性」活動，但作爲一種人類文化活動的產品，卻是人的心靈性活動的結晶。因此，本書認爲，「以有意識的生命體作爲成員」的《泰東日報》當然存在著國家認同的指向問題。與個人的「國家認同」不同的是，報紙表現出的「國家認同」具有集體屬性，是該報報人群體國家認同觀念的綜合呈現。具體而言，報紙的「國家認同」是指其報人群體對自己歸屬哪個國家的認知，以及對這個國家的國家構成，如政治、族群、文化等要素的評價和情感。也正是從政治、族群與文化三個層面，金子雪齋主持時期的《泰東日報》在中國報人的運作下，表現出明確的「中國認同」。

〔註198〕周作人，周作人文類編·日本管窺〔M〕，長沙：湖南文藝出版社，1998：650～653。

〔註199〕方漢奇，中國新聞事業通史 第一卷〔M〕，北京：中國人民大學出版社，1992：380。

〔註200〕江宜樺，自由主義、民族主義與國家認同〔M〕，臺北：揚智文化事業股份有限公司，1998：12。

〔註201〕任劍濤，胡適與國家認同〔J〕，開放時代，2013（6）：123。

（一）政治認同

《泰東日報》創刊的1908年爲清光緒三十四年，正當中國從古典帝國向民族國家轉變的艱難困苦之際。1911 年 2 月，清政權已岌岌可危，但在該月 11 日《泰東日報》「本館同人」聯合署名的一篇對宣統帝的《萬壽頌詞》中，仍稱讚「我皇上、我監國軫念時艱，深維國是」，希望「天祐盛清皇神武於萬斯年」。〔註 202〕亦即是說，在清朝苟延殘喘的最後幾個月裏，《泰東日報》仍然借助家國同構的古典國家形態理論對其表示了認同，稱年幼的宣統帝爲「我皇上」。

1911 年 10 月 10 日，武昌起義爆發。《泰東日報》從 13 日起開始登載有關「武昌大兵變」的消息，〔註 203〕但稱起義的新軍爲「叛軍」〔註 204〕，稱革命爲「逆亂」〔註 205〕。此時的《泰東日報》仍堅持保皇立憲：「政府政府，根本解決方法，首在眞實立憲。」〔註 206〕

清王朝壽終正寢、民國肇建以後，《泰東日報》中國報人的國家認同迅即轉向。在 1912 年 1 月 19 日的報紙上，已有「中華民國大總統萬萬歲」之類的祝詞。〔註 207〕1 月 20 日，報紙頭版連續刊登署名「漢民」的作者所寫的具有強烈民族主義色彩的社論《忠告保皇黨文》，稱革命黨之起爲「順天時，應人事」，勸保皇黨不要「抱奴隸性根，甘戴異族爲皇帝」。〔註 208〕

1916 年，經歷袁世凱短暫的帝制復辟，北洋軍閥主導了此後十餘年的中國民族國家建構。期間，立憲嘗試一再歸於失敗，中國現代國家架構難以搭建，不同「政體」主張之間不斷發生衝突和鬥爭。對此，甦生在社論中指出：「吾國政局，爲一種傀儡式之政局……無非爲軍閥政客議士私人之利用物耳」，〔註 209〕「欲息吾國之亂，非剷除軍閥，統一南北」。〔註 210〕劉憫躬也深情呼籲：「國人們哪，覺悟吧，再不奮起，這中國必要被直系斷送了呵。」〔註 211〕

〔註 202〕萬壽頌詞〔N〕，泰東日報，1911-02-11（1）。
〔註 203〕武昌大兵變〔N〕，泰東日報，1911-10-13（2）。
〔註 204〕武昌全歸叛軍佔領 交通杜絕〔N〕，泰東日報，1911-10-13（2）。
〔註 205〕湖北逆亂竟成燎原矣〔N〕，泰東日報，1911-10-14（1）。
〔註 206〕卮言：盍治根本〔N〕，泰東日報，1911-10-19（1）。
〔註 207〕旅連同志永記號林德祐，怡大洋行樂乃芹，中華民國總統萬萬歲〔N〕，泰東日報，1912-01-19（8）。
〔註 208〕忠告保皇黨文〔N〕，泰東日報，1912-01-20（1）／1912-01-21（1）。
〔註 209〕甦生，傀儡式之政局〔N〕，泰東日報，1924-05-16（1）。
〔註 210〕甦生，亂無已時〔N〕，泰東日報，1924-10-29（1）。
〔註 211〕憫躬，人民不奮起必亡於直系〔N〕，泰東日報，1923-11-20（1）。

《泰東日報》中國報人始終傾向於將「吾國」建設成一個大一統國家。對於 1919 年底部分軍閥欲分開南北、各自爲治的情勢，安懷音指出，這不過是少數武人官僚的私願，「至於南北之人民，則既無分裂之歷史，又無不兼容之惡感，當然仍不能稍損統一之精神」。〔註 212〕針對 1924 年段祺瑞就任臨時執政後坊間的聯省自治呼聲，甦生表示強烈反對：

> 吾國合二十餘省區爲一國家。二十餘省區之土地，皆國家之所有，即吾國民之所有，斷不能以一省區，或數省區，歸任何一人，佔據把持之。……共和國家，主體在國民，在國民的國家之下，而尚欲割國家的土地，爲任何一人佔據而把持之，是專制時代叛逆之行爲。〔註 213〕

《泰東日報》中國報人從政治制度層面確立「中國」認同受到雙重動力的驅動，一是前文所述及的在中國國家轉型過程中對中國認同的內在體認，另一方面則是通過對「他者」日本的觀察和分析，其表現則是主張「吾國」建立成爲如日本一樣的「國民國家」。他們認爲，「國家之興廢存亡，民乃負有責任」〔註 214〕，當少數有勢力者欲專制國家時，大多數國民則應群起而排斥之、剷除之。〔註 215〕至於「吾國自改刱共和以來國家已日瀕於危亡」的主要原因，則在於「國民對國家之責任心太過薄弱」：

> 國家者，大多數國民之所組成也，非少數有勢力者所得專制者也……吾大多數國民，對於國家之責任心，有太形薄弱之咎，然則俄日今日計，非無大多數國民，急起直追，對於國家，服公同之責任，將何以塞亂源而奠國本乎，且吾人欲國民對國家，同負責任，實爲今日救國唯一之急務耳。〔註 216〕

金子雪齋主持時期，每年的「雙十節」，報紙頭版頭條均刊出「本報同人拜手」的「國慶紀念感言」或「國慶紀念之詞」，十分隆重。如 1920 年的《國慶紀念之詞》佔據了整個版面，並配有題爲「錦繡山河」的圖片一幅；又如 1924 年的《國慶之詞》也佔據了半個版面，言辭頗爲激切：

〔註 212〕淮陰，分立與統一〔N〕，泰東日報，1919-10-05（1）。
〔註 213〕甦生，國民今日之責任〔N〕，泰東日報，1924-12-09（1）。
〔註 214〕西河，民國與國民〔N〕，泰東日報，1918-06-13（1）。
〔註 215〕甦生，國民今日之責任〔N〕，泰東日報，1924-02-01（1）。
〔註 216〕甦生，國民今日之責任〔N〕，泰東日報，1924-02-01（1）。

> 今日何日，非所謂民國十三年之國慶紀念日乎。黃花崗上，志士之碧血尤新，黃鶴樓頭，民軍之義旗高舉，吾人際此佳節，輙嚮往先民，捨生取義，爲國捐軀，以頭顱，以頸血，換此一幅莊嚴土，成立萬世共和不拔之基。〔註217〕

通讀現今留存的1925年以前《泰東日報》社論，可發現中國報人無論是對於君主專制、保皇立憲，還是擁護共和，其對「清國」或「中華民國」的認同自始至終是明確而強烈的。〔註218〕

（二）族群認同

族群認同方面，《泰東日報》中國報人同樣表現出比較鮮明的中華民族認同。他們認同中國是一個合漢、滿、蒙、回、藏「五族共和」的多民族國家，強調「五族共和，載在約法」。〔註219〕對於「吾國國事之衰微，民族之不振」，甦生痛心地指出：

> 今試改吾國燕京金陵或廣東，爲巴黎倫敦華盛頓，遂能使吾國政治清明、國運昌盛乎，必不能也。又試變吾漢滿蒙回藏五族，□碧其眼，黃其髮，遂能使吾國民體質健強、精神活潑乎，必不能也……然則欲救吾國，興吾民族，且道安在，亦在求實而已。〔註220〕

認同於中華民族，首先表現在對關內同胞的關切。1920年，中國北方大旱，災黎遍野。10月30日，傅立魚寫下社論《爲華北災民叩首》，呼籲關東州華人積極捐款：「本年我國北方數省，因旱成災，情形重大……吾人所希望者也，有錢者出錢，無錢出力勸募，其爲效則。記者不敏，謹爲災民叩首致謝焉。」〔註221〕

對於關東州內華人同胞所受的不公正待遇，《泰東日報》中國報人也極力維護其基本權益，多次公開指責殖民當局施政不當，如前文已提及的傅立魚要求關東州民政署「將從前待遇華人種種不善之處徹底改良」〔註222〕、告誡當局保證華人就學之權利〔註223〕以及要求日人對華人苦力不可欺、不可輕侮

〔註217〕國慶之詞〔N〕，泰東日報，1924-10-10（1）。

〔註218〕比較典型的如傅立魚的《眞愛國者與假愛國者》（1919年4月10日《泰東日報》第1版）。

〔註219〕大拙，接收外蒙勿失時機〔N〕，泰東日報，1924-04-13（1）。

〔註220〕甦生，國人亟宜求實〔N〕，泰東日報，1924-03-12（1）。

〔註221〕西河，爲華北災民叩首〔N〕，泰東日報，1920-10-30（1）。

〔註222〕西河，笞刑廢止乃當然之事也〔N〕，泰東日報，1919-08-09（1）。

〔註223〕西河，第二公學堂之設定〔N〕，泰東日報，1920-08-11（1）。

等〔註 224〕，皆屬此類。又如 1921 年傅立魚因維護金州三十里堡華人權益與日人發生糾紛而被告受審期間，《泰東日報》於 2 月 17 日本埠新聞版刊登的一位不知名的中國報人所採寫的《滿鐵首腦之不顧大局 石炭之高貴壟斷 苦我華人》，指責滿鐵壟斷煤炭價格，「苦我華人太甚」，號召「吾華人對於滿鐵此種暴舉應講求對抗之策」。〔註 225〕2 月 20 日，《泰東日報》中國記者赴滿鐵本社再次就煤炭價格問題質詢滿鐵副社長，其間再次申明華人權益。〔註 226〕對於《泰東日報》針對煤價問題極力維護華人權益一事，讀者也致信表示感佩：「泰東日報爲煤炭問題，代表輿論，主張公道，是吾人所最感激者。」〔註 227〕《泰東日報》對滿鐵的抨擊遠不止一次，如對於滿鐵在三等車票定價問題上歧視華人一事，報紙也曾大加抨擊。〔註 228〕

處身於日本租借地，《泰東日報》中國報人在處理族群認同問題時，最尷尬的問題莫過於如何策略性地處理和表述日本。由於爲日人所經營，《泰東日報》中國報人言論中的「中日本兄弟之邦」的提法較多〔註 229〕，主張以平等正義爲前提的中日「親善」。如前文曾提及的傅立魚《日本對華具體的親善方針說》一文，寄希望於在中國處於困境時日本能「極力援助，不事躊躇」，但前提是「在不干涉內政之範圍內」。〔註 230〕1921 年初，《泰東日報》告誡日本當局特別是個別軍國主義者，不要以一時之強盛而欺凌已立國五千年之久的中國，認爲中日兩國相處如人之相處，應「採其長而棄其短，寬其過而念其功，相敬相愛」。〔註 231〕

應注意的是，《泰東日報》中國報人不排斥「中日親善」的前提是兩國地位平等，日方不能恃憑武力凌霸中國。由於日本拒絕撤廢由「二十一條」產生的 1915 年條約、換文，蠻橫反對按期歸還旅大租借地，1923 年中國反日運動達到新高潮。次年 6 月，日本憲政會總裁加藤高明內閣上臺，其連襟幣原

〔註 224〕西河，嗚呼苦力〔N〕，泰東日報，1920-07-30（1）。

〔註 225〕滿鐵首腦之不顧大局 石炭之高貴壟斷 苦我華人〔N〕，泰東日報，1921-02-17（2）。

〔註 226〕關於煤炭問題 本社記者滿鐵幹部訪問記〔N〕，泰東日報，1921-02-22（2）。

〔註 227〕孫逸塵，關於煤炭問題之滿鐵不公〔N〕，1921-02-24（2）。

〔註 228〕火車差別待遇調查記〔N〕，泰東日報，1920-05-06（2）。另在 1921 年 2 月 17 日第 2 版《滿鐵首腦之不顧大局 石炭之高貴壟斷 苦我華人》一文中也曾提及此事。

〔註 229〕西河，第二公學堂增設之決定〔N〕，泰東日報，1920-08-011（1）。

〔註 230〕西河，日本對華具體的親善方針說〔N〕，泰東日報，1919-03-14（1）。

〔註 231〕大連中日懇親會之發起〔N〕，泰東日報，1921-01-22（2）。

喜重郎出任外相，從此開始了所謂「不干涉中國內政」的幣原外交。〔註 232〕在加藤內閣上臺前，畢乾一撰文指出，「二十一條」問題是中日前途一大障礙，加藤「果如組閣，尙望於此等事注之意」：

惟所謂爲中日親善前途之障礙者，如二十一條，寔出自憲政會當閣之時代，抑又出自現任□會總裁加藤高明氏爾時外相之手，今後果如組閣，尚望於此等事注之意。凡二十一條之中，未廢者，宜予廢之。須知彼一時此又一時。識時務者爲俊傑，其愼勿留此不平之條約，以爲中日前途存一隔□也。〔註 233〕

長期以來，日本以「支那」侮稱中國，深深刺激著《泰東日報》中國報人的民族自尊。傅立魚在社論中要求「日本對於中國應改支那之舊稱」，對日本「棄典雅之名，而用鄙野之音，殊爲不解」，因此，「甚願日本朝野有識之士一爲顧及，改支那二字之舊稱，易以中華民國之名」，「國際禮儀，互相尊重，稱謂殊不可苟」。〔註 234〕

民族主義作爲一種關係，最顯而易見的表達便是世界各地的反帝國主義運動。〔註 235〕在事關民族大義的問題上，此時期的《泰東日報》中國報人基本上做到了大節不虧。對於外族入侵，他們表現得十分激憤，劉惆躬就曾提醒國人：「人必自侮，而後人侮」。〔註 236〕在《泰東日報》報發展史上，對五卅慘案的報導最充分、最直接地體現了該報中國報人群體難能可貴的反帝民族主義立場和對「中華民族」的深刻認同，甚至爲此而被殖民當局將報紙禁賣一日。因下文將對《泰東日報》中國報人聲援五卅運動進行詳述，此不贅述。

這裡不得不指出，在族群認同問題上，個別《泰東日報》中國報人有將種族問題絕對化的傾向。如對於 1924 年發生的中國承認「蘇俄」一事，甦生站在激進民族主義立場予以阻止：

吾國縱在閉關時代，國人已無不知引外族以擾同族，挾異種以戕同種，爲人類至恥奇辱之事也。況在今日，種族觀念，國家觀念，

〔註 232〕沈予，日本大陸政策史（1868～1945）〔M〕，北京：社會科學文獻出版社，2005：265。

〔註 233〕大拙，日總選舉與對華關係〔N〕，泰東日報，1924-05-16（1）。

〔註 234〕西河，日本對於中國應改支那之舊稱 是亦親善之一端也〔N〕，泰東日報，1919-03-13（1）。

〔註 235〕杜贊奇，從民族國家拯救歷史〔M〕，王憲明等，譯，南京：江蘇人民出版社，2009：13。

〔註 236〕惆躬，臨案通牒後對於友邦國人之忠告〔N〕，泰東日報，1923-08-14（1）。

> 國人已無復如昔日之昧昧者乎。國際未至大同之日，謂能化除國家與種族觀念，而視愛他國勝於愛民國，公然可以助人張目，且不惜斥同族以左袒外族，詬同種以結歡異種，何爲也耶。〔註237〕

弔詭的是，這種源於民族自尊的「狹隘民族主義」似乎又看透了某些國際問題的本質，在甦生的社論發表後不久，蘇聯政府背信棄義，未履行中俄建交時的承諾，而是提議廢除外蒙古的君主立憲制政府，轉而成立了完全獨立的「蒙古人民共和國」。

（三）文化認同

作爲日本租借地，大連地區是日俄戰後中國大陸最早接受日本文化衝擊和影響最深的地區。即便如此，《泰東日報》中國報人對中華文化的認同仍然十分明確。如五四新文化運動時期的社論《中國文明之今昔觀》所指出：

> 記者常聆聽某國人語，謂吾人每見中國文化之發達，不勝驚歎……試案史冊而察三千有餘年來，中國文化之隆替則大有遨遊百花繚亂之樂園之慨，豈非大可炫耀者乎。某國（由該社論全文推斷，「某國」指日本——筆者注）之駭目驚歎者，亦可謂得其宜也。〔註238〕

1918年，針對當時中國亂局，《泰東日報》中國報人試圖引導國人從中國傳統文化中找到方向。「獅兒」〔註239〕在11月7日的社論《老莊之道適救今日》中，認爲西人達爾文的天演學說雖有進步意義，但「貪婪鶩利者則引爲權力之爭衡，好陰險謀者則援作兼弱之口實」。因此，中國「欲止流血之禍，躋世界於大同，作人類之保障，捨老莊而外，無有第三人可數」。原因在於：「老子主無功，莊子之學說主自然。無功則消泯其進取之心，自然則物與我而無競。如此，則大地之上，雍雍穆穆，人皆有生之樂，而無累之患，豈不休哉」。〔註240〕

不僅認爲老莊之道適救當時的中國，傅立魚所寫的1921年元旦社論《孟學救國論》認爲，孟子以仁義平天下的理念也適於拯救當時紛亂的中國：

> 救國之道不一而足，而其方策要根於學說。……自古迄今，聖賢輩出，其學說最適用於當今之中國者，蓋無過於孟子也。通讀孟

〔註237〕甦生，感言〔N〕，泰東日報，1924-05-01（1）。

〔註238〕中國文明今昔觀〔N〕，泰東日報，1919-08-27（1）。

〔註239〕在1918年9月19日頭版社論《中秋節》中，獅兒自稱「吾輩操觚業者，亦因停工一日，得縱容閒靜」，可證其報人身份。

〔註240〕獅兒，老莊之道適救今日〔N〕，泰東日報，1918-11-07（1）。

子七篇，即可知其生平之抱負，在以仁義二字平治天下。……我國政改共和，又富民本主義勃興之世，提倡孟學，使士林知所崇向，蔚爲適時之政治家，以救國而利民豈非當今之急務哉。〔註 241〕

4 年之後，當發現老莊之道與孟子學說仍舊不能拯救「吾國」之時，畢乾一又認爲中華傳統文化中崇尚知行合一的陽明學可以救國：

陽明之學說，又有知行合一之說……東鄰日本，自明治維新以來，雖取法乎西法，而其根本主教，則在奉行陽明之學。以吾國之學說，而吾國不能遵守而服信之，凡爲他國所奉行，是以足慨也矣。吾國聖教，遠則固不可得聞矣，近則乃當宗法陽明，以定學說主教……今日之中國，不在不知，而在不行。不在知而不行，而在本有良知，不能知行合一。〔註 242〕

在追求國家現代性的同時，甦生等人甚至視中國傳統禮教爲「國粹」一部分，認爲不能因爲智識的開通而概行廢棄：

在現下的世界，無論什麼事體，當然要用開通的眼光，不可仍守閉塞的錮見。……然而智識，本來是越開通越好的，但視一國的國粹，便可知一國有一國的禮教。智識無論怎樣開通，到底禮教，卻不能因爲智識的開通，而概行廢棄。……若從正大上說，以廢棄禮教而求開通，不過像狂犬亂吠罷了。〔註 243〕

除在言論中抱定明確的中華文化認同外，文藝副刊也是體現《泰東日報》「中國認同」最明顯之處。創刊初期，《泰東日報》已開始出現「加官」、「迎財神」等短篇小說及中國傳統的文言章回小說。1914 年，開始出現「藝苑」、「鞠部春秋」等文藝性專欄。1916 年左右，《泰東日報》上的文藝消閒性內容從「遊刊」發展到「有形」。該年 10 月，《泰東日報》發展史上首次出現版面相對固定的「藝文部」。〔註 244〕1919 年，副刊《泰東雜俎》創刊，出版到 1922 年秋，取代它的是《泰東日報・副張》，1924 年再度復刊，但無論是早期的遊刊，還是後來的《泰東雜俎》和《副張》，欄目設置上均是以摛藻揚芬、英雄兒女、齊諧妙諦、雪泥鴻爪、是我佛言、歌臺鼓吹、零縑斷錦、照世明鏡、笑風罵雨等極具中國傳統文化特色的欄目爲主。對租借地華人而言，此類「傳

〔註 241〕西河，孟學救國論〔N〕，泰東日報，1921-01-01（2）。
〔註 242〕大拙，救正人心即所以救國論〔N〕，泰東日報，1924-01-01（2）。
〔註 243〕甦生，一國有一國的禮教〔N〕，泰東日報，1923-04-17（副張 1）。
〔註 244〕山雲，廿五年來本報文藝版之變遷〔N〕，泰東日報，1934-09-01（4）。

統文學」作品是他們與中國文化保持親緣關係的重要媒介，對《泰東日報》中國報人而言，則是他們認同中華文化的重要表徵。

二、「中國認同」之成因

《泰東日報》能夠形成並在近二十年間堅守「中國認同」、表現出鮮明的華人「風骨」，至少說明這種取向得到該報新聞與言論的總把關人金子雪齋的贊同或默許，其思想根源則來自他的「大乘的民族主義」思想。日本學者中野泰雄也認爲，「泰東日報之所以有這種論調是大乘的民族主義的體現」。〔註245〕對此，本書第一節已有所闡述，不再贅述。

然而，在特定歷史條件下和歷史時期內，一份報紙的文化身份、政治身份、民族身份不是由主辦者或經營者決定，而是由實際從事採編工作的編輯記者決定。《泰東日報》中國報人群體雖只是金子雪齋的「雇傭」文人，但卻被賦予社論寫作與新聞採編的極大權限。他們協同互補，在採編部門建立起一個架構完整、言論相對獨立的華人體系。在日人社主對言論寫作和新聞編輯均甚少干預的情況下，具有強烈愛國意識的中國報人在十數年間使《泰東日報》表現出鮮明的「中國認同」也就不足爲奇了。

分析金子雪齋時代《泰東日報》中國報人群體的結構與演變，可對該報「中國」認同的根源獲得更進一步理解。1908至1925年間，供職於該報且有名姓可考中國報人，主要有李在旃、曲模亭、金梅五、甦生、傅立魚、張復生、王子衡、沈止民、沈紫暾、安懷音、畢乾一、呂儀文、劉惆躬、汪小村、李子民、韓錚宇、王昨非等，難以準確考證名姓的則有甦生、海外閒人、獅兒、振字先生等，非採編人員中更有後來中共早期軍事領導人關向應及大連工人運動領袖趙悟塵等人。

此一時期，來自中國關內地區的報人是《泰東日報》報人的主體，無論是擔任編輯長的傅立魚，還是承擔過社論寫作工作的張復生、沈紫暾、安懷音、沈止民等人均來自關內。這些「僑寓」在日本租借地內的華人，常將自己對祖國的熱愛和忠誠訴諸筆端。1919年雙十節時甦生所寫《國慶紀念感言》便體現了這一點：

〔註245〕中野泰雄，日本におけるデモクラシーとアジア主義〔J〕，亜細亜大學経濟學紀要，1975，1（12）：123。

今天是我們中華民國開國的國慶紀念日……在今天這個隆重的雙十節，凡是我們中國民國的國民，不拘老幼男女，農商工官，自然要爲一致的歡忻鼓舞……在下及本社同人説，雖然僑寓此間，那衷心的喜悦，與其希望，也是非言可喻。〔註 246〕

除關內報人外，來自東北本土的中國報人也保持著較鮮明的「中國認同」。如李在旃來自關東州內的金州，是清光緒十五年舉人，爲近代大連著名的愛國詩人；同樣來自金州的畢乾一，父親爲清末秀才，本人在擔任《泰東日報》編輯長期間曾寫作大量反帝民族主義的社論（五卅運動時期的大多數社論爲其執筆）。又如 1920～1924 年間重要評論作者和副刊編輯劉憪躬來自奉天鐵嶺，是一位國民黨愛國進步人士。〔註 247〕後來附敵分別擔任僞濱江省省長、僞通化省省長的記者王子衡和呂儀文彼時言論中親日立場也尚不明顯，如呂儀文在 1924 年 11 月 28 日的一篇短評中引用孫中山先生的話批評日本爲「忘本」之國家：

日本自先東亞民族，爲世界的強國後，自忘爲東亞民族中之一國。若鄉人在都會成功，只知與富豪往來，反忘其鄉人，是其長處，亦正是其短處。〔註 248〕

無論是來自關內，還是關外的東北（包括關東州本土），金子雪齋主持時期《泰東日報》中國報人們承續了中國知識人群體愛國愛鄉、文以載道的精神傳統，將報紙的華人立場和華人風骨展現地淋淋盡致，展現出對中華文化和「中華民國」明確的認同感。身處關東州租借地，中國人被歧視、被凌辱的處境也進一步強化了《泰東日報》中國報人的「中國認同」。他們在社長金子雪齋的允許和庇護下，有著借助《泰東日報》呈現並塑造州內華人同胞「中國認同」的欲望與衝動。他們在一些言論中提到「中日親善」，但大部分情況下，不過是蒙蔽殖民當局的說辭而已。〔註 249〕

《泰東日報》在中國報人的努力下表現出明確的「中國認同」，也與 1920 年代初期關東州租借地特殊的政治文化生態有關。一般認爲，1905 年日本從

〔註 246〕甦生，國慶紀念感言〔N〕，泰東日報，1919-10-10（5）。

〔註 247〕馮玉賢，早期在大連從事革命活動的鐵嶺人——記劉憪躬、石三一夫婦〔M〕//政協鐵嶺縣文史資料委員會，鐵嶺文史資料彙編：第 5 輯，鐵嶺，1986：1～15。

〔註 248〕儀文，忘本〔N〕，泰東日報，1924-11-28（1）。

〔註 249〕計璧瑞，被殖民者的精神印記〔N〕，廈門：廈門大學出版社，2010：26。

俄國接手關東州租借地後，自始至終實行高壓統治，而沒有注意到不同時期統治方式及統治強度的變化。「日本雖然在租借地獲得了統治權和軍事及經濟利益，卻沒有取得最終主權；佔領地內的民眾仍然保有中國人的身份。」〔註250〕伊藤博文也曾指出:「日本在滿洲的權利只不過是根據和約從俄國承受的，即除了遼東半島的租借地和鐵路外別無他物。」〔註251〕

1908年至1925年，在關東州這個日本推行大陸政策的橋頭堡，雖由關東都督府（關東廳）負責具體的民政事務，但因該地還是滿鐵總部和關東軍司令部的所在地，加之川島浪速、末永節、金子雪齋等實力派大陸浪人以此爲據點，州內政治生態十分複雜。在民政管理上，日本殖民當局也少量吸納華人參與，曾任《泰東日報》記者的傅立魚、王子衡、李仲剛等均參與過大連市會議員競選。〔註252〕1921年時，大連市會有議員36名，其中華人6名，這些市會議員對改變殖民政策無足重輕，但在維護市內華人權益仍有一定作用。

作爲一個移民城市，關東州內華人主要來自中國關內地區，大多是隻身「闖關東」至此，其親族仍留在關內。無法割斷的血脈聯繫使他們保持著對祖國和家人的牽掛。金子雪齋去世前，州內第一代在日本統治下出生的中國人剛滿20歲，尚未成爲影響社會意識的主流知識分子群體。此外，因《泰東日報》從未質疑日本殖民關東州的合法性，認同中國、肆言中國政局也無傷日本殖民統治。

金子雪齋主持《泰東日報》時期又適逢日本「大正民主」時期，民主主義風潮席捲政治、文化等各個領域，作爲日本「屬地」的關東州自然受此風潮浸染。此一時期，關東州雖施行《警察犯處罰令》、《新聞紙取締規則》、《新聞紙揭載禁止事項標準》等多種法律限禁言論自由，但卻並未限禁中文報紙稱日本爲「我國」，這與僞滿洲國建立後頒佈的《記者法》要求中國記者必須認同「滿洲帝國」〔註253〕和1944年關東州推行「皇民化」運動後必須聲稱自己爲「天皇御民」有所區別。此時，日本大陸政策尚未升級爲全面侵華政策。

〔註250〕計壁瑞，被殖民者的精神印記〔N〕，廈門：廈門大學出版社，2010：14～15。

〔註251〕轉引自井上清，日本帝國主義的形成〔M〕，宿久高等，譯，北京：人民出版社，1984：256～257。

〔註252〕議員假選第八次披露〔N〕，泰東日報，1921-12-13（2）。

〔註253〕長澤千代造，滿洲國弘報關係法規集（滿文）〔M〕，新京：滿洲新聞協會，1942：19～21。

在中國軍閥混戰、東北為張氏父子蟠踞的情況下，《泰東日報》中國報人評述軍閥時的汪洋恣肆，反而因其所處的特殊地理與政治環境而得到庇護。

第六節　對愛國運動的同情與聲援：以五卅報導為例

1925 年發生的五卅運動是中國共產黨領導的一次空前規模的反帝愛國運動，這場革命風暴席捲全國、聲震世界，在中國民族解放運動史上譜寫了燦爛的篇章。〔註 254〕運動發生之際，金子雪齋罹患重病行將離世，傅立魚早已離社多年，但在畢乾一與沈紫暾等中國報人主持下，〔註 255〕《泰東日報》仍以替華人立言自居。在《泰東日報》發展史上，對五卅慘案的報導最充分、最直接地體現了其作為一家日人報紙難能可貴的「華人立場」，其激烈舉動甚至被忍無可忍的日本殖民當局禁賣一日，也算是一段佳話。但不幸的是，在滬案交涉尚未有任何結果之時，金子雪齋於 1925 年 8 月 28 日辭世，《泰東日報》中國報人終於失去了精神上的支柱和政治上的庇護人，對五卅慘案的報導也成了其張揚「華人氣節」的絕唱。

本節通過細讀 1925 年 6 月 1 日至 8 月 31 日間《泰東日報》全部文本，〔註 256〕分析五卅運動時期《泰東日報》中國報人的言論觀點、新聞組織策略及其所堅守的反帝民族主義立場。

一、呈現滬案的論調、樣態與策略

關東州隔絕於民國政權，又與五卅慘案的發生地上海有迢迢千里之隔，日本殖民當局更是試圖阻斷上海與大連間有關滬案的信息傳播通道。〔註 257〕儘管如此，《泰東日報》對「滬案」的呈現仍是極為迅速的。1925 年 6 月 1 日，該報編輯便在第 2 版「東亞電訊」欄排出一條題為《學生國（團）煽動排外》的百字短訊，這也是東北地區報紙有關五卅慘案最早報導之一：

〔註 254〕上海社會科學院歷史研究所，五卅運動史料：第三卷〔M〕，上海：上海人民出版社，2005：1。

〔註 255〕沈紫暾於 1924 年 7 月左右宣布暫時離社，赴日本明治大學留學。五卅運動發生之初，他尚在日本，但此間向報社發回大量稿件，支持和配合了畢乾一的言論工作。

〔註 256〕1928 年 9 月 1 日至 12 月 31 日間的《泰東日報》佚失。

〔註 257〕劉功成，王彥靜，二十世紀大連工人運動史〔M〕，瀋陽：遼寧人民出版社，2001：156。

> 三十日上海文治、南洋、南浦等各大學生及工人聯合之排外思想宣傳示威運動隊，推大旗，旗上書「帝國主義排斥」、「不平等條約撤廢」等字樣，下午四時三十分至南京路警署前，與警官衝突，警察開槍射擊，致該團中死者六名，負傷者多數，被獲者五十七名。〔註258〕

6月4日之前，《泰東日報》亦對滬案知之不詳，故認爲滬上商罷業、學生輟學、工人罷工是「徒由於一時義氣，出諸暴舉」。〔註259〕但自6月5日起，隨著《泰東日報》中國報人對滬案內情漸多瞭解，報導立場愈發反帝民族主義化。當日，報紙開始在頭版刊登「本報三十一日上海通訊」《上海騷擾風潮愈演愈烈 原因槍殺學生而起 外交上一大不幸事》，以「滬學生曾來電求援」、「南京路商店均閉門」、「捕房不能自護其短」等十一個小標題詳盡報導了滬案發生緣由及最新動態，並在文首按語中指出：「外人以其租界上之權威，殺斃學生，實爲空前未有之慘事，預計當激起絕大風波」。〔註260〕

6月6日，畢乾一在佔據頭版整版篇幅的社論《滬上暴動風潮暨外人有以自覺》中糾正了4日社論的論調，認爲國人的激憤「有不得已者存焉」。他同時指出，五卅慘案是「深恥大辱，不得不雪」：

> 値此家國多事之秋，內憂外患相逼薦臻之候，而有此種暴動，洵鹿死不擇蔭，鋌而走險焉。然而試閉目一思，滬人非盡愚癡者流，抑亦有不得已者存焉。……試問公共租界何人土地，非我中華民國土地耶……而實痛心夫列強之得隴望蜀，宰割日甚，壓迫我民族，虐待我同胞，深恥大辱，不能不雪。〔註261〕

孰料，因畢乾一的言論過於直接地表現出華人氣節和民族主義反帝立場，感到不可忍受的日本殖民當局破天荒地對當日《泰東日報》報予以禁賣一日的處罰。此後一週時間裏，《泰東日報》關於滬案的報導出現了一次短暫的低谷。但自6月14日起，愛國言論復歸激切，當日社論《力爭滬案》認爲，對於滬案，國人必須據理力爭：「此而不爭，其如正義何，此而不抗，其如人

〔註258〕學生國煽動排外〔N〕，泰東日報，1925-06-01（2）。（「國」應爲團，似排字有誤。）

〔註259〕大拙，排外風潮〔N〕，泰東日報，1925-06-04（1）。

〔註260〕上海騷擾風潮愈演愈烈 原因槍殺學生而起 外交上一大不幸事〔N〕，泰東日報，1925-06-05（1）。

〔註261〕大拙，滬上暴動風潮暨外人有以自覺〔N〕，泰東日報，1925-06-06（1）。

道何，以是舉國憤激，懷恨莫名，引領南天，不禁血淚交迸矣。」〔註262〕是日以後，《泰東日報》在每日頭版、2 版、7 版對滬案動態持續關注。其中，頭版以觀點鮮明的社論與短評爲主，2 版以時效性極強的短電訊爲主，7 版則以長篇通訊爲主。由於 1925 年 9 月至 12 月間的《泰東日報》佚失，無法考察此一階段報紙關於滬案的報導形態與立場，但詳讀 1925 年 6～8 月間的《泰東日報》文本，已足見該報中國報人對滬案關注之切、聲援之力及愛國心之殷。

1925 年 6 月～8 月《泰東日報》所刊登的五卅運動相關社論

日期	社論名稱及作者	日期	社論名稱及作者
6 月 2 日	國人宜圖自強（甦生）	7 月 13 日	星期閒話：漫談（若林）
6 月 4 日	排外風潮（大拙）	7 月 15 日	近日非改變政局之時（大拙）
6 月 6 日	滬上暴動風潮暨外人有以自覺（大拙）	7 月 16 日	論五卅案與國際道德（朱亦松）
6 月 12 日	主民政治下之自由（記者）	7 月 17 日	望日本政府自重（紫暾）
6 月 14 日	力爭滬案（浩）	7 月 19 日	滬案交涉尙未開始前國人應注意者三事（大拙）
6 月 16 日	國家興亡 責誰負之耶（甦生）	7 月 21 日	交涉對手之研究（畏壘）
6 月 18 日	公理覺悟（大拙）	7 月 22 日	滬案交涉停頓中 吾人所得新教訓（紫暾）
6 月 19 日	責沈外長（大拙）	7 月 26 日	工部局抗命使團之國際法學的研究（朱亦松）
6 月 20 日	勿事污我（大拙）	7 月 29 日	滬案交涉中之關稅會議（記者）
6 月 21 日	速停止義和團式的愛國行爲（紫暾）	8 月 2 日	外交上之危機（記者）
6 月 23 日	對於意使談話之辨正（王審廬）	8 月 3 日	星期閒話：教育無國際的關係（一）（大拙）
6 月 24 日	是民族解放運動 不要誣爲赤化（紫暾）	8 月 4 日	三國一致之效果如何（王恒）
6 月 25 日	爲滬案告我國人（臒公）	8 月 5 日	日本政界今後之趨勢（大拙）
6 月 27 日	多數國民與少數國民（凝碧）	8 月 7 日	弱國無外交（陳慶瑜）

〔註262〕浩，力爭滬案〔N〕，泰東日報，1925-06-14（1）。

6月28日	國人對於滬案之進行程途（大拙）	8月9日	滬案正延宕下去 豈吾國所能堪乎（紫暾）
6月29日	對於滬漢殘殺案意見書（羅晃）	8月12日	告北京使團並責英政府（許榮）
7月1日	滬案的善後處置 別把好時機錯過（紫暾）	8月15日	國民外交官管見（楊廷銓）
7月6日	星期閒話：公園中一席話（大拙）	8月17日	星期閒話：教育無國際關係（二）（大拙）
7月7日	本報與時局（未署名）	8月19日	異哉所謂司法調查（公屏）
7月8日	正告交涉當局（大拙）	8月21日	今後之努力（由辛）
7月10日	解決滬案之根本辦法（記者）	8月24日	勞工運動之途徑（甦生）

《泰東日報》有關五卅運動的態度與立場主要是通過頭版社論傳遞出來的，中國報人的愛國熱情與華人氣節也在此之中有最直接的反映。據筆者統計，1925年6～8月間，除6月6日被禁賣後一週左右的被迫「噤聲」，《泰東日報》共發表滬案相關社論42篇，幾近於每2天即出一篇。（見上表）這42篇社論中，除較早的《排外風潮》一文非議滬上風潮爲「妄動之舉」外，其餘諸篇皆對滬案持悲憤與同情態度，認爲「□人在滬漢慘殺同胞，爲從來未有之奇恥」，〔註263〕「凡吾黃帝種族之子孫，縱極軟弱，縱極無血性，亦不能熟視無睹，安忍緘默，任令外人恣肆兇橫」。〔註264〕《泰東日報》中國報人堅持認爲，五卅運動中，「我中國四萬萬同胞無黨派、無畛域、無意氣、無爭執、同舟共濟」的一致禦辱，乃是一種無可爭議的民族解放運動。〔註265〕要「乘著這內而舉國同心，外而世界輿論齊起支持的千載一遇的機會，把我們民族解放事業，求個應有盡有的實現」。〔註266〕對於英日等國誣稱五卅運動起因於中國人「亂暴」與「排外」，《泰東日報》據理力辯，堅稱此次運動與庚子年義和團運動性質完全不同，國人奮起抗爭實因不堪帝國主義者在中國的橫虐。〔註267〕當看到一些工商業者在國家「已成不救之恥的時候」仍冷血旁觀，《泰東日報》認爲這是「國家的大不幸」：

> 中華民族的自由和國家的獨立，是要由大多數的國民覺悟才能

〔註263〕羅晃，對滬漢慘案意見書〔N〕，泰東日報，1925-06-29（1）。
〔註264〕大拙，勿事污我〔N〕，泰東日報，1925-06-20（1）。
〔註265〕明，乙丑春秋：敬告國人〔N〕，泰東日報，1925-07-02（1）。
〔註266〕紫暾，滬案的善後處置別把好機會錯過〔N〕，泰東日報，1925-07-01（1）。
〔註267〕芻狗，乙丑春秋：二事證明〔N〕，泰東日報，1925-07-15（1）。

> 夠達到目的。工人階級的覺悟和工學的聯合，的確是一個極好的現象，再看到商人的組織力不能增加，國家觀念不能明確，且似乎有與青年學生離開的趨向，我們又不能不有若干悲觀。〔註 268〕

由於當時中國國力孱弱、北京政府外交無力，加之英日兩國屢施詭計，導致滬案處置一再延宕，《泰東日報》中國報人表現得極爲焦慮和憤慨。8 月 7 日，社論《弱國無外交》慨歎「五卅慘案，舉世共憤，斯而不平雪，天下寧復有公理可言，兩月以來，交涉黯淡，迄無端倪，彌大風雨，形見冤沉海底」。〔註 269〕對於此後英人要求重查滬案，《泰東日報》更是極力反對，認爲「五卅慘案，事實昭彰，學生演講，僅憑口舌，群眾竚觀，全係徒手，英捕遽爾下令開槍殺人，死傷累累，姑置正義人道於不談，即就法論事，其責任究爲誰屬，早已不能逃正直之判斷」。〔註 270〕

由上觀之，五卅運動中的《泰東日報》在中國報人的主持下是站在反帝民族主義一邊的，對華人抗爭持同情與支持的態度。對於報導滬案的這種立場，《泰東日報》曾在 7 月 7 日社論《本報與時局》一文中說得十分明確：

> 自滬案發生，與眞理抗衡之豪強權力，大有水漲船高之勢。本報揭正義之旗幟，以與周旋，不外基於十八年來一貫之精神，愛國家愛眞理，有不能不爾者。本報且主張趁此機會，促進中華民國解放之早日成就，以便師師黃族踰於人類生活之水平線上。區區此志，堅決不渝。邦人諸友，其共奮勵而圖之。〔註 271〕

縱觀五卅期間中國報人主持下的《泰東日報》言論，基本印證了其民族國家認同。否則，大可不必冒著報紙被禁的風險，不必在長達三個多月的時間裏持續張揚愛國輿論，倒可以像東北另一份日人報紙《盛京時報》那樣貌似客觀地報導一些國人支持的動態，然後不失時機、扭捏作態地打出「小不忍則亂大謀」的標語而終顯原形。

除在言論上力撐國人抵禦外侮，《泰東日報》中國報人還綜合運用多種其他新聞體裁，力圖全景式地呈現滬案動態及國人的激憤之情、政府的軟弱無力以及外人的恃強淩弱。如前文所述，在每日報紙的第 2 版「東亞電訊」欄目中以時效性極強的短訊形式報導滬案的最新動態及各地支持情況，文章長

〔註 268〕凝碧，多數國民與少數國民〔N〕，泰東日報，1925-06-27（1）。
〔註 269〕陳慶瑜，弱國無外交〔N〕，泰東日報，1925-08-07（1）。
〔註 270〕公屏，異哉，所謂司法調查〔N〕，泰東日報，1925-08-19（1）。
〔註 271〕本報與時局〔N〕，泰東日報，1925-07-07（1）。

則百餘字，短則十餘字。有時因來不及編輯彙總，竟將有關滬案的電訊分爲「早上收到」與「晚上收到」兩類，並陳於「東亞電訊」欄，如 6 月 6 日該欄目中竟出現兩條標題同爲《上海騷擾之續訊》的新聞，區別僅在於前者是「6 月 5 日早收到」，後者是「6 月 5 日晚收到」。〔註 272〕報紙第 7 版，則用來刊登上海及全國各地愛國援滬運動的相關通訊，時效性較第 2 版爲弱，如 6 月 25 日刊登的《北京通訊：二十日國務會議經過 決定滬案交涉方針 通過駁覆六國警告》，已相距新聞發生 5 天之後了；又如 7 月 10 日的《（六月十七日）成都通訊：蜀中開會援助滬案 國民外交後援會已成立 農工商學各界之大遊行》一文，更是距新聞稿發出的 23 天之後才刊登。但總的來說，第 7 版的相關通訊對滬案及全國支持情況的報導十分詳盡，其篇幅動輒超過 1／4 版，在標題製作、版式設計方面也頗爲用心。如 7 月 22 日的一條關於滬案交涉的北京通訊竟擬出五重標題：《延擱中之滬案交涉（主）外交團靜待本國政府訓令（副）外交部照會使團聲明責任（副）段執政召集要人討論辦法（副）組織調查團以明滬案眞相（副）》。

需注意的是，對於五卅運動，《泰東日報》中國報人無論在處理評論稿件，還是在處理普通消息和通訊時，當涉及日本時均十分謹慎，特別是在 6 月 6 日報紙被禁賣一天後，便在報導中試圖迴避甚至偶而「討好」日本，這與《泰東日報》自身的日人背景有關，也是當時中國報人的一種策略性選擇。對此，下文將詳述之，此不贅述。但不反日，並不代表《泰東日報》中國報人不堅持愛國立場。正是在略顯親日姿態的掩護下，他們對滬案進行了全面且較客觀的報導，支持了中國人民反帝愛國的民族主義立場，當然，這不可避免地造成了敘述的矛盾性與隱晦性。

二、無法迴避的「正兇」——日本

五卅運動，「起於日商紗廠在上海與青島摧殘工會，打死工人」，〔註 273〕故此，日本才是「這次事件的正兇，是摧殘工會、摧殘中國平民自由的首犯」。〔註 274〕《泰東日報》中國報人最初便已知曉日本之於滬案的「兇手」身份，

〔註 272〕上海騷擾之續訊 之一／上海騷擾之續訊 之二〔N〕，泰東日報，1925-06-06（2）。

〔註 273〕上海社會科學院歷史研究所，五卅運動史料：第 1 卷〔M〕，上海：上海人民出版社，1981：159。

〔註 274〕上海社會科學院歷史研究所，五卅運動史料：第 1 卷〔M〕，上海：上海人民出版社，1981：107。

認爲五卅慘案「事起於英，事成於日，以地理種族論之，英人尤有可說，日人斷不應當」。〔註275〕6月6日，畢乾一在《滬上暴動風潮暨外人有以自覺》一文中點名抨擊了日本的所作所爲：

> 夫如東鄰日本，今次雖在漩渦之中，不可自拔……英人以白人種族，不問國際公理，姑屬可惡，而日人之一部分人士，亦不惜尾英人之後，異曲同工，加入合作，不問同種同文關係，而事煮豆燃萁，亦可痛矣。〔註276〕

尷尬的是，《泰東日報》中國報人身處的關東州，恰是這個「正兇」與「首犯」的租借地，日人對其擁有絕對殖民權力，華人無言論出版的分毫自由。〔註277〕此種情況下，他們在報導滬案時如何表述和處理日本，便成爲一個十分棘手且動輒得咎的問題。

由於意識到自身在滬案中的兇手身份，關東州的日本殖民當局極力封鎖消息，禁限十分嚴苛：

> 該埠日人爲遏止中國學生在該地宣傳滬案，現下實行檢查。聞凡在該埠下岸之中國人，必經一番嚴厲之檢查，方准登岸；稍有可疑，即行扣留。凡郵局郵遞信件及報紙，稍有關於宣傳滬案之情事，檢出後立即焚毀云云。〔註278〕

其實，早在大連愛國援滬運動尚未興起之時，日本殖民當局即「召集新聞社關係者多人，於（六月）九日午後四時於大連商業會議所，作一番之時局談話」，〔註279〕要求各報社「援助當局」，〔註280〕實則強迫輿論統一，掩蓋帝國主義屠殺國人的罪行。一如前文所述，在察覺到《泰東日報》中國報人的五卅報導表現出強烈的民族主義和反帝排外傾向時，日本殖民當局果斷地對其處以極刑——對言辭激烈的6月6日報紙禁止發賣。從現存文獻資料來看，這可能是《泰東日報》發展史上唯一一次被禁。

〔註275〕舉國憤激之上海外人無理〔N〕，泰東日報，1925-06-06（7）。

〔註276〕大拙，滬上暴動風潮暨外人有以自覺〔N〕，泰東日報，1925-06-06（1）。

〔註277〕中共大連市委黨史研究室，大連中華青年會史料集〔M〕，大連，1990：2。

〔註278〕上海社會科學院歷史研究所，五卅運動史料：第3卷〔M〕，上海：上海人民出版社，2005：117。

〔註279〕關東廳防備意外〔N〕，泰東日報，1925-06-10（2）。

〔註280〕劉功成，王彥靜，二十世紀大連工人運動史〔M〕，瀋陽：遼寧人民出版社，2001：158。

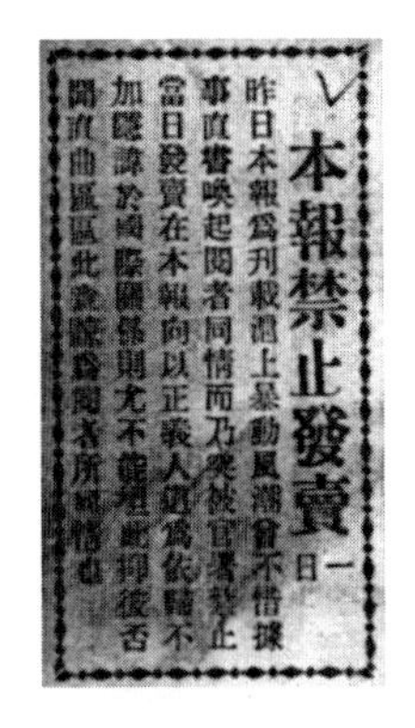
本報禁止發賣一日
昨日本報爲刊載滬上暴動風潮曾不惜據
事直書喚起閱者同情而乃突被官署禁止
當日發賣在本報向以正義人道爲依歸不
加隱諱於國際關係則尤不能擔此抑彼否
聞直曲區區此意諒爲閱者所同情也

對於殖民當局的強橫，《泰東日報》中國報人也表現得極爲決絕，未有「示弱」之意。在次日出版的報紙頭版社論下方即以大字標題並加醒目邊線登出被禁之聲明——《本報禁止發賣一日》：

> 昨日本報爲刊載滬上暴動風潮曾不惜據事直書，喚起閱者同情而乃突被官署禁止當日發賣。在本報向以正義人道爲依歸，不加隱晦於國際關係，則尤不能擔此抑彼否聞直曲。區區此意，諒爲閱者所同情也。〔註281〕

很明顯，該聲明將日本殖民當局置於「正義人道」的對立面。當日《泰東日報》雖頭版未涉及滬案，但在第 2 版與第 7 版仍以巨大篇幅報導上海動態及全國聲援情況，絲毫不減其憤激之氣。委身於日人報紙，敢於在日人的封禁與干擾下替同胞聲張，在主要事實方面不惜據事直書，願意充當東北華人援滬輿論的鼓動者和傳播者，《泰東日報》中國報人此種勇氣已足可稱道。

但迫於壓力，從 6 月 6 日報紙被禁賣直至 6 月 13 日這一週多時間裏，《泰東日報》五卅報導的聲勢還是明顯減弱了。此間，該報頭版社論未發表一篇與滬案直接相關的言論，僅在第 2 版與第 7 版「溫和」地報導上海事態，成爲持續三個月之久的援滬報導的「谷底」。即便如此，中國報人們仍隱晦地表達了對日本殖民當局粗暴干涉輿論的不滿，如 6 月 12 日該報的頭版論說《主民政治下之自由》：

> 吾儕言論界，今尚束縛於出版法之下，甚可痛也……凡爭自由者，可以興矣，即力以束縛人民自由爲能事之袞袞者，觀此亦可知此返矣。否則反動之者來，正恐未知所屆也。〔註282〕

該論說的絕大部分內容爲轉述「北京旨微君」論「主民自由」一文，但明顯是在影射日本關東廳對華人援滬輿論及由此生發出的民族主義與反帝思想的無理壓制。

在隨後的報導與評論中，《泰東日報》中國報人對有關日本問題的處理變得極爲謹慎，除 7 月 8 日第 4 版《英日領之於民報》一文譴責「英日領事非惟不表同情，反欲干涉東三省民報，鉗制中國輿論」、7 月 27 日第 2 版《對滬粵案等駐日民黨之通電》一文中有「日帝國主義者，攜其傳統的陰謀毒策，

〔註281〕本報禁止發賣一日〔N〕，泰東日報，1925-06-07（1）。

〔註282〕記者，主民政治下之自由〔N〕，泰東日報，1925-06-12（1）。

與吾國軍閥官僚相互勾結利用，宰□我國，虐我國民」等激烈語句外，評論與新聞中不再出現明顯的排日詞句，轉而強調「中日兄弟之國也，唇亡則齒寒，輔失則車不行」。對於日人與五卅慘案之關係，中國報人對輿論漩渦中的日本已甚少指責，態度漸趨溫和曖昧：

> 今回之五卅事件，與日本並無何等深厚之關係，日本方面，亦欲單獨解決關乎日本工場之部分，以自漩渦中脫出。……吾人且相信有責任之日本人，能體諒今回中華民族之解放運動，不僅屬於中國之局部問題，乃與有色民族解放運動之將來，具有深重之影響也。〔註 283〕

沈紫暾甚至簡單地認爲，可借解決滬案之機，將當時中日兩國邦交的歷史遺毒進行根本療治，若此，則百年之庥，可翹足而待。〔註 284〕畢乾一則希望日本「値此鄰邦吾國多事之秋、外族侵凌日迫之時，爲東亞大局謀一百年根本和好之方針也」。〔註 285〕在他們的主持下，《泰東日報》認爲，對於滬案的兩個直接當事人——日本與英國，不宜同一而視：「日英兩國同一對待，殊爲不可，日本上下亦宜以中日共存之見地以同情的態度謀該案之圓滿解決。」〔註 286〕此時的日本應「仗義而起」，本著「爲公理計，爲人道計，爲亞細亞大局計」的「良心」，對中國「亟直加以援助，所以一切意見，藉以消除」。〔註 287〕

總體而言，觀乎被禁賣後的《泰東日報》，能明顯覺察到中國報人在報導與評述滬案時有意避開日本，在策略上將所有的罪責歸咎到英國人身上。在不得不觸碰這個「正兇」時，態度也難免曖昧。這一方面反映了《泰東日報》中國報人對被禁一事心有餘悸，另一方面也反映出當時包括《泰東日報》中國報人在內不少東北國人對日本抱有某種幻想。由於歷史的原因，「中日親善」的觀念確實在當時當地不少國人頭腦中或多或少地存在。還應特別注意，當時的中國輿論確也是對英不對日，據李則芬《中日關係史》記載，當時大多數國人認爲「同時打倒英日兩國，勢將迫使英日合作，以壓迫中國的國民革命運動，且當時日本對北京政府的壓力很大，日本可利用北京政府的力量，

〔註 283〕紫暾，望日本政府自重〔N〕，泰東日報，1925-07-17（1）。
〔註 284〕紫暾，望日本政府自重〔N〕，泰東日報，1925-07-17（1）。
〔註 285〕大拙，日本政界今後之趨勢〔N〕，泰東日報，1925-08-05（1）。
〔註 286〕日英不宜同一視〔N〕，泰東日報，1925-06-10（2）。
〔註 287〕黃灣主人，東塗西抹：日人國能仗義而起乎〔N〕，泰東日報，1925-06-11（2）。

以摧殘新興的革命勢力。若暫時放鬆日本，日本必取旁觀態度」。〔註288〕日人也充分利用中國人的心理，欲完全將五卅慘案的責任推到英國身上：

> 他們（指日本人——筆者注）又在日本國內的報紙上說，中國反抗英國的運動，是對的，而英國對中國人民之屠殺，是不對的。同時又提倡「大亞洲」主義，說「日本與中國同是亞洲人，應該聯合反抗白種人」云云。〔註289〕

此也恰可以解釋爲何日本殖民當局對被禁後的《泰東日報》，仍「囂張」地聲援東北華人愛國援滬運動而睜一隻眼閉一隻眼了。

三、對東北愛國群衆運動的聲援

五卅慘案發生後，「東省的民眾，本非常熱烈，但被張作霖之嚴重壓迫，巡行、演講、集會、結社等自由均被禁止，故運動異常沈寂；民眾捐助罷工之款，也被政府勒令發還。」〔註290〕此外，由於「東省距內地較遠，以地勢關係，一切潮流之侵入，風氣之開通，固較內地爲緩」，〔註291〕因此，五卅慘案後東北人民群起義捐、學生罷課、工人罷工的高潮也來得較晚。在《泰東日報》上，遲至6月17日，始見有關關東州及整個東北愛國援滬運動的相關報導，但在當日的報紙上，筆名爲「振」〔註292〕的中國報人即指出，東省人民救國之熱烈程度決不遜於關內，更不是「血涼心死」之輩：

> 此次上海英租界槍殺學生之慘劇發生後十餘日，而東省毫無動作，不知者，幾疑爲血已涼而心已死矣。及至近日，工罷業，而學罷課，商助捐，而紳助賑，一唱眾和，風起雲湧，救國之熱烈，居然一發而不可遏，以是知東省前日之不動，非不動也，乃不輕動也。〔註293〕

此後的報導中，《泰東日報》在每日報紙第4版（東三省新聞版）用大量篇幅報導整個東三省愛國援滬運動情況，6月中旬至6月底該版關於東北聲援

〔註288〕李則芬，中日關係史〔M〕，臺北：臺灣中華書局，1970：536～540。
〔註289〕上海社會科學院歷史研究所，五卅運動史料：第1卷〔M〕，上海：上海人民出版社，1981：72。
〔註290〕上海社會科學院歷史研究所，五卅運動史料：第1卷〔M〕，上海：上海人民出版社，1981：71。
〔註291〕振，滿洲月旦：東省特長〔N〕，泰東日報，1925-06-18（4）。
〔註292〕在多篇報導中，這位署名爲「振」的中國報人自稱「記者」。
〔註293〕振，滿洲月旦：東省特長〔N〕，泰東日報，1925-06-18（4）。

滬案的報導常常占到3／4以上的版面。對於「各地方援滬之機關紛紛成立」〔註294〕、「教育界函催解款，青年會積極勸捐，總商會向滬匯款，各工廠認捐踴躍」〔註295〕、「悲憤激昂之滬案後援會，涕淚陳詞，感動眾心」〔註296〕、「對仇貨拒不認購」〔註297〕的景象，《泰東日報》指出：「東省人心，無遜內地，對於滬案，群起響應」。〔註298〕而對於當局限禁義捐、學潮及罷工的行爲，《泰東日報》中國報人同樣不留情面地予以責備，如7月13日的《星期閒話：漫談》一文，「若林」〔註299〕批評當時的東北督辦張作霖：「擁有巨大實力的東北督辦張上將軍，對於這次國難，從來沒有明確的表示。」又如東北大學學生請願募捐「被警毆辱」一事，該報在小言論《滿洲月旦》欄目中力撐學生：

> 天下興亡，匹夫有責，國如不國，學復何用。吾人固不贊成學生長時間之休校，然區區數小時之督促請願，亦何必以曠棄學業排外滋事而誣責學生也哉。〔註300〕

對於愛國心不強的個別社會階層，《泰東日報》中國報人的批判態度也十分鮮明，如商人階層在東省人民呼籲與列強國家「經濟絕交」的聲勢中始終游移不定，《泰東日報》則明白地斥其「見利忘義，罔顧廉恥，商人知識，爲之一歎」〔註301〕。但總體而言，《泰東日報》中國報人倡導東省民眾在愛國援滬運動中堅持理性。如對於「抵制仇貨」一事，筆名爲「振」的中國報人認爲：

> 夫抵制仇貨、提倡國貨，二者固皆爲救國題中應有之文章。但抵制仇貨，爲救國之杪末辦法，至提倡國貨，則爲救國之根本辦法。東省以處於特殊地位之故，於仇貨雖不明爲抵制，於國貨則必力爲提倡，此亦不抵制自抵制之根本辦法也，非愛國之弱於他省。〔註302〕

對地方當局的某些舉措，《泰東日報》中國報人也提醒人們注意「東省之特殊地位」，如對學生罷課示威被限制，「振」認爲，「東省當局對於學生，禁

〔註294〕各地方援滬之機關紛紛成立〔N〕，泰東日報，1925-07-04（4）。
〔註295〕各方面募捐近誌〔N〕，泰東日報，1925-07-07（4）。
〔註296〕（營口）請看悲憤激昂之滬案後援會〔N〕，泰東日報，1925-07-02（4）。
〔註297〕對滬工積極捐款 對仇貨拒不認購〔N〕，泰東日報，1925-07-09（4）。
〔註298〕各地方援滬之機關紛紛成立〔N〕，泰東日報，1925-07-04（4）。
〔註299〕實際姓名不詳，但在文中他自稱「爲做報紙事業的人」。
〔註300〕嗚呼經濟絕交說〔N〕，泰東日報，1925-06-28（4）。
〔註301〕嗚呼經濟絕交說〔N〕，泰東日報，1925-06-28（4）。
〔註302〕振，滿洲月旦：根本辦法〔N〕，泰東日報，1925-07-11（4）。

罷課，禁示威……如認爲不愛國，則誤也……不過東省之地位及情形，與他省不同耳。」〔註303〕

在東北，《泰東日報》的出版地關東州由日本直接控制，政治環境殊異於東三省其他地區。五卅期間，處於日人嚴密控制下的當地華人仍難抑激憤之情，「社會各界人士出自自動的熱心捐輸，無需有人勸捐，每日向救濟會繳送捐款者，極形踴躍。」〔註304〕同樣是從6月17日開始，《泰東日報》開始對上述愛國行爲進行報導，對於大連商業學堂、伏公女校、旅順師範學堂等校學生罷課，沙河口工場華人罷工、周水子福紡女工罷工等持明確同情與支持的態度，並一再表示，「大連人士向來對於愛國運動，不肯後人」，〔註305〕雖處「特殊境地，無特別表示，然救國之心，從未稍減於內地」〔註306〕。6月21日，爲募金接濟上海失業工人，大連滬難救濟會在保善大戲院召開五卅殉難烈士追悼大會。〔註307〕《泰東日報》在次日報紙第2版以《滬難救濟會辦最嚴肅之追悼會》爲題對之報導，稱「市民自行參加者約萬餘人，整齊嚴肅，肅穆無嘩，……，高呼中華民國萬歲」〔註308〕，「苟非關心國難，焉有若斯成績」。〔註309〕自6月23日起，《泰東日報》開始在每日報紙第2版刊登「滬難救濟會捐款芳名錄」。當看到華人「自動的集款輸捐，一倡百和，大有爭先恐後之勢踴躍輸捐的情形」，〔註310〕《泰東日報》以「可敬」稱之。而「尤可敬者」，則是「中華青年會之小學生，按日節其餅餌之資輸捐救濟滬難」。〔註311〕當看到「吾大連爲全國有名之大商埠，海關收入占全國第二，捐款數不如京津一中學校」時，《泰東日報》中國報人則覺得實在是「愧煞矣」。〔註312〕

援滬運動期間，大連一些親日的華商遲遲不爲所動，對此，《泰東日報》中國報人通過編發讀者來信的方式「泣告大連全體華商」，並對當時大連華商頭面人物李子明點名批評：

〔註303〕振，滿洲月旦：愛國心則一〔N〕，泰東日報，1925-07-03（4）。
〔註304〕滬難集捐之進行〔N〕，泰東日報，1925-06-22（4）。
〔註305〕洪福，關於大連華人對於滬案之感想〔N〕，泰東日報，1925-06-21（4）。
〔註306〕滬案關係之種種〔N〕，泰東日報，1925-06-24（2）。
〔註307〕五卅殉難諸烈追悼大會〔N〕，泰東日報，1925-06-20（2）。
〔註308〕滬難救濟會辦最嚴肅之追悼會〔N〕，泰東日報，1925-06-22（2）。
〔註309〕滬案關係之種種〔N〕，泰東日報，1925-06-24（2）。
〔註310〕洪福，關於大連華人對於滬案之感想〔N〕，泰東日報，1925-06-21（4）。
〔註311〕滬難救濟會消息種種〔N〕，泰東日報，1925-07-08（2）。
〔註312〕救濟捐款之近況〔N〕，泰東日報，1925-06-25（2）。

> 大連雖係租借地，而華人十幾萬，不無熱心愛國之士，是以由吾國團體成立滬案救國會，代表華人十數萬之機關，暨我精明強悍會長李子明，何毫不參與此會？〔註313〕

然而，由於殖民當局限禁頗嚴，《泰東日報》報自 7 月 22 日刊登《妓女捐款救滬工 王小鳳深明大義 勸義捐慷慨陳詞 熱心愛國 愧殺鬚眉》一文後，再無有關大連華人愛國援滬運動相關報導。

此一時期，東三省其他主要中文報紙如《盛京時報》、《大北新報》、《東三省民報》等曾對群眾示威及募捐活動進行過一些報導，〔註314〕但由於日人背景的《盛京時報》、《大北新報》對中國人的反帝情緒持敵視態度，而作爲國人報紙的《東三省民報》則迫於英日領事館及張氏軍閥的壓力，相關報導受到很大局限，在一些原則性問題的處理上也存在明顯偏差。對於上述報紙報導滬案時或各懷鬼胎，或畏首畏尾的猥瑣怯懦姿態，東三省民眾是極爲不滿的。對此，《泰東日報》中國報人同樣以刊登「讀者來信」方式表達了東三省華人心中的激憤，7 月 28 日報紙第 4 版登出題爲《奉勸民報與……報記者》（署名王德普）的讀者來信，索性在標題和正文中開了個「小天窗」——諷刺性地隱去了日人報紙《盛京時報》的名字：「諸位未看民報與——報嗎？邇來上海五卅慘案發生以來，彼等不但不能公執輿論，而且彼此因些小節即互相蠻罵。」〔註315〕另一篇由「東豐初中教員王龍石」寫來的讀者來信《力闢某報之小不忍則亂大謀之謬解》則直接在正文中點名斥責了「言之曖昧」的《盛京時報》：

> 邇來滬漢案發生以來，中外不平，有乖國際公法，甚於暴德之蹂躪比利時……前閱盛京時報徵求標語，大書而特書曰，小不忍則亂大謀，且曰對付時局最中綮極有效之後援。噫，何其言之曖昧也。……今則同胞毆死，供人刀俎，所謂父兄之仇，不共戴天者也。此謂之小，何謂之大哉。今則花言巧語，牽強附會，尼父有知，吾知其怒髮衝冠矣。〔註316〕

〔註313〕一商人，忠告大連華商公議會長李子明〔N〕，泰東日報，1925-06-28（4）。
〔註314〕參見《五卅運動史料：第 3 卷》第 104～136 頁收集整理的東北地區報紙報導五卅的相關文章。
〔註315〕王德普，奉勸民報與……報記者〔N〕，泰東日報，1925-07-28（4）。
〔註316〕王龍石，力闢某報之小不忍則亂大謀之謬解〔N〕，泰東日報，1925-07-08（4）。

東北民眾願意借助《泰東日報》表達心中的憤懣，並藉此對頗有名氣的《盛京時報》、《東三省民報》等報的錯誤言論示以譴責，可見其對《泰東日報》呈現滬案的立場是基本認可的。

概而言之，在對五卅運動的報導中，《泰東日報》表現出強烈華人立場的主要原因，可歸之於該報的華人編輯隊伍及其長期以來形成的民族國家意識。在前文整理的《泰東日報》於 1925 年 6～8 月所刊登的與五卅運動有關的 42 篇社論中，出自畢乾一（大拙）之手的爲 13 篇，出自沈紫暾（紫暾）之手的有 6 篇，兩人合計約占社論總數的 1／2，這也基本奠定了五卅期間《泰東日報》的報導取向，五卅報導中表現出鮮明的民族反帝立場也就不足爲奇了。

當然，翻閱《五卅運動史料》等相關文獻，可知五卅慘案發生時的中日關係處於相對緩和階段。與此同時，如前文所述，由於中國策略性地選擇交涉對手的緣故，「五卅慘案所引起的（中國）民族運動，已以英國爲唯一目標」，〔註 317〕日人不僅可以趁此脫身，且能夠在中國人民浩大的抵制英貨運動中坐收漁人之利，出現了「日貨取代了英貨市場，日本對華貿易大增」的情況。〔註 318〕如此一來，日本關東州殖民當局對《泰東日報》中國報人在五卅運動中所表現出的華人立場和民族氣節不僅不加限制，反以一種看似被動實則主動的方式對其加以「利用」和「引導」。此種推斷雖未發現直接證據，但若按當時的情況推理，應屬合理。亦即是說，日本殖民當局在看到形勢有利於自身之後，很有可能有意利用了《泰東日報》中國報人的民族情感。

另應注意的是，《泰東日報》中國報人所堅持的愛國民族主義立場仍有很大局限性，他們不敢眞正觸碰日人的根本利益，被其侵凌卻還喊著「中日兄弟之國」的口號，甚至幼稚地奢望這個「友善」的鄰邦能主持「正義」。由此可見，《泰東日報》中國報人的民族氣節是日本人限定和許可下的「華人氣節」。而在處理滬案的一些原則性問題上，他們的一些觀點也有待商榷，如希望運動「速了」，從而在國人中間傳播了一種把運動變成僅針對英、日的狹義國家主義輿論，蒙蔽了讀者。對工人階級及工人運動，他們也是持貶低態度的，如 8 月 24 日甦生的《勞工運動之途徑》一文輕率地認爲「工人知識淺薄」，

〔註 317〕李則芬，中日關係史〔M〕，臺北：臺灣中華書局，1970：539。
〔註 318〕李則芬，中日關係史〔M〕，臺北：臺灣中華書局，1970：539。

易出暴舉〔註 319〕；又如對中國共產黨在五卅運動中的作用與影響，《泰東日報》不僅自始至終不予提及，甚至建議國人「乘此良機，正可把共產式之根苗，一鏟而盡之」。〔註 320〕

〔註 319〕甦生，勞工運動之途徑〔N〕，泰東日報，1925-08-24（1）。
〔註 320〕外交後援會致段電 反對蘇俄主義〔N〕，泰東日報，1925-08-05（1）。

第四章　1925～1931：轉折期中國報人生存環境惡化與國共兩黨報人活動

1925年8月28日，金子雪齋病逝於大連振東學社，臨終前遺命以中國儒者古體方式祭葬。〔註1〕而在病逝前的第9天，他召集友人及《泰東日報》大連本社社員50餘人到振東學社，口授《告別辭》，〔註2〕並揮毫寫下「一紙風行正氣存」勖勉社員。〔註3〕金子雪齋逝世之時，正當五卅慘案在關東州華人中間引起激憤。在畢乾一、沈紫暾等主持下，《泰東日報》秉持華人立場，極力聲援滬上。但此間作爲《泰東日報》政治庇護者的金子雪齋猝然離世，使這次聲援行動成爲《泰東日報》史上中國報人堅持激進反帝民族主義的絕唱。金子雪齋死後，其弟子阿部眞言繼任社長。此後，這份報紙漸漸失去往日的汪洋恣肆，中國報人的處境愈漸惡化，甚至曾遭遇日本浪人爲幕後黑手的襲擊事件。但總體上，阿部眞言主持下的《泰東日報》繼續秉持民間立場，不同政治立場的中國報人在其中仍有活動餘地。

第一節　金子雪齋離世後中國報人生存境況

金子雪齋離世後，傅立魚離社後主持筆政多年的編輯長畢乾一約於1928

〔註1〕大連華商公議會全體董事，弔詞〔N〕，泰東日報，1925-08-31（1）。
〔註2〕金子雪齋，雪齋遺稿，大連：振東學社，1933：扉頁。
〔註3〕本報社長金子雪齋翁病中之揮毫筆跡〔N〕，泰東日報，1928-08-22（2）。

年 5 月離社（詳見本章第二節）。〔註 4〕曾一度擔任副編輯長並在五卅運動期間襄助畢乾一的沈紫暾，於 1926 年從日本明治大學畢業後先是「繼續在該大學研究科從事高深學問之研究」，之後回到大連，但未回到《泰東日報》，而是先後充任大連中華青年會幹事、滿鐵情報課囑託等職。1928 年 7 月 22 日晚間，他與傅立魚被大連警署秘密拘捕，罪名爲「計劃東三省之革命」，「設民治主義之政府，隸屬於國民政府之下，完成統一」。〔註 5〕8 月 16 日，傅立魚被逐離連，沈紫暾去向不明。此外，專注於白話文創作、民國成立前即參與《泰東日報》編務的愛國報人甦生也於 1927 年元月之後銷聲匿跡。

以傅立魚被逐離連爲界點，1921 年之前曾與其共事、並肩辦報的愛國報人基本上已全部離開《泰東日報》。但此時，《泰東日報》中國報人的對日立場尚未明顯轉向，對於中日之間的紛爭仍能比較客觀地進行報導，1928 年 6 月報導張作霖被炸身亡即是一例。報紙從 6 月 5 日開始大規模報導張作霖所乘列車被炸一事，雖一度出現《張氏仍無可虞 於震驚中之措施》〔註 6〕等不實報導且不敢指明幕後黑手，但對張作霖之死表示同情，對張學良主政後的東北寄予期望。6 月下旬，《泰東日報》派日本記者山下（全名不詳）與中國記者呂儀文同赴奉天採訪張作霖發喪。回連後，呂儀文在報上連載《最近奉天之一瞥》，一方面愼言張作霖在老道口被炸亡命的「揣測種種，無從證實」，一方面對張作霖之死表示惋惜。〔註 7〕對張學良繼父業後東省民眾予以支持的情況，呂儀文也表示欣慰：

> 張學良少年英俊，頗知自強。今日之地步，雖半託乃父之蔭，要亦努力奮鬥之結果也。試看新督辦就任聲明之後，奉票日趨反漲，是無異商民信望之表示，以爲東省政治，正可創一改革之新紀元也。〔註 8〕

呂儀文更期望張學良「早與國府妥葉……倘有再爲離間之計，煽動用兵自殘同胞者，即當下令通緝，則彼輩亦自聞風喪膽，不敢爲禍國殃民之舉矣」。〔註 9〕

〔註 4〕畢乾一氏送別會〔N〕，泰東日報，1928-05-26（2）。
〔註 5〕運動東省革命化者被關東廳派警拘捕 當局聲言將令其退出州外〔N〕，泰東日報，1928-07-25（2）。
〔註 6〕張氏仍無可虞 於震驚中之措施〔N〕，泰東日報，1928-06-08（1）。
〔註 7〕最近之奉天一瞥〔N〕，泰東日報，1928-06-26（2）。
〔註 8〕最近之奉天一瞥（續）〔N〕，泰東日報，1928-06-27（2）。
〔註 9〕最近之奉天一瞥（續）〔N〕，泰東日報，1928-06-27（2）。

1928 年畢乾一離社後，曾在旅順工科大學、滿鐵教科書編輯部任職的中國人馬冠標短期擔任《泰東日報》編輯長一職，但具體情況不詳。此後，中共地下黨報人李笛晨、陳濤、吳曉天、蓋仲人、周東郊、周璣璋等先後進入《泰東日報》活動，陳濤還曾一度擔任編輯局長直至 1931 年初。與此同時，國民黨在大連的實力派人物、曾任大連黨部宣傳部長的李仲剛也在社內充任記者。可見，此時期的《泰東日報》仍然爲不同政治身份和立場的中國報人提供了活動空間。因阿部眞言對報社控制力相對較弱，加之漸趨複雜的人員構成，致使此時期的《泰東日報》編輯部給人以紛亂無序的印象。「總共不到 20 人，我行我素，步調不一，致使報紙版面光怪陸離。」〔註 10〕

總體上，在失去金子雪齋政治庇護及外部政治環境變化的影響下，《泰東日報》中國報人的生存處境已出現明顯惡化的趨勢。不僅新聞與言論常遭掣肘，連人身安全亦不能得到保證。1928 年 11 月 28 日，記者王蘭被諜報巨頭阪西利八郎的弟子、日本大陸浪人小日向白朗〔註 11〕設計毆傷。王蘭，字者香，「在社多年，對於體育以及慈善公益等特別熱心」〔註 12〕，「實報界之鳳麟」〔註 13〕，1931 年 3 月辭職赴瀋陽任馮庸大學秘書及體育組幹事。1928 年 11 月遇襲時，王蘭已在大連報界小有名氣，不少青年讀者因其「言論公正」、「權勢不避」而對他「景仰不置」。〔註 14〕28 日晚，大連警察署高等警察係矢守（日本人，全名不詳）託信王蘭，說小日向白朗當晚有宴相邀，望赴約。王蘭與小日向白朗本不相熟，幾經推辭後，無奈與社內另一位中國報人「宮君」（疑爲記者宮慶超——筆者注）赴宴，「當時以勉強應召諸多乏味，王蘭與宮君即擬先行辭去，小日向君則力阻，且云日人宴會常例須於九時之後」。將近夜裏 10 時，王蘭才被允離去，但走到西崗十四號門前時，「由東來一暴漢，著黑色洋服，手持黑粗木棒……行至比肩之時，舉起手中之棒，口嚷唔——七克笑（日本罵人語）往王蘭後頭打了兩棒，王蘭以未稍抵防，應聲昏倒……幸王蘭擅長足球，對於頂球尤爲拿手，故其同人贈以鐵頭王蘭之稱，斯棒惜擊後頭，部位不妙」，王蘭才得以保命。〔註 15〕儘管毆人致傷的幕後黑

〔註 10〕大連日報社，大連報史資料〔M〕，大連，1989：182～183。

〔註 11〕小日向白朗（1900～1982），大陸浪人，日本諜報巨頭阪西利八郎的弟子。漢名尚輔，字旭東，一般稱作尚旭東，綽號「小東洋」、「小白臉」。

〔註 12〕本社同人惜別王蘭君 中青發起送別會〔N〕，泰東日報，1931-03-10（7）。

〔註 13〕本社同人，送別王蘭君〔N〕，泰東日報，1931-03-12（3）。

〔註 14〕汐復，給王蘭的信〔N〕，泰東日報，1928-12-08（5）。

〔註 15〕本報記者王蘭遇難之經過〔N〕，泰東日報，1928-12-21（7）。

手不難斷定，但此事最後仍不了了之。小日向白朗曾稱金子雪齋爲「大陸浪人的精神支柱」並向其求教，〔註 16〕倘若當年曾陪同因金州三十里堡水田事件陷入爭訟的傅立魚赴旅順受審的金子雪齋仍在世，日人襲擊《泰東日報》社員當會有所顧忌，被襲後也必不會不了了之。

即便生存環境趨於惡化，但此時《泰東日報》中國報人仍然能夠堅持新聞記者職業的操守與品格。如在王蘭遇襲後，眾多讀者投信報社表示慰問。王蘭在回信中說：

> 自我從業記者的那天，我便唯有記得我的職責是記者，忠實於記者的職責。那便是我唯一的服務了。以前是這樣，現在是這樣，將來還是這樣。利誘與威迫，我從來□連想都沒有想到。所以我這回雖遭到這意外不幸的事件，但在我看來，也盡止不過是意外不幸的事件而已，假如我還能活著的一天，怕於我職責的本身，便決不會有什麼影響的！抱歉！盡不能如施暴行者所豫想的那樣兒的，我盡自克服了——不但連影響都沒有，而且我唯一的愈要忠實於我的職責了呢。〔註 17〕

另須注意的是，從此一時期開始，李永蕃、趙恂九、畢殿元等日本殖民統治後出生的關東州本土報人已經進入《泰東日報》工作。他們此時尚未成爲報社中舉足輕重的力量，但不久的將來，則成爲《泰東日報》中國報人群體的主體。

第二節　關東州本土第一代職業報人退場：以畢乾一爲中心

在《泰東日報》早期報人群體中，來自關東州本土的李在旃、曲模亭早年受過系統、良好的國學訓練，有傳統的功名，如李在旃爲光緒乙丑科

〔註 16〕朽木寒三，小白龍傳奇：一個日本浪人在中國大陸的經歷〔M〕，袁韶瑩等，譯，長春：吉林文史出版社，1991：106。

〔註 17〕王蘭，答〔N〕，泰東日報，1928-12-08（5）。

舉人〔註 18〕、曲模亭爲秀才〔註 19〕，屬於晚清一代知識分子。〔註 20〕李、曲二人襄理《泰東日報》編務，很大程度上是受友人金子雪齋之託。（詳見第三章第二節）關東州本土成長起來的第一代職業報人，則以金州人畢乾一爲代表。作爲自《泰東日報》創刊至「九一八」事變以前最具影響力的本土報人，畢乾一於 1928 年春的離去標誌著關東州本土第一代職業報人退出歷史舞臺〔註 21〕，此後活躍於《泰東日報》的本土報人大多不再具備新舊貫通的知識結構。更重要的是，作爲殖民教育體系下成長起來的第二、三代本土報人，其家國認同已與畢乾一爲代表的第一代本土報人有明顯區別——這也是本書區分兩代報人的主要依據。

一、畢乾一報人生涯概述

畢乾一字庶元，號大拙，1931 年版《東北人物志》「畢乾一」條目下記載：「畢乾一，年四十歲，金州人，前曾任大連泰東日報主筆，住金州城內。」〔註 22〕依該書出版時間及「年四十歲」的記錄來看，畢乾一當生於 1891 年（清光緒十七年）或之前，這與大連本土學者孫海鵬在《連灣墨林記》一書中提及畢氏「六十年代中期病逝於撫順，年近七十」大致相合。〔註 23〕畢乾一的出生地金州是遼南人文薈萃之地，明代以降，多出進士、舉人，僅清朝年間即產生進士 8 人、文舉人 28 人、武舉人 6 人。〔註 24〕日據時期，該地區先後設置金州軍政署、金州民政支署和金州民政署，分隸日本遼東守備軍司令部、

〔註 18〕孫寶田，旅大文獻徵存〔M〕，大連：大連出版社，2008：46。

〔註 19〕孫寶田，旅大文獻徵存〔M〕，大連：大連出版社，2008：55。

〔註 20〕許紀霖，中國知識分子十論〔M〕，上海：復旦大學出版社，2017：82。該書中，作者以 1949 年爲界，將 20 世紀中國知識分子分爲前三代和後三代，即晚清一代（生於 1865～1880 年間）、「五四」一代（生於 1880～1895 年間）、「後五四」一代（生於 1895～1910 年間），以及「十七年」一代（生於 1930～1945 年間）、「文革」一代（生於 1945～1960 年間）和「後文革」一代（1960 年後出生）。

〔註 21〕在 1928 年後的《泰東日報》中，仍有若干本土報人爲清末年間出生，個別人也具有一定的傳統文化功底，如尹仙閣等。但他們入社較晚，且無論爲文還是爲人，都與畢乾一有很大區別，更接近於受殖民教育成長起來的一代。

〔註 22〕滿洲報社，東北人物志〔M〕，大連：滿洲報社，1931：311。

〔註 23〕孫海鵬，連灣墨林記〔M〕，瀋陽：萬卷出版公司，2013：26。

〔註 24〕據孫寶田《旅大文獻徵存》一書相關內容統計得出。孫寶田，旅大文獻徵存〔M〕，大連：大連出版社，2008：41～46。

關東州民政署、關東都督府民政部、關東廳及關東州廳等。因 1904 年日本開始殖民統治，加之清廷於 1905 年廢除科舉，畢乾一等本土知識分子無法再走學而優則仕的傳統士大夫之路，只能在殖民社會中尋求相對體面的職業。他們這一代，屬於開創關東州新式職業和新知識範型的一代，但在文化心態、道德範式等方面依然保存著中國傳統士大夫的不少特點。

畢乾一出生於詩書世家，父親畢序昭爲金州名儒，字宗武，號蔗農，清末秀才，曾任開通縣巡檢，候補知縣。〔註 25〕在畢乾一 1920 年寫就的一篇《戒弟行》中，曾簡要提及家族史：「吾家先世皆務農吾祖始守雞窗苦沛然鄉里欽達德讀書豈爲功名取吾父宰邊城鞫獄常持平。」〔註 26〕雖未見畢乾一青少年時期受教育情況的史料，但鑒其祖上即「守雞窗」〔註 27〕，可推斷其早年受過良好的中國傳統教育，而不似趙恂九等下一代關東州本土報人主要接受的是日本殖民教育。

因史料匱乏，畢乾一何時踏入報界已難查證。迄今可查的《泰東日報》上，最早一篇可確定爲畢乾一所寫的文章是 1918 年 3 月 5 日該報第 4 版上的一篇短評《勿以玩忽視之》，談及第一次世界大戰期間俄德媾和以後「東歐爭城爭野殺人流血之事行將轉見於東亞」，希望「政府急宜乘時另派威望素著、熟悉東省之大員來東，俾調兵遣將，設防布局，以免臨時束手，有誤□機」。〔註 28〕因 1915 年 1 月 24 日至 1918 年 2 月 28 日之間的《泰東日報》佚失，而 1915 年 1 月 24 日之前的《泰東日報》上未發現畢乾一的相關文字，因此，可大致推斷其踏入報界的時間約在 1915～1918 年之間〔註 29〕，這與 1928 年畢乾一退社時《泰東日報》稱他「操觚本埠十有餘載」相合。畢乾一入社時，正値傅立魚主持筆政，而畢乾一本人年紀已在 25～30 歲之間，因此，之前可

〔註 25〕孫寶田，旅大文獻徵存〔M〕，大連：大連出版社，2008：54。

〔註 26〕大拙，戒弟行〔N〕，泰東日報，1921-10-06（5）。

〔註 27〕古代志怪書稱：兗州刺史宋處宗得一長鳴雞，喜愛備至，每日將雞籠放在書房窗前。此雞常聽主人吟詩讀書，時間長了，竟能諳習人語，時與宋處宗對話，談論問題頗有見解。後世遂以「雞窗」代指書窗，書齋。如唐代詩人羅隱《題袁溪張逸人所居》詩，有「雞窗夜靜開書卷，魚檻春深展釣絲」句。（典見《藝文類聚》引《幽明錄》）。

〔註 28〕大拙，滿洲月旦：勿以玩忽視之〔N〕，1918-03-05（4）。

〔註 29〕直至 1920 年 5 月，關東州才誕生第二份中文報紙《關東報》。在此之前，該地區中文報紙僅《泰東日報》一家。此外，從目前掌握的史料看，該地區日人報紙中甚少有中國報人供職於採編部門。因此，1920 年以前，關東州中國報人的活動舞臺主要爲《泰東日報》。

能從事過其他職業，非甫出學堂即入報界。

畢乾一留存至今的報章文字較多。其中，1918 年 6 月前，主要為短評，每篇不過二三百字；1918 年 6 月以後至 1920 年年底，主要是發表在副刊上的小說（在「虞初新語」欄目）、戲曲評論（在「歌場零拾」〔註 30〕、「新劇叢談」欄目）、花界評論（在「溫柔鄉語」欄目）、舊體詩（在「摛藻揚芬」欄目）以及極少量社論和短評〔註 31〕；1921 年直至 1928 年退社，則主要以社論和短評為主，以及少量友人間的詩詞酬和作品。10 餘年間作品類型的明顯分野，大致反映出畢乾一在《泰東日報》編輯部地位的變化脈絡：初入社時，僅在相對邊緣的副刊中發表遊戲文字，擔任副刊編輯的可能性較大；1921 年傅立魚退社後，逐漸成為《泰東日報》言論欄目的掌舵者之一，左右著這份日人報紙政治立場的呈現，並最終成長為編輯長。

《泰東日報》初代社長金子雪齋在五卅運動期間去世。後金子雪齋時代，畢乾一主持《泰東日報》筆政近三年之久。在失去金子雪齋政治庇護且日本對華政策趨於法西斯化的情況下，此間的《泰東日報》仍能在一定程度上延續華人風骨、以維護華人權益為依歸，且在 1925 年五卅運動期間達到頂峰，不能不歸功於畢乾一這位關東州本土出生的編輯長（詳見第三章第六節）。1928 年畢乾一離社，據稱是「因為言論開罪於日人」。〔註 32〕在 1928 年 5 月 26 日的《泰東日報》上，登有一條題為《畢乾一氏送別會》的啟事，這也是畢乾一的名字最後一次在《泰東日報》上出現。

> 本報前編輯長畢乾一氏，操觚本埠十有餘載，造福社會，非同尋常，是以大連公議會會長張本政、小崗子公議會會長龐睦堂及滿鐵囑託法學士閻紉韜氏發起，定於陽曆五月二十八日下午六時，假座泰華樓舉開餞別大會，素與畢氏相知或聞名者多報名參加云。〔註 33〕

二、入社初期的「遊戲文字」

畢乾一早期發表的大量「遊戲文字」頗值得玩味，這些散發著舊文人氣

〔註 30〕該欄目早期名為「歌臺零拾」。

〔註 31〕目前發現由畢乾一所寫的首篇社論為《女子參政之研究》（1920 年 5 月 7 日），署名「大拙」。

〔註 32〕中國歷史文獻研究會，大連圖書館，典籍文化研究〔M〕，瀋陽：萬卷出版公司，2007：46。

〔註 33〕畢乾一氏送別會〔N〕，泰東日報，1928-05-26（2）。

息的作品體現出關東州本土第一代職業報人新舊之間的知識結構和舊學功底。他是《泰東日報》副刊從遊刊發展到專版後最早在上面發表小說作品的報人之一，主要以中短篇爲主，類型涉及箚記小說（如《陰生子》）、誌異小說（如《狸妖》、《蛇妻傳》、《冥譴》）、愛情小說（如《劫後情灰錄》、《金鐘淚史》）、諷時小說（如《多事之家庭》）、寓言小說（如《生日必得過》）、社會小說（如《連水寫眞記》）、滑稽小說（如《千載而忘鶯鶯》）以及應時小說（如《聞雞起舞》）等，對之後劉憫躬、趙恂九、魏秉文、王丙炎等《泰東日報》中國報人創作報載小說起到了引領和示範作用。從畢乾一小說作品的內容來看，這些小說雖然刻畫了國人好利、迷信、情浮意動的一面，但都遵循著中華傳統文化的敘事框架，講究敬神孝親、輪迴果報，勸人輕利向善、戒色好施。由此也可看出，作爲「新附之民」，在日本殖民者的文化霸權或所謂的「教化」力量未發生作用之前（大約至20世紀20年代中期），關東州國人的理想人格，依舊是出自中國傳統的道德教化所陶鑄的理想形象——這種形象通過《泰東日報》不斷傳播複製，延緩了日本殖民者以文治教化力量統治租借地內中國人的腳步。

戲曲和花評是畢乾一初爲報人時發表數量最多的另一類文字，也反映出一位中國傳統知識分子的生活情趣。中國歷來的士大夫大都沉湎於戲曲的古典意趣之中，作爲新舊之間的一代文人，畢乾一也坦陳「興嗜顧曲，好評劇」。〔註34〕對於文人與優伶之關係，畢乾一也認爲二者「性質本甚相近」：

> 文人與優伶，性質本甚相近。文人筆歌墨舞亦猶優伶口歌身舞也。文人關心風雲月露，善詩詞善歌賦；亦猶優伶力摹，蘊藉風流，工旦角，工小生。文人關心世事，爲警世文章，亦猶優伶移啓風化，作大聲疾呼。文人與優伶，所驅不同，歸宗則一也。〔註35〕

數年間，畢乾一是大連戲曲演出主要場所——永善茶園和同樂茶園的常客，與來連獻藝的各類名角亦有交往。他的劇評諳熟掌故，對人物扮相、表現手法、唱腔、故事結構、舞臺布景等均有精當點評：《徐氏姊妹小上墳》〔註36〕、《永善三次武家坡之比較》〔註37〕、《凌仙之煙火棍》〔註38〕、《劉漢

〔註34〕大拙，新劇叢談：對於新劇社小言〔N〕，泰東日報，1918-10-22（5）。
〔註35〕大拙，歌場零拾：文人與優伶〔N〕，泰東日報，1920-11-11（5）。
〔註36〕大拙，歌場零拾：徐氏姊妹小上墳〔N〕，泰東日報，1918-11-26（5）。
〔註37〕大拙，歌場零拾：永善三次武家坡之比較〔N〕，泰東日報，1919-06-10（5）。
〔註38〕大拙，歌場零拾：凌仙之煙火棍〔N〕，泰東日報，1919-06-20（5）。

臣之長阪坡》〔註39〕、《童伶唐韻笙白逼宮》〔註40〕、《筱玉舫與馬鳳蘭之武家坡》〔註41〕等角戲兼評，《悼汪笑儂君逝世》〔註42〕、《劉中燕小傳》〔註43〕、《評佟雨臣》〔註44〕、《論丑角與楊四立》〔註45〕、《永善名坤伶八字評》〔註46〕、《評張少甫》〔註47〕、《箴郭小芬》〔註48〕則側重評角，長文《連濱菊話》〔註49〕、《燕臺歌舞記》〔註50〕則是對當時大連梨園景致的綜合性評點……除此之外，在紀實題材中篇小說《連水寫眞記》第二回「梨園耆宿談天寶遺事，勝清貴冑愴故國江山」中，畢乾一借描述京劇票友、寓居大連的肅親王之弟金燕御〔註51〕的悲涼際遇，暢談譚鑫培、楊小樓、汪笑儂、劉永春、歐陽予倩等伶人往事。該小說還談及一位名爲「旭虹軒主」的報人與金燕御的密切交往，隱喻了畢乾一本人與優伶、票友之間的日常私誼。對於戲曲之社會意義，畢乾一也有自己的見解，認爲新劇較舊劇更具社會教化之意義：

> 蓋西人以戲劇一道爲社會生活之必要，移風化俗，胥於此賴。吾中國今日社會之混淆，家庭之黑暗，已達於極點。全國爲然，此地（指大連——筆者注）亦何獨不然。欲施藥救之方，必自戲劇始。今日之戲劇皆爲舊劇，可以做消遣之品，可以爲娛樂之具，未能有砭時之作，爲警世之鐘。況乎國風不作，鄭聲愈熾，非無異於世俗，反有蠹於社會。〔註52〕

文人富於詩書卻也繾綣多情，畢乾一也不例外。他的花評作品不多，但能見其知悉青樓世故。在《吾今才要評評花》一文中，他將金錢認定爲青樓價值體系的核心，但也指出，青樓女子墮身孽海亦有苦衷，不能一概而論：

〔註39〕大拙，歌場零拾：劉漢臣之長阪坡〔N〕，泰東日報，1919-06-22（5）。
〔註40〕大拙，歌場零拾：童伶唐韻笙白逼宮〔N〕，泰東日報，1919-06-24（5）。
〔註41〕大拙，歌場零拾：筱玉舫與馬鳳蘭之武家坡〔N〕，泰東日報，1919-09-26（5）。
〔註42〕大拙，歌臺零拾：悼汪笑儂君逝世〔N〕，泰東日報，1918-10-05（5）。
〔註43〕大拙，歌臺零拾：劉中燕小傳〔N〕，泰東日報，1918-10-29（5）。
〔註44〕大拙，歌臺零拾：評佟雨臣〔N〕，泰東日報，1918-11-22（5）。
〔註45〕大拙，歌場零拾：論丑角與楊四立〔N〕，泰東日報，1919-04-16（5）。
〔註46〕大拙，歌場零拾：永善名坤伶八字評〔N〕，泰東日報，1919-04-19（5）。
〔註47〕大拙，歌場零拾：評張少甫〔N〕，泰東日報，1919-08-17（5）。
〔註48〕大拙，歌場零拾：箴郭小芬〔N〕，泰東日報，1919-08-02（5）。
〔註49〕大拙，連濱菊話〔N〕，泰東日報，1921-01-01（23）。
〔註50〕大拙，燕臺歌舞記〔N〕，泰東日報，1923-01-01（第10張）。
〔註51〕又名金善御，肅親王善耆之弟。畢乾一在《連水寫眞記》中稱其「秉性高傲，志氣剛烈」，移居旅順後與其兄不睦。史料中關於此人記述不多，詳細生平待考。
〔註52〕大拙，新劇叢談：對於新劇社小言（二）〔N〕，泰東日報，1918-10-24（5）。

夫昨李今張本娼妓之特性，朝秦暮楚亦樂户之遺風。欲覘愛情之厚薄，須視金錢之多寡爲轉移。青樓中原無情好，所綢繆者錢耳，自古爲然，於今尤烈……然間常考之，不盡由於妓女，然爲鴇母者素日施以撻楚之威，用以矯柔之術……時人輒謂妓女水性楊花，轉眼無情，言雖確實，亦不能盡情而然也。若夫紅玉香君之輩，慧眼識人，情有獨鍾，説部記爲事實，人間傳爲佳話，在古有之，而今則未必無此人耳。〔註 53〕

和劇評與花評相比，畢乾一更爲令人熟知的一面是他的舊體詩創作。在現存有關畢乾一極爲有限的文獻資料中，他主要被作爲一箇舊體詩詩人被記述。畢乾一善詩，是大連嚶鳴社、金州益友社的主要成員，他的詩作主要發表於《遼東詩壇》雜誌（1924 年創刊），〔註 54〕發表於《泰東日報》上的除《歸省》等極少數外，多爲友人間的應和之作，如《和傅西河先生生女詩即原韻》〔註 55〕、《和解人先生原韻即贈小寶板書》〔註 56〕、《柳柳召同淮陰飯席間聯句共得三首》〔註 57〕、《奉賀岐山先生移居步韻》〔註 58〕等。但即便應和之作，但也能看出其古詩詞功底和文人憂國憂時情懷：

縱極窮愁憶向寬，春前能得幾時歡。
江湖俠骨知多少，澤國清明雨正寒。
時事變遷感慨多，江山故國奈愁何。
龍蛇起陸風雲急，極目驚飛滄海波。
萍蹤漂泊道淪孤，顧影翩翩誰得扶。
昨日春風襟上淚，向人一笑恨消無。〔註 59〕

三、報章言論與文學作品中的「省籍」意識

前文曾對畢乾一等《泰東日報》中國報人的國家認同和愛國情結有所論述。但作爲關東州第一代本土職業報人代表，畢乾一在報刊活動中流露出的

〔註 53〕大拙，溫柔鄉語：吾今也要評評花（續）〔N〕，泰東日報，1918-09-28（5）。
〔註 54〕參見大連本土學者孫海鵬的《〈遼東詩壇〉研究》，載於中國歷史文獻研究會，大連圖書館，典籍文化研究〔M〕，瀋陽：萬卷出版公司，2007：25～165。
〔註 55〕大拙，和傅西河先生生女詩即原韻〔N〕，泰東日報，1921-02-26（5）。
〔註 56〕大拙，和解人先生原韻即贈小寶板書〔N〕，泰東日報，1921-03-04（5）。
〔註 57〕大拙，柳柳召同淮陰飯席間聯句共得三首〔N〕，泰東日報，1921-05-06（5）。
〔註 58〕大拙，奉賀岐山先生移居步韻〔N〕，泰東日報，1921-07-13（5）。
〔註 59〕大拙，大拙與淮陰柳柳聯句和作〔N〕，泰東日報，1921-05-06（5）。

「省籍」意識也頗值得關注。

與日本殖民統治後出生的第二代關東州本土報人不同，出生於光緒中期的畢乾一青少年時光是在清帝國的統治之下度過的。在日本殖民者到來之前，其國家認同、民族認同與文化認同已基本「定型」。在日人社長金子雪齋較開明的辦報理念下，畢乾一無須經歷下一代關東州本土報人所須經歷的認同掙扎或認同混亂階段（參見第六章第四節）。在他的報章文字中，「吾國」明確地指向「中國」（參見第三章第五節），除此之外，又有比較明確的「省籍」觀念，並不以所謂的「關東州人」自居，這也是第一代本土報人在身份認同問題上區別於下一代的不同之處。亦即，畢乾一對「吾國」——「中國」的認同，是在「奉天人」身份認同基礎上形成的。這種「省籍」認同決定了畢乾一對日本殖民者的態度，也影響了他對各派軍閥的立場。

畢乾一出生時，清朝在其家鄉金州設「金州廳」，隸奉天府尹。但此後不久，甲午戰爭於1894年爆發，日本侵佔遼東，並在金州設軍政署。三國「干涉還遼」後，沙俄在金州先後設「金州市」、「金州行政區」、「郭家嶺行政區」，屬「關東省」。1904年日俄開戰，日本再次侵佔金州，將其設爲「關東州租借地」內的一個轄區。中國民國建立後，曾宣稱改金州廳爲金縣，隸奉天省。但因日本佔領，民國政府始終未能在金州行使主權。〔註60〕即便如此，畢乾一至少在退社之前，始終明確聲稱自己爲「奉天人」，而非日本統治下的無國籍、無省籍的「關東州人」。

對自己的「奉天省籍」身份，畢乾一絲毫不予隱晦。主持《泰東日報》筆政時期，他常在代表整個報紙立場的社論中使用「吾奉」字眼，1923年6月22日社論《吾奉對於政變之所取宗旨》〔註61〕、1924年3月3日社論《吾奉長途飛行第一次成功》〔註62〕等即是如此。除言論作品外，在畢乾一創作的文學作品中，同樣有著明確的「奉天省籍」認同。譬如社會小說《連水寫眞記》以紀實手法拾摭民國初年大連文人墨客、優伶票友、遺老遺少們的逸聞軼事，但小說開篇即點明「我們奉天」，暗指「連水」爲奉天域內之「連水」，而不僅僅是日人治下之孤立的一塊租借地：

〔註60〕大連市金州區地方志纂委員會辦公室，金縣志〔M〕，大連：大連出版社，1989：41～42。

〔註61〕大拙，吾奉對於政變之所取宗旨作〔N〕，泰東日報，1923-06-22（1）。

〔註62〕大拙，吾奉長途飛行第一次成功〔N〕，泰東日報，1924-03-03（1）。

> 話說在下打算作這一部連水寫眞記，無奈其中千頭萬緒，七顚八倒……原來民國三四年的時代，正是我國初改共和，百度維新的時代。內而官民一體，力圖振興，外而和睦邦交，互相提攜。單表我們奉天，這時配虎符膺疆寄的，正是那位輕裘緩帶儒酒風流的鎭安上將軍張錫鑾氏。斯人禮賢下士，吐哺握髮，是最契重念書的人不過。〔註63〕

畢乾一在《連水寫眞記》中提及的「輕裘緩帶儒酒風流的鎭安上將軍」張錫鑾於 1915 年 8 月被袁世凱親信段芝貴取代，「從此頗老〔註 64〕離了遼東，做京華的僑客」。〔註 65〕不久，全國反袁運動興起，張作霖以「奉人治奉」的口號逼走段芝貴。因恐張作霖出兵北京，袁世凱任命張作霖爲奉天將軍。袁死後，張被北京政府任命爲奉天督軍兼省長，1918 年 7 月又被任命爲「東三省巡閱使」，逐漸稱霸東北。〔註 66〕張作霖治奉時雖在「馬上得之不可以馬上治之」口號的標榜下網羅了一批文人名士，但畢竟草莽出身，武力仍是他雄踞東北所憑藉的主要手段。在畢乾一的報章文字中，對武人張作霖的態度並不溫和。如 1918 年春，段祺瑞心腹徐樹錚到奉天，通過楊宇霆策動張作霖派要員到秦皇島，奪取北京政府從日本購買的軍械，以此爲誘餌勾引奉軍入關。認爲有利可圖的張作霖派張景惠赴秦皇島，製造了轟動一時的「秦皇島劫械案」，並用所劫軍械增編大批奉軍。〔註 67〕畢乾一對此持嚴厲批評態度：

> 張作霖自前次徐樹錚到奉後，即悍然劫留軍械，派兵入關，作此種種不法之舉動。夫張以一督軍，而甘冒此大不韙，其屬於爲段氏作傀儡者，此近人而皆知矣。〔註68〕

〔註63〕大拙，連水寫眞記（一）〔N〕，泰東日報，1923-10-17（副張 1）。

〔註64〕即張錫鑾（1843～1922），字金波，又作金坡、金頗、今頗，浙江錢塘（今杭州）人，生於成都。中華民國後任奉天防務、東三省宣撫使、奉天都督。1922 年 4 月，曾與趙爾巽、王士珍、王占元、孟恩遠等人以斡旋者的身份致電曹錕與張作霖，調停直奉衝突，同年去世。

〔註65〕大拙，連水寫眞記（十三）〔N〕，泰東日報，1923-10-31（附張 1）。

〔註66〕常成，李鴻文，朱建華，現代東北史〔M〕，哈爾濱：黑龍江教育出版社，1986：9～17。

〔註67〕常成，李鴻文，朱建華，現代東北史〔M〕，哈爾濱：黑龍江教育出版社，1986：13。

〔註68〕大拙，滿洲月旦：噫，張督軍可以休矣〔N〕，泰東日報，1918-03-19（4）。

此後的十年間，畢乾一的報章言論對張作霖及以其爲首的奉系軍閥所持的批評姿態始終保持著，《告張督軍》〔註 69〕、《奉張出任元首時機尚早》〔註 70〕、《奉張果欲做總統乎》〔註 71〕、《勸奉張作速收兵》〔註 72〕、《奉張始終不覺悟哉》〔註 73〕等社論或短評可作例證。但值得注意的是，即便在這些持批評態度的文字中，畢乾一也總是稱張作霖爲「吾奉張總司令」。受關東州租借地特殊政治環境庇護的畢乾一，大可不必擔心因言獲罪於張作霖，然在批評文字中可明顯讀出某種「愛護」之情，則可部分歸結於他的「省籍」情結。1925 年，張作霖迎來五十壽辰，在《張總司令壽辰》一文中，畢乾一不吝溢美之詞：

> 星輝北極，日麗中天。開五秩之殤，晉大衍之爵。斯日何日，非所謂吾奉張總司令壽辰之日乎。而況我奉天年來匕鬯不精，干戈不擾。四民有艾安之樂，萬象具更新之體。古人有謂一人有慶，兆民賴之，其此之謂乎。惟桃觴乍舉之時，亦即冠裳齊集之會，或開密席會議，或爲時局主張，吾奉張總司令，其亦能內安邦民，外奠家國，同登於仁壽之域者乎。〔註 74〕

對奉天在張氏父子治下所取得的一些成就，畢乾一也表示認可。1923 年 5 月，奉天市政公所在奉天省代省長王永江籌劃下建立，使奉天市政建設與管理逐漸步入專業化、法制化、民主化的軌道。〔註 75〕對此，畢乾一指出：「有此文明國家所不可缺少之特創機關，得非謂吾東省之文明可喜現象耶，得非謂吾奉當局之能迎合社會人民心理而有此創舉耶……此奉天市政公所之成立，非僅有關於沈垣一地之人民幸福已也，實有關於東省之文化普被前途也。」〔註 76〕同年，東北大學在奉天創立，畢乾一難掩欣喜之情，對之寄以厚望：

> 東北大學爲吾東省唯一最高之學府。東北大學而果進行辦理得體，則吾東三省三千萬之父老兄弟，皆將受其文明之陶冶，學術之

〔註 69〕大拙，滿洲月旦：告張督軍〔N〕，泰東日報，1918-03-17（4）。
〔註 70〕大拙，奉張出任元首時機尚早〔N〕，泰東日報，1926-11-13（1）。
〔註 71〕大拙，奉張果欲做總統乎〔N〕，泰東日報，1927-01-21（1）。
〔註 72〕大拙，丁卯春秋：勸奉張作速收兵〔N〕，泰東日報，1927-06-03（1）。
〔註 73〕大拙，奉張始終不覺悟哉〔N〕，泰東日報，1927-06-19（1）。
〔註 74〕大拙，張總司令壽辰〔N〕，泰東日報，1924-03-16（4）。
〔註 75〕孫鴻金，奉天市政公所與瀋陽城市建設的近代化〔J〕，東北師大學報（哲學社會科學版），2012（5）：249～250。
〔註 76〕大拙，奉天市政公所之創立感言（上）〔N〕，泰東日報，1923-07-05（1）。

普被……荊榛荒野之區，邊鄙蒙昧之地，而由此大學之成立，殊令人爲之歡忭不置。黎明之前驅耶，文明之導河耶，是在吾當局積極而進行之發育而滋□之，則是吾東省人士，所賴於此大學者，深矣，遠矣。〔註 77〕

畢乾一「中國認同」理念下的「奉天省籍認同」也直接影響到他的對日態度。雖居於編輯長高位，但所供職的畢竟是一份日人報紙，且身處日人視作「本土」的關東州租借地，畢乾一在報章文字中談及日本或日本人時，不得不慎之又慎。然而，他的文字甚少對「宗主國」表現出諂媚逢迎的姿態。在涉及中國、奉天及有關華人的問題上，維護中方權益的態度比較鮮明，這在前一章節有關《泰東日報》聲援五卅的論述中已有涉及。五卅之後，這種態度也基本延續。1926 年 10 月 19 日，《中日通商行航條約》期滿，中國方面於 10 月 20 日通知日使，著手實行修改。對於修約一事，畢乾一指責日本未能將心比心、同情中國：

然吾人則謂修約與廢約，殆無若何分析也，要在能廢除不平等原則與否耳。倘廢約後，而新約一仍舊慣，則廢約何益……夫五十年前之日本，固曾受不平等條約待遇，而深感其痛苦者，今次以己之心度人之心，亦豈無同情中國之處乎。〔註 78〕

對關東州華人權益，畢乾一也向日本殖民當局據理力爭。1927 年年中，日本殖民當局向華人徵收高額「戶別割」〔註 79〕，引起華人普遍不滿。8 月 14 日，畢乾一在社論《連市華人之戶別割問題》寫道：

此種不當課稅，差別待遇華人之法，華人亦決難默視不動……夫華人所認爲市當局不當課稅法，固其一也，而其他種種問題，亦不能認爲有當也……君子愛人以德，細人則以姑息。深望市當局早加反省。〔註 80〕

對於日本人，畢乾一等第一代關東州本土報人也相對平等化地加以處理。在他的小說《連水勺波》中，甚至有普通中國人調戲日本看護婦的情節。〔註 81〕在《連水寫眞記》中，包括滿鐵總裁中村雄次郎在內的日本官僚在接

〔註 77〕大拙，東北大學成立感言〔N〕，泰東日報，1923-09-21（1）。
〔註 78〕拙，丙寅春秋：中日商約問題〔N〕，泰東日報，1926-10-23（1）。
〔註 79〕即挨户捐。
〔註 80〕大拙，連市華人之户別割問題〔N〕，泰東日報，1927-08-14（1）。
〔註 81〕大拙，連水勺波〔N〕，泰東日報，1919-12-06（5）。

待來訪大連的張錫鑾時，也被描繪地畢恭畢敬。這與十多年後第二代本土報人代表性人物趙恂九在他的小說作品中刻意迴避日人，或對日人予以某種程度的「仰視」有著明顯不同。（詳見第六章第五節）在趙恂九一代，「省籍」意識基本淡化殆盡，而是更多地以和奉天無甚關聯的「關東州人」自居。

然而，根深蒂固的「省籍」認同也未能阻止畢乾一等第一代關東州本土報人對殖民現代性的接受。他們對自己的故土在日人治下發展爲一個極爲現代化的國際都市抱有十分複雜的情感。1921 年 9 月的一個夜晚，畢乾一獨自漫步於大連浪速町〔註 82〕一帶，不覺感歎道：

> 金鳳颯爽，天氣漸涼。晚間披和衣，著木屐，往來蹕□於浪速町一帶，見遊人如鯽，商販麇集。日人之名媛閨秀衣香髻影，結袂翩韆，明媚電光照地作淡綠色，街中車聲隆隆……街頭攤賣盡是日用之資，商場羅列無非輝煌之品。如此繁華境地，怡我之心，悅我之目……若當二十年前，此地不過以荒野之區耳，焉有街平如鏡、樓高如雲，無非幾畝野田爲農人作衣食之資，今則爲與人牟利之□，使寸土成金，片土可貴。〔註 83〕

第三節　中共滿洲省委建立前後地下黨報人的活動與影響

爲恢復和發展東北地區黨組織，領導東北人民的革命鬥爭，1927 年 10 月，中共滿洲省委臨委成立。次年 10 月，滿洲臨委改爲滿洲省委。滿洲臨委特別是滿洲省委成立後，開始著手整頓、恢復和重建東北各地黨的組織。此時位於東北最南端一隅的日本關東州租借地，已被日本殖民統治逾二十年，原有黨組織在 1927 年滿洲臨委成立前已遭嚴重破壞。但在 1928 年前後，陸續有李笛晨、陳濤等中共黨員潛入該地區從事黨的地下工作，他們選擇的落腳點即是日人所控制和經營的中文報紙《泰東日報》。1929 年夏，已擔任《泰東日報》編輯局長的陳濤又將共產黨人吳曉天「安排」進《泰東日報》從事編輯工作，後者以《泰東日報》編輯身份爲掩護，著手籌建中共滿洲省委大連特支。此後，也是經陳濤引介，蓋仲人、傅希若、周東郊、徐廉等共產黨人陸

〔註 82〕現大連中山區天津街一帶。

〔註 83〕大拙，落英繽紛〔N〕，泰東日報，1918-09-07（5）。

續進入《泰東日報》從事編輯工作。這些中共地下黨人一方面在嚴酷的政治環境中開展黨的組織活動，一方面小心翼翼地利用《泰東日報》擴大中共的影響、改變該報對中共及其領導人的「醜化」宣傳。吳曉天、周璣璋等人對《泰東日報》副刊的改造，還在客觀上推動了整個東北地區文學創作模式的進步轉向。

一、中共滿洲省委大連特支建立前非採編人員的黨團活動

1924 年，在《泰東日報》中國人社員中誕生了關東州租借地首位中國社會主義青年團團員——原庶務部職員關向應（1902～1946）。關向應於 1922 年夏進入《泰東日報》庶務部，其間同報社工人許德明、鍾鯉庭等人相熟，並與具有愛國思想的文藝版編輯、國民黨人劉惆躬關係密切。1923 年 5 月 4 日，關向應與同爲《泰東日報》工人的趙悟塵、許德明等人在星個浦〔註 84〕集會，紀念五四運動四週年——這是關東州租借地首次紀念五四運動。〔註 85〕此後，他又經劉惆躬介紹與來連從事地下活動的共產黨員、京漢鐵路總工會秘書長李震瀛〔註 86〕相識，後者於 1924 年 4 月介紹關向應加入中國社會主義青年團。一個月後，關向應隨李震瀛離連赴滬，日後成長爲中共早期重要軍事領導人。由於關向應在《泰東日報》庶務部底層崗位供職的時間甚短，且在加入中國社會主義青年團前已脫離報社〔註 87〕，故而對推動《泰東日報》社員接近中共的作用相對較小。

同是經李震瀛介紹、與關向應大致在同一時間加入中國社會主義青年團的另一《泰東日報》社員是該報印刷工人趙悟塵。趙悟塵爲奉天蓋平人，1915 年 11 歲時即進入《泰東日報》當撿字工人，1920 年入該報編輯長傅立魚所創辦的大連中華青年會夜校學習，接觸到新文化、新思想。1923 年，他曾代表《泰東日報》中國印刷工人向日人社主提出增加工資的要求，因鬥爭失敗被

〔註 84〕即目前大連市沙河口區星海廣場附近。

〔註 85〕劉功成，王彥靜，20 世紀大連工人運動史〔M〕，瀋陽：遼寧人民出版社，2011：141。

〔註 86〕李震瀛（1900～1937），天津人，早年就讀於南開中學，與周恩來等組織進步活動。1921 年加入中國共產黨，1923 年參與籌建中共東北黨組織。爲中共五大的候補中央委員，參加了八七會議。1928 年，出席在莫斯科召開的共產國際執委第九次全會，受到斯大林、布哈林接見。

〔註 87〕參見《關向應傳》、《大連地下黨人物傳略》、《大連地下黨史料選編》、《中共大連地方黨史資料彙編》等。

解雇，但經此時已退社的傅立魚幫助，得以復職。1924 年 6 月，中國社會主義青年團大連支部建立後，他擔任團大連特支宣傳委員兼組織委員。

與關向應相比，趙悟塵在《泰東日報》供職時間較長（1915～1925），其在 1924 年 4 月初入團後未當即脫離《泰東日報》，直至 1925 年 6 月初因組織工人支持五卅運動才被關東州殖民當局驅逐出境。〔註 88〕入團至離開《泰東日報》的一年多時間裏，趙悟塵積極從事工運活動。事實上，早在 1923 年李震瀛第一次潛入關東州時，即指導此時同在《泰東日報》的關向應與趙悟塵籌劃建立大連印刷工人的工會組織，並且關、趙二人還分頭到全市印刷工人中間開展了宣傳、發動和組織工作。1924 年初加入中國社會主義青年團後，在李震瀛、關向應〔註 89〕已離開大連的情況下，趙悟塵以《泰東日報》印刷工人領袖同時也是整個大連印刷工人領袖的身份，與東亞印刷所工人董秀峰、西川印刷所工人魏長魁等人於 1924 年 4 月 28 日創建了東北地區最早的地方產業工會——大連中華印刷職工聯合會，他本人被選爲委員長。〔註 90〕

趙悟塵發起創建的大連中華印刷職工聯合會最終得到了其所供職的《泰東日報》社長金子雪齋、原編輯長傅立魚的支持，二人均被聘爲該聯合會顧問〔註 91〕。1925 年 5 月 1 日，身爲《泰東日報》印刷工人、大連中華印刷職工聯合會委員長的趙悟塵出席了在廣州召開的第二次全國勞動大會，並與蘇兆徵、劉少奇、鄧中夏等 25 人當選爲中華全國總工會執行委員會委員。五卅慘案發生後，已安全返連的趙悟塵根據團大連特支的決定，與傅景陽〔註 92〕等地下黨、團員發動並領導了全市印刷工人罷工，聲援上海罷工工人，但也

〔註 88〕至於趙悟塵離開《泰東日報》的具體時間，據 1925 年 6 月 10 日《楊志雲傳景陽給團中央的信》中「此後一切刊物不必寄至大連奧町泰東日報趙悟塵收了，因他已被逐去」推知，約在 1925 年 6 月初。

〔註 89〕李震瀛在大連的活動受到日本殖民當局注意，其離連時也同時帶走了關向應，二人轉赴上海。抵達上海後，關向應進入上海大學學習。

〔註 90〕但最初，印刷工會遭到《泰東日報》印刷人李福綿的反對。參見：呂公甫，對於建立大連中華印刷職工聯合會及其活動的回憶〔G〕／／中共大連市委黨史資料徵編委員會，大連地下黨史料選編，大連，1986：225。

〔註 91〕劉功成，王彥靜，20 世紀大連工人運動史〔M〕，瀋陽：遼寧人民出版社，2011：143。

〔註 92〕傅景陽（1900～1942），奉天復州城（今遼寧瓦房店）人，大連地區早期工運領袖之一、大連第一位共產黨員，大連中華工學會創始人。

因此被日本殖民當局驅逐出境。〔註 93〕

除關向應、趙悟塵外，可確證的另一位加入團大連特支的《泰東日報》社員爲王立永。據 1925 年《團大連特支第三號報告》所提及的「新加入之同志四人」名單，其中一人即爲年僅 16 歲的王立永，時爲《泰東日報》印刷工徒，其入團由趙悟塵介紹。〔註 94〕趙悟塵被逐後，王立永仍以《泰東日報》印刷工身份從事地下活動，這在 1925 年 11 月 15 日的《團大連特支書記給團北方區的報告》中可得證實，該報告也給出了王立永的入團時間爲 1925 年 1 月。〔註 95〕

在《泰東日報》印刷工人群體中誕生關向應、趙悟塵、王立永等關東州地區首批團員以及此後的工人黨員喬德良、趙廷祥〔註 96〕等並非偶然。20 世紀 20 年代中期，大連印刷業發展迅速，全市擁有《泰東日報》、《滿洲報》、《關東報》、《大連新聞》、《滿洲日日新聞》、《遼東新報》等多家大報和 70 餘家印刷工廠，印刷工人總數達 2000 餘名。這些印刷工每天工作 10 小時以上，但工資僅爲同類日本工人的 1／4，被任意辱罵、毆打甚至開除的情形時有發生。「面對日本資本家的殘酷剝削和壓迫，大連印刷工人自發地起來鬥爭」〔註 97〕。作爲當時擁有較大發行量和先進印刷設備的日人報紙《泰東日報》，印刷工人受壓迫、欺侮的情況屢有發生，湧現出關向應、趙悟塵、王立永等一批具有反抗精神的進步青年也屬情理之中。當然，當時的中日關係以及國共合作的大背景也爲趙悟塵等人的工運活動提供了相對寬鬆的政治環境，傅立魚、劉憫躬等《泰東日報》中的國民黨報人都曾給關向應、趙悟塵等以精神啓蒙和實際幫助。〔註 98〕

〔註 93〕1925 年 10 月 1 日共青團大連特支給團中央的報告：「中兄：茲有同志趙悟塵，因此番滬案運動印刷工人罷工，結果被日本驅逐出境……務使久閒家中。」又見 10 月 13 日共青團大連特支向中央的請示報告：「中兄：今接十月九日來信，所示關於趙悟塵同學在內地安置工作事，連地唯有謹候中兄之命令。」見大連地方黨史編輯室，中共大連地方黨史資料彙輯〔G〕，大連，1983：84～85。

〔註 94〕團大連特支第三號報告〔G〕／／中共大連市委黨史資料徵編委員會，大連地下黨史料選編，大連，1986：9。

〔註 95〕團大連特支書記給團北方區的報告〔G〕／／中共大連市委黨史資料徵編委員會，大連地下黨史料選編，大連，1986：21。

〔註 96〕《泰東日報》始末〔M〕／／大連日報社，大連報史資料，大連，1989：182。

〔註 97〕劉功成，王彥靜，20 世紀大連工人運動史〔M〕，瀋陽：遼寧人民出版社，2011：139。

〔註 98〕馮玉賢，早期在大連從事革命活動的鐵嶺人——記劉憫躬、石三一夫婦〔G〕／／政協鐵嶺縣文史資料委員會，鐵嶺文史資料彙編 第 5 輯，鐵嶺，1986：1～15。

二、創建中共滿洲省委大連特支的核心力量

1926年1月15日，大連8名超齡團員轉爲黨員，加上此前已入黨的傅景陽，共9人，正式成立中共大連特別支部（次月改爲中共大連地委〔註99〕）。〔註100〕因關向應1924年入團後不久即隨李震瀛離連、趙悟塵1925年因組織五卅罷工被驅逐，初創時的中共大連特別支部9名黨員中並無《泰東日報》社員。但中共大連特支很快又在《泰東日報》發展了黨員，建立了中共大連地委《泰東日報》支部，由地委委員分工領導。〔註101〕

1927年6月上旬，中共大連地委改爲中共大連市委，鄧鶴皋〔註102〕任書記（兼）。〔註103〕次月中旬，國共合作破裂，第一次大革命失敗，處於關東州租借地的中共大連市委處境遽然生變。7月25日，黨員丁文禮叛變，鄧鶴皋等48人（一說47人）被捕，中共大連地下黨組織遭到第一次大破壞。〔註104〕但不久之後的1927年10月24日，中共滿洲省委成立，此後，針對黨組織遭到嚴重破壞的局面，中共中央致信滿洲省臨委要求「必須設法恢復大連工作」。〔註105〕但遲至1929年夏，滿洲省委才派吳曉天〔註106〕到大連恢復黨團組織。滿洲省委對派吳曉天赴大連重建黨組織抱有期望，7月29日，省委書

〔註99〕大連市史志辦公室，中國共產黨大連歷史大事記（1919.5～2000.12）〔M〕，大連：大連出版社，2001：12。

〔註100〕團北方區給團中央的報告中有關大連的內容（一九二六年一月中旬）〔G〕／／中共大連市委黨史資料徵編委員會，大連地下黨史料選編，大連，1986：37。

〔註101〕鄧鶴皋，憶一九二六～一九二七年在大連做地下工作〔G〕／／中共大連市委黨史資料徵編委員會，大連地下黨史料選編，大連，1986：193。

〔註102〕鄧鶴皋（1902～1979），又名鄧潔，湖南安鄉人。中共早期黨員，第一任滿洲省委書記。1922年考入北京美術專科學校，1924年任青年團北京地委組織委員，中共北京西城支部書記。1926年7月擔任中共大連地方執行委員會書記。1927年4月，出席中共第五次全國代表大會。會後擔任中共滿洲省委籌委會書記，兼大連市委書記。

〔註103〕大連市史志辦公室，中國共產黨大連歷史大事記（1919.5～2000.12）〔M〕，大連：大連出版社，2001：17。

〔註104〕參見《泰東日報》1927年8月21日第2版《大連黨獄 共產主義者檢舉之經過 最近月餘共逮捕五十一名》；1927年11月2日第2版《黨獄開分離公判》等。

〔註105〕大連市史志辦公室，中國共產黨大連歷史大事記（1919.5～2000.12）〔M〕，大連：大連出版社，2001：23。

〔註106〕吳曉天（1905～1937），安徽鳳臺人，本名吳霆，又名天喟，字曉天，青少年時期在懷遠含美中學和南京成美中學讀書，1923年入上海大學，不久由瞿秋白、薛卓漢介紹加入中國共產黨。五卅後，受李大釗派遣，到東北開展工作。

記劉少奇向中央及中華全國總工會黨團報告了在大連重建黨組織的情況，該報告指出：「大連原無關係，最近黨派去二人（另一人可能爲張幹民——筆者注）……派去之人均有相當能力。」〔註107〕

吳曉天到大連後，「首先找到了與黨失掉聯繫的《泰東日報》編輯陳濤（又名陳日新，此時化名陳達民），託他在《泰東日報》社謀得編輯職務，負責文藝版的編輯工作」。〔註108〕在《泰東日報》編輯身份的掩護下，吳曉天按照滿洲省委指示，積極籌劃滿洲省委大連特支的建立，但這一任務相當艱巨。當時，除吳曉天外，大連地區僅有屈指可數的3名黨員，分別爲《泰東日報》編輯局長陳濤、編輯蓋仲人以及在大連「做小生意做掩護」的旅法華工朱全盛。〔註109〕

1929年10月（一說爲7月），滿洲省委派張幹民〔註110〕來連與吳曉天共同推進大連特支的建立步伐。依託僅有的5名中共黨員（其中三人在《泰東日報》從事編輯工作），張幹民與吳曉天建立了滿洲省委大連特支，直屬滿洲省委領導，張幹民任書記，吳曉天任宣傳，朱全盛任工運。由於「陳、蓋組織上有問題」（此一問題將於下文詳述），此二人並未成爲該特支的核心成員。三個月後，張幹民受滿洲省委派遣到上海參加工運會議，滿洲省委大連特支改由吳曉天負責。

此後約一年多時間，吳曉天一邊編輯《泰東日報》文藝副刊，一邊從事黨的地下組織活動。但囿於當時關東州租借地嚴酷的政治環境，他所從事的地下組織工作成效甚微。按照當時滿洲省委的指示，「大連特支的主要任務是，發展黨及工會組織，擴大反帝宣傳及反帝的群眾組織，利用一切可能（包括合法的）向日本統治者做鬥爭，擴大對中華蘇維埃政府的宣傳，擴大黨的政治影響」。但大連特支組織薄弱，「在人民群眾中根本沒有什麼影響」。〔註111〕

〔註107〕大連市史志辦公室，中國共產黨大連歷史大事記（1919.5～2000.12）〔M〕，大連：大連出版社，2001：24。

〔註108〕中共大連市黨史研究室，大連地下黨人物傳略〔M〕，大連，1989：89。

〔註109〕張幹民，一九二九年在大連活動情況〔G〕／／中共大連市委黨史資料徵編委員會，大連地下黨史料選編，大連，1986：257。

〔註110〕張幹民（1907～？），臨清縣尖莊鄉李圈（今屬河北省臨西縣）人。1925年加入中國共產主義青年團。1926年轉爲中國共產黨黨員。1929年5月，調東北工作，歷任滿洲省委秘書、大連特支書記、滿洲省委組織部代理部長、撫順炭礦特支書記。

〔註111〕張幹民，一九二九年在大連活動情況〔G〕／／中共大連市委黨史資料徵編委員會，大連地下黨史料選編，大連，1986：257。

1930 年 5 月間，滿洲省委巡視員王鶴壽到大連巡視工作，在其所撰寫的《鶴壽巡視大連工作報告》中指出，吳曉天所領導的滿洲省委大連特支「因爲組織的不健強與同志工作經驗缺乏，沒有衝破大連困難的環境。所以工作上除了一半個同志找到線索、介紹一半個同志外，沒有其他成績，一直到奉天黨團省委的破壞，大連的組織也隨著瓦解」。〔註 112〕亦即是說，吳曉天在負責大連特支不久，該特支即遭瓦解，在王鶴壽「到大連的那天，大連雖有黨團同志十個，但談到工作卻半點都沒有做了」。〔註 113〕出於對大連特支工作的不滿，經王鶴壽組織整頓，重新建立了中共大連特支，書記爲姜煜元〔註 114〕，幹事會由姜煜元、孫某（情況不明）、吳曉天組成。〔註 115〕至此，吳曉天已不再是大連特支的負責人。

資料顯示，中共滿洲省委大連特支成立後（包括後來的大連地委期間），在《泰東日報》成立了黨的報館小組。該小組「有三個同志，並且都是主要的編輯」，除吳曉天外，一個是「有反對派的傾向」的蓋仲人，還有一個同志「沒有做過工作，沒有經過黨的訓練」。這位「沒有做過工作」的同志姓名未被明確提及，但不難判斷，此人很有可能是當時失去組織關係的《泰東日報》編輯局長陳濤。遺憾的是，這個報館小組因日本警署幾次質問，無法起到大的作用。當時，除按上級黨組織要求在報上多登群眾鬥爭和全國紅軍的消息、翻譯革命文字以及與各學校學生加強聯繫外，其他工作很難開展。〔註 116〕1930 年 10 月，中共滿洲省委也對陳濤、吳曉天、蓋仲人等報館小組同志在工作中脫離群眾的問題提出批評：

> 過去大連的黨忽視了這一工作重要，特別是報館的同志，放棄了許多的機會和群眾的關係，這是極端錯誤的。〔註 117〕

〔註 112〕王鶴壽，鶴壽巡視大連工作報告〔G〕／／中共大連市委黨史資料徵編委員會，大連地下黨史料選編，大連，1986：97。

〔註 113〕王鶴壽，鶴壽巡視大連工作報告〔G〕／／中共大連市委黨史資料徵編委員會，大連地下黨史料選編，大連，1986：97～98。

〔註 114〕大連地方黨史編輯室，中共大連地方黨史資料彙輯〔G〕，大連，1983：219。

〔註 115〕王鶴壽，鶴壽巡視大連工作報告〔G〕／／中共大連市委黨史資料徵編委員會，大連地下黨史料選編，大連，1986：101。

〔註 116〕王鶴壽，鶴壽巡視大連工作報告〔G〕／／中共大連市委黨史資料徵編委員會，大連地下黨史料選編，大連，1986：99。

〔註 117〕中共滿洲省委致大連特支的信（1930 年 10 月 31 日）〔G〕／／中共大連市委黨史資料徵編委員會，大連地下黨史料選編，大連，1986：103。

以《泰東日報》編輯身份爲掩護的吳曉天、陳濤、蓋仲人等中共地下黨人，對創建中共滿洲省委大連特支做出了諸多努力，之所以未能開展好黨的地下活動，其原因是多方面的，本書不一一評析。事實上，在日本老牌殖民地關東州，中共所進行的地下活動始終面臨極大風險和困難，直至日本戰敗，該地區的黨的地下工作一直舉步維艱。

三、編輯局長陳濤及其所網羅的中共報人

以《泰東日報》副刊編輯身份爲掩護的吳曉天爲中共滿洲省委大連特支的創建做出了重要貢獻，但若無稍早之前進入《泰東日報》的陳濤引介，吳曉天等多名中共黨人恐難進入這家由日人所主持的報紙。亦即是說，「《泰東日報》之所以能容納眾多共產黨報人如周東郊、吳曉天、蓋仲人等，與陳濤的關照有直接關係」。〔註 118〕而由陳濤介紹進入報社、此時仍未入黨的周璣璋等則在日後選擇繼續革命道路，加入了中國共產黨。

被王鶴壽認爲「失掉組織關係」的陳濤爲奉天人，曾是周恩來指定的滿洲省委籌建人之一，早年擔任黃埔軍校政治教官兼第五期第一、二兩個學生隊指導員。1927 年蔣介石發動「四・一二」反革命政變後，離開黃埔軍校，於 4 月下旬到達武漢，隨後於 6 月初參加了周恩來、瞿秋白主持的有關建立滿洲省委的東北工作會議。關於籌備工作，周恩來建議由陳濤負責去東北與各地黨組織共同商議進行，但因陳濤曾於 1926 年率領東三省留日學生進行討張反日活動，已爲東北當局注意，遂改由鄧鶴皋去奉天負責滿洲省委籌建，陳濤改赴大連接替鄧，擔任南滿地委書記。此外，周恩來還要求陳濤「在大連組織『聯絡局』，作爲東北與中央聯繫的機構」。〔註 119〕

早在 1927 年 9 月初，陳濤曾赴大連，找到當地團組織負責人紀幼柏，得知大連黨組織「主要負責人全部被捕，組織已陷於癱瘓」，〔註 120〕便於 10 初

〔註 118〕蔣蕾，僞滿洲國東北共產黨報人考察〔G〕／／童兵，經驗與歷程：建黨 90 週年「中國共產黨新聞思想研討會」論文集，上海：復旦大學出版社，2013：36。

〔註 119〕陳濤，一九二七年夏冬有關東北工作的回憶〔G〕／／遼寧社會科學院地方黨史研究所，中共滿洲省委時期回憶錄選編：第 1 冊，瀋陽，1983：83。

〔註 120〕陳濤，一九二七年夏冬有關東北工作的回憶〔G〕／／遼寧社會科學院地方黨史研究所，中共滿洲省委時期回憶錄選編：第 1 冊，瀋陽，1983：84。

赴哈爾濱，與此時主要負責北滿工作的吳麗石〔註 121〕會面。二人交換意見後，陳濤於 1928 年再次回到大連試圖恢復南滿黨組織。但此次陳濤在大連呆了半年多，「孤軍奮鬥，一籌莫展，是年冬天不得不（經滿洲省委同意）到東滿去工作了」。〔註 122〕

據與陳濤相熟、後來由陳濤介紹入《泰東日報》任編輯的共產黨人周東郊評價，「陳是個善於在任何環境裏開展工作的同志」。〔註 123〕1929 年 3 月，陳濤在東滿特委被破壞後再次來到大連，經滿鐵囑託閻傳紱〔註 124〕介紹進入《泰東日報》，化名陳達民。陳濤進入《泰東日報》後，在短時間內成爲該報編輯部門的核心人員，擔任編輯局長一職。根據吳曉天遺孀張光奇回憶，在 1929 年 7、8 月間將吳曉天介紹入《泰東日報》時，「陳日新（陳濤）當社長也是總編」〔註 125〕。遺憾的是，目前《泰東日報》縮微膠片中的 1929 年 7 月至 1930 年 7 月間部分全部佚失，無法對此時間節點加以確證。但在 1930 年 8 月 1 日的《泰東日報》報頭上，「編輯人」一欄已寫有「陳達民」的姓名，並有署名「達」或「民」的社論和短評出現。

〔註 121〕吳麗石（1899～1931），江蘇沭陽人，原名吳苓生，字松仙。中共早期黨員，革命烈士。1923 年加入中國社會主義青年團，不久轉爲中國共產黨黨員。同年，經李大釗介紹赴莫斯科東方大學學習。1924 年秋回國。後受中共中央的委派，到哈爾濱開展黨的工作，成立了北滿第一個黨支部，開始中共直接領導下的北滿最早的工人運動。同時，他根據李大釗的指示，創辦《哈爾濱日報》。

〔註 122〕陳濤，一九二七年夏冬有關東北工作的回憶〔G〕／／遼寧社會科學院地方黨史研究所，中共滿洲省委時期回憶錄選編：第 1 冊，瀋陽，1983：84。

〔註 123〕周東郊，鐵窗內外：獄中生活見聞專輯〔M〕，中國人民政治協商會議吉林省委員會文史資料研究委員會，長春，1985：148。

〔註 124〕閻傳紱（1894～？），字紉弢（紉韜），遼寧金縣人。早年畢業於日本東京帝國大學，曾任滿鐵職員、大連市議員等職。「九一八」事變後投敵，任僞奉天省諮議、僞奉天市長兼商埠局總辦等。1935 年出任僞濱江省長，1937 年調任僞吉林省長，1942 年任僞司法部大臣。1945 年 8 月日本投降後，被蘇聯紅軍逮捕。1950 年由蘇聯遣返回國、關押於撫順戰犯管理所。後病死獄中。

〔註 125〕張光奇，瀋陽黨組織的活動情況〔G〕／／遼寧社會科學院地方黨史研究所，中共滿洲省委時期回憶錄選編：第 1 冊，瀋陽，1983：73。（回憶在細節上有誤，陳濤未擔任過《泰東日報》社長。）

由於陳濤很快獲得報社日人社主的信任，〔註 126〕對《泰東日報》編輯局用人擁有很大的權限，他除了介紹吳曉天進入《泰東日報》，此後還陸續介紹蓋仲人（從蘇聯歸國黨員）、周東郊（自吉林出獄黨員）、傅希若、徐廉、周璣璋等到《泰東日報》擔任編輯。〔註 127〕

經由陳濤引介進入《泰東日報》從事採編工作的共產黨人名單（包括後來入黨）

姓名	生卒年	籍貫	所用筆名	職務	任職時間	入黨時間
陳濤	1900～1990	奉天	陳達民	編輯長、主筆	約 1929.3～1931.2	1926
吳曉天	1905～1937	安徽	吳霆、天喟	副刊編輯	約 1929.7、8～1930年初	1924
蓋仲人	不詳	不詳	蓋世英	編輯	約 1929～1931	不詳
周東郊	1907～1978	奉天	不詳	編輯	約 1930.7～1931.2	1926
傅希若	不詳	安徽	希若	編輯	約 1930.1～1931.2	1926
周璣璋	1902～1981	直隸	白鷗	編輯	約 1931.3～1931.5	1933
徐廉	不詳	不詳	不詳	編輯	不詳	不詳

已如前文所述，在黨組織建設、黨員發展、活動開展等方面，陳濤與吳曉天等潛伏在《泰東日報》的中共地下黨人所做的工作並未產生多大成效，一些同志如蓋仲人還一度對「黨的策略與政治上的分析」存在不同見解，對此，中共滿洲省委對之也曾給予批評。〔註 128〕但從保存下來的陳濤主持筆政時期的《泰東日報》來看，陳濤、吳曉天、蓋仲人、周東郊、傅希若、周璣

〔註 126〕除主持編輯活動外，陳濤也參與其他社內事務，如 1930 年 10 月 16 日旅順各會長到《泰東日報》時，「本報阿部社長及陳編輯局長述以本報宗旨及社會之關係」。1930 年 11 月，《泰東日報》「開中國報界未有之創舉，舉辦第一屆『懇談會』，集大連代表人士於一堂縱談各種問題」，在這樣一個「重大活動」中，陳濤與日人社長阿部眞言作爲《泰東日報》方面僅有的兩名代表作了主持和發言，可見其在社内之重要地位及阿部眞言等人的信任。（參見 1930 年 11 月 12 日《泰東日報》第 7 版《旅順各商會長參觀本社》、《開中國報界未有之創舉 本報舉辦第一屆「懇談會」》）

〔註 127〕大連地方黨史編輯室，中共大連地方黨史資料彙輯〔G〕，大連，1983：216。

〔註 128〕王鶴壽，鶴壽巡視大連工作報告（1930 年 5 月 22 日）〔G〕／／中共大連市委黨史資料徵編委員會，大連地下黨史料選編，大連，1986：99。

璋、徐廉等人確使《泰東日報》採編業務得到一定程度改善。在陳濤入社前的約半年時間裏，《泰東日報》的言論欄目一度取消，只零星登載幾篇點綴性的「論說」。陳濤進入報社後，特別是從1929年4月開始，《泰東日報》的言論顯著增加，除恢復「社說」、「庚午春秋」外，還一度出現「時評」、「時事漫談」、「短評」等形式靈活的言論欄目。同時，陳濤等人按照黨的指示，「多刊登群眾鬥爭和全國紅軍……的消息」，在一定程度上改變了此前《泰東日報》對中共及其領導人的「污蔑性」報導模式。而對該報副刊，吳曉天、傅希若、周璣璋等人創刊了令人耳目一新的《潮音》副刊和《文藝週刊》，初步進行了「普羅文學」的有益嘗試。

陳濤等人被捕前不久，由他主持編務的《泰東日報》正雄心勃勃地增設各種副刊，在平津及魯冀等地延聘通訊員：

> 本報爲應合讀者之期待，發揮新聞之使命，今後盡力擴充篇幅，充實内容。除將來陸續添增各種副刊，廣爲搜集有益資料外，現在即著手添登全國各大都市特約通訊，平津兩地現已聘妥專員負責，京滬漢粵以及魯冀二省重要市縣亦將陸續聘妥。〔註129〕

約在陳濤被捕前後，《兒童專刊》和《體育專刊》也同時創刊。〔註130〕在推動《泰東日報》業務革新的同時，陳濤等人還依託報社進行愛國活動。1930年夏，陝西等省遭遇空前未有的旱災，致使數以百萬計的災民因飢餓而死亡。是年7月，陳濤等人借助《泰東日報》發起「陝災募捐宣傳週」，此後又於9月中旬主辦「陝災募捐大會」，共募得「大洋三萬一千一百三十八元二角一分」。〔註131〕這些活動客觀上激發了關東州地區華人的愛國熱忱，同時提高了《泰東日報》聲譽，增加了發行數量，報社的日本社主也感到滿意。〔註132〕

陳濤等人的愛國進步活動逐漸引起「中日反動派的注意，國民黨反動派認爲《泰東日報》已爲共產黨所掌握，是反對國民黨及國民政府的」。事實也確乎如此，由於早期《泰東日報》曾由老同盟會員、國民黨人傅立魚主持筆政，並由安懷音、劉倜躬等多名國民黨員參與編務，《泰東日報》的親國民黨

〔註129〕本報重要啓事一〔N〕，泰東日報，1930-12-19（4）。
〔註130〕《兒童專刊》與《體育專刊》的創刊時間同爲1931年3月19日。
〔註131〕本報主辦之陝災募捐大會昨日結束已完畢〔N〕，泰東日報，1930-09-24（7）。
〔註132〕《泰東日報》始末〔M〕／／大連日報社，大連報史資料，大連，1989：183。

傾向十分明顯。在陳濤主持筆政時期，老國民黨員李仲剛也來到社中從事編輯工作，此外如「從權」（撰有《剷除赤化之末議》〔註 133〕等言論）、「病俠」（撰有《共產黨與清共》〔註 134〕等言論）等人亦持反共立場，這些人對陳濤等人的排斥在所難免。與此同時，「大連日本警察也嗅出味道，在注意《泰東日報》記者行動的同時，對報紙的言論、文藝版的作品均一一加以研究，由專人剪貼成冊。日本警察署長曾於 1930 年末，把社長阿部找去問話，並取出積累成冊的資料，指責他爲什麼不注意報紙內容和記者動向」。〔註 135〕

警察署的警告立即引起中共地下黨組織的警惕，除注意在版面上收斂鋒芒外，還陸續疏散幾名黨員編輯，以防敵人突然襲擊。1930 年底，爲免於被捕，吳曉天經中共滿洲省委同意離開《泰東日報》，轉赴天津等地從事地下工作。〔註 136〕1931 年 2 月，由於前中共北方局書記韓麟符在天津被捕時搜出陳濤的信件，大連日警將陳濤、周東郊等逮查。1931 年 3、4 月間，周璣璋在短暫編輯《潮音》後也再不見蹤跡。但因陳濤等人的中共身份並未暴露，日本殖民當局只好藉口其他原因草率結案。〔註 137〕

四、對中國共產黨的報導與呈現

1929 年底至 1931 年初，《泰東日報》的新聞採編和言論寫作主要由作爲編輯局長的共產黨人陳濤主持。如何在日本管控嚴密的老牌殖民地，又在一份極力反共的日人報紙上呈現自己所歸屬的中國共產黨的活動並建構其形象，對陳濤等潛伏於《泰東日報》的共產黨人來說頗具難度，更是充滿政治風險。

〔註 133〕從權，剷除赤化之末議〔N〕，泰東日報，1927-09-14（2）。

〔註 134〕病俠，共產黨與清共〔N〕，泰東日報，1929-04-09（1）。

〔註 135〕泰東日報始末〔M〕／／大連日報社，大連報史資料，大連，1989：183。

〔註 136〕據吳曉天遺孀張光奇回憶，「1930 年 11、12 月，大連《泰東日報》的黨組織被破壞……吳曉天回安徽」。另考察此一時期的《泰東日報》，最後一篇署有吳曉天姓名的文字是 1930 年 10 月 29 日文藝副刊《潮音》中的一段「代郵」，署名「天喟」。兩相印證，吳曉天離開大連的時間在 1930 年 10～12 月間應無疑。至於其離開大連的原因，一份綜合陳濤、蓋仲人、張光奇、郭剛、蘇子元、趙文棟等人相關回憶的史料指出：「1930 年，吳曉天曾在《泰東日報》上登載『紅軍佔領長沙』的消息，引起了日本警察署的注意。爲了防止敵人的破壞，經中共滿洲省委同意，吳曉天離開大連去天津等地從事地下工作。」（張光奇《瀋陽黨組織的活動情況》）

〔註 137〕《泰東日報》始末〔M〕／／大連日報社，大連報史資料，大連，1989：184。

細讀1921～1927年間的《泰東日報》，可發現在第一次國共合作破裂前，該報對於中國共產黨的態度是溫和的。社論中，曾出現陳獨秀等人的署名文章，對中共所倡導的工人運動和社會主義理論也曾刊發多篇理論文章。但自1927年國共分裂後，《泰東日報》對中共的態度發生了轉變，醜化中共及其領導人的報導屢見不鮮。在這些新聞報導及評論中，《泰東日報》稱國民黨軍爲「黨軍」，稱共產黨軍爲「共產軍」、「共匪」或「匪軍」〔註138〕；稱蔣介石爲「時局中堅」〔註139〕，稱朱德、毛澤東、賀龍等中共領導人則爲「匪首」。

在陳濤入社初期，由於其作爲報社中唯一一名從事採編工作的地下黨人，同時考慮不致引起日本殖民當局懷疑的實際需要，《泰東日報》對中共的報導延續了此前的政治立場和評價標準。譬如，對於1929年初毛澤東、朱德、陳毅等人爲打破國民黨「圍剿」，率紅四軍主力3600多人離開井岡山根據地轉戰瑞金等贛南地區一事〔註140〕，《泰東日報》在5月15日的一篇題爲《朱毛三次蹂躪瑞金　擾害不堪損失至二百萬》的報導中，將此次紅軍爲反圍剿而採取的「攻勢的防禦」描述爲「竄出」：

> 共匪朱毛自由井岡山竄出，希圖掀覆贛西南之大暴動，未獲成功，且失去井岡山老巢，於是奔突蹂躪贛南各縣，所部約數千人，快槍五千餘枝，子彈甚少，自稱紅軍，組織僞革命委員會。贛南罹害最深者，厥爲瑞金，淫掠燒殺，已三次矣。〔註141〕

在一些類似的報導中，中國共產黨領袖毛澤東、朱德被歪曲成一副「兇殘」和「失魂落魄」的形象，他們所率領的軍隊取攻勢時則被描述爲「擾」，策略性撤退時卻用那個描述「敵軍、匪徒、野獸等的亂跑、逃走」〔註142〕的貶義動詞「竄」。

陳濤成爲《泰東日報》編輯局長後，特別是引介吳曉天、蓋仲人、周東郊、傅希若、周璣璋、徐廉入社參與編輯工作後，《泰東日報》中國報人中的國共兩黨在人員數量和權力等級上出現了新的變化，使得對中共的報導漸

〔註138〕從權，奉方此後之應付〔N〕，泰東日報，1927-10-08（1）。

〔註139〕時局中堅之蔣介石〔N〕，泰東日報，1927-12-26（1）。

〔註140〕中共中央黨史研究室，中國共產黨歷史（1921～1949）：第1卷上冊〔M〕，北京：中共黨史出版社，2011：273。

〔註141〕朱毛三次蹂躪瑞金　擾害不堪損失至二百萬〔N〕，泰東日報，1929-05-15（2）。

〔註142〕現代漢語詞典〔M〕，北京：商務印書館，1996：215。

漸改變了原有的政治偏向。遺憾的是，目前可供考察的陳濤主持筆政時期的《泰東日報》只有 1930 年 8 月 1 日之後的部分，但考察當日之後直至陳濤被捕的 1931 年 2 月間的《泰東日報》，仍可發現陳濤等中共地下黨人士利用所供職的「敵報」對自身所歸屬的黨組織所進行的危險性的「自我呈現」過程及方式。

從實際統計分析的結果看，〔註 143〕陳濤主持筆政時期的《泰東日報》有關中國共產黨的新聞在數量上較此前有所增加。這基本符合中共滿洲省委對陳濤、吳曉天等人所提出的「在報上多登群眾鬥爭和全國紅軍消息」的要求。〔註 144〕在報導策略上，陳濤等人也採取了一套隱蔽的工作方針，即「在報導中國共產黨和紅軍動向時，盡可能刪去那些污蔑、歪曲的詞匯，並不露痕跡地把『共匪』等用詞改爲『共軍』、『共黨』等字樣」。〔註 145〕報導中，「共匪」一詞的使用頻率已經明顯減少，且開始偶而使用「紅軍」一詞。〔註 146〕

陳濤主持筆政時期，正值中國共產黨第一次反圍剿成功時期。〔註 147〕陳濤等人通過《泰東日報》呈現出的是一個屢屢轉取「攻勢」的黨及其軍隊，在個別報導中甚至出現了「共產軍勢不可擋」的表述，〔註 148〕對毛澤東等人的稱呼也從「匪首」改爲「共首」，〔註 149〕「燒殺淫掠」之類的表述也基本不再使用。而對於蔣介石剿共時的濫殺無辜，《泰東日報》予以責備：「洪湖農民赤化被討共軍殺戮萬餘……若混殺良民以圖擊功，則湘鄂贛人民無生路矣。」〔註 150〕

〔註 143〕研究過程中，曾對大革命失敗後至陳濤入社前《泰東日報》有關中共的主要文章篇目（共計 63 篇）、入社初期《泰東日報》有關中共的主要文章篇目（12 篇）、主持筆政時期《泰東日報》有關中共的主要文章篇目（61 篇）進行分析閱讀，本節相關結論主要在此統計分析的基礎上得出。限於篇幅，相關統計表不在本書列出。

〔註 144〕王鶴壽，鶴壽巡視大連工作報告〔G〕／／中共大連市委黨史資料徵編委員會，大連地下黨史料選編，大連，1986：99。

〔註 145〕洛鵬，我地下黨和愛國知識分子在《泰東日報》的革命活動〔J〕，大連黨史，1990（3）：35～36。

〔註 146〕南昌危險 紅軍僅距卅里 朱毛部約一萬人〔N〕，泰東日報，1930-08-07（1）。

〔註 147〕中共中央黨史研究室，中國共產黨歷史（1921～1949）：第 1 卷上冊〔M〕，北京：中共黨史出版社，2011：314～315。

〔註 148〕共產軍勢不可擋 十八師被擊滅〔N〕，泰東日報，1931-01-23（1）。

〔註 149〕毛澤東妻子被逮〔N〕，泰東日報，1930-11-10（1）。

〔註 150〕辛未春秋〔N〕，泰東日報，1931-01-22（1）。

由於「潛伏」本身所具有的巨大危險性，苛求陳濤等人將一份日人報紙完全轉向親共立場並不現實。〔註 151〕此外，在報社內部，陳濤等人還需平衡和處理同國民黨報人、日人社主等之間的微妙關係。在此環境下，一些污名化中共的稿件仍不時出現在《泰東日報》上，如國民黨第一次「剿共」期間，該報頭版的小言論專欄《辛未春秋》登載了一段未署名的文字，將紅軍誣爲一群「窮極思亂」的「烏合之眾」，認爲中國共產黨軍隊「不過是一些窮極思亂的小人，聚集烏合之眾而已，中央軍到，當可一鼓剿平」。〔註 152〕

1931 年 2 月被大連警署逮捕前夕，陳濤處境危險，從 1 月下旬起，《泰東日報》有關中共的報導開始回歸到原有的政治立場和話語模式，「共軍」再次成爲「共匪」，中共的革命活動也成了「襲義和團故智」。〔註 153〕當陳濤等人離開《泰東日報》採編崗位後，該報在反共的道路上愈行愈遠，有關中共的污蔑性報導和虛假新聞充斥版面。對於有關中共的來稿，那些非中共黨員身份的《泰東日報》編輯們已不再暗中將貶義用詞改爲中性，對那些眞實性存疑、編輯自身也難以分辨眞假的稿件如《贛共匪內訌 朱毛行將解體》〔註 154〕等也不加選擇地予以刊登。〔註 155〕

五、「普羅文學」的有益嘗試

到 1930 年，《泰東日報》的綜合性副刊《泰東雜俎》已連續出版達 11 年之久。吳曉天進入《泰東日報》從事副刊編輯工作後不久，將其易名爲《潮音》。此外，吳曉天等人還創辦了純文藝性的《文藝週刊》。該《文藝週刊》留存至今的最早一期爲第 15 號，出版日期爲 1930 年 8 月 12 日，據此以週刊的刊期推算，《文藝週刊》的創刊日期約爲 1930 年 5 月 6 日，《泰東雜俎》更名爲《潮音》

〔註 151〕吳曉天即是因爲編發有關紅軍的稿件而被殖民當局注意，被迫離開大連轉赴天津等地從事地下活動。

〔註 152〕辛未春秋〔N〕，泰東日報，1931-01-18（1）。

〔註 153〕共黨破壞國府外交 擬襲義和團故智〔N〕，泰東日報，1931-04-11（1）。

〔註 154〕贛共匪內訌 朱毛行將解體〔N〕，泰東日報，1931-04-21（1）。

〔註 155〕在 1931 年 6 月 17 日頭版刊登的一篇《編餘小言》中，一位未署名的編輯坦陳自己編稿時也經常分不清稿件內容的眞僞：「報紙上記載的新聞，是薈集各方面的報告，兼收並蓄的，往往甲報告的是這樣，同時乙報告的又是那樣，消息竟有極端兩歧而矛盾的，使閱報的人感覺到疑信參半，就是編報者對於此兩種矛盾的新聞，也時常感到取捨兩難哩。」

亦極有可能在此時。〔註156〕也恰是《潮音》與《文藝週刊》的創刊，總體上延續了十數年舊式風格的《泰東日報》副刊呈現出了一副全新的氣象。

需要特別指出的是，在吳曉天接手編輯《泰東日報》副刊前，共產黨人李笛晨（1899～1933）對該副刊已經做了卓有成效的「改造」。李笛晨原名李晏春，奉天人，1924年入黨。綜合現存各類史料，基本可確證李笛晨是最早一位在《泰東日報》從事採編而非印刷、販賣等工作的中共地下黨人。進入《泰東日報》前，李笛晨爲中共滿洲省委奉天支部奉天兵工廠黨小組負責人。1928年底，中共滿洲省委遭到破壞後，李笛晨離開奉天兵工廠到大連，在《泰東日報》任副刊編輯，直至1929年夏。〔註157〕

主持《泰東日報》副刊工作後，李笛晨易名李香冷，他在短時間內改變了侯小飛〔註158〕主持時期《泰東雜組》的編輯風格。在形式上，李笛晨去掉了此前文字旁邊的句點，版式設計也更加生動活潑；內容上，廣泛刊登文藝、教育、藝術、婦女問題以及各種學術討論等來稿，「無論白話文言，均所歡迎」。同時，增加介紹社會科學和自然科學類科普文章的比率，所登載的純文學類作品更是呈現出突破傳統價值觀束縛、嚮往個性自由以及浪漫主義的傾向，這是此前十數年間《泰東雜組》不曾有過的風格。對於《泰東雜組》曾經的面目，李笛晨認爲它和整個東北大地一樣「沉悶荒僻和窒息得快無生氣了」。〔註159〕爲此，他寄望那些「感覺煩悶的朋友」積極投稿：

> 請你們來，種朵花吧！植棵柳吧！栽培上青青地草原吧！任隨你們高興的絢爛璀璨地爭奇鬥妍！充實你們活潑淋漓在顫快跳飛躍著的生命吧！〔註160〕

〔註156〕此時間基本與吳曉天進入《泰東日報》的時間相契合，從而說明，自接手《泰東日報》副刊，吳曉天便對其進行了改革。

〔註157〕李笛晨傳略〔M〕／／中共瀋陽市蘇家屯區委黨史研究室，中共蘇家屯地方史：第一卷，瀋陽，2008：151～165。另，《泰東日報》上署有李笛晨（香冷）姓名的最後一篇文章爲1929年1月13日的《給應『求友』的朋友們介紹》。因此，很可能在1929年年初，李笛晨已離開《泰東日報》，至遲爲當年夏天。

〔註158〕侯小飛，生卒年不詳，約在1918年左右入《泰東日報》，任記者、編輯、評論作者。大連文學團體宗風社社員。1928年4月辭職北上哈爾濱任《大北新報》主筆。1935年作爲《大北新報》特派記者赴日本採訪溥儀首次訪日。

〔註159〕本版徵文啓事〔N〕，泰東日報，1928-08-23（5）。

〔註160〕本版徵文啓事〔N〕，泰東日報，1928-08-23（5）。

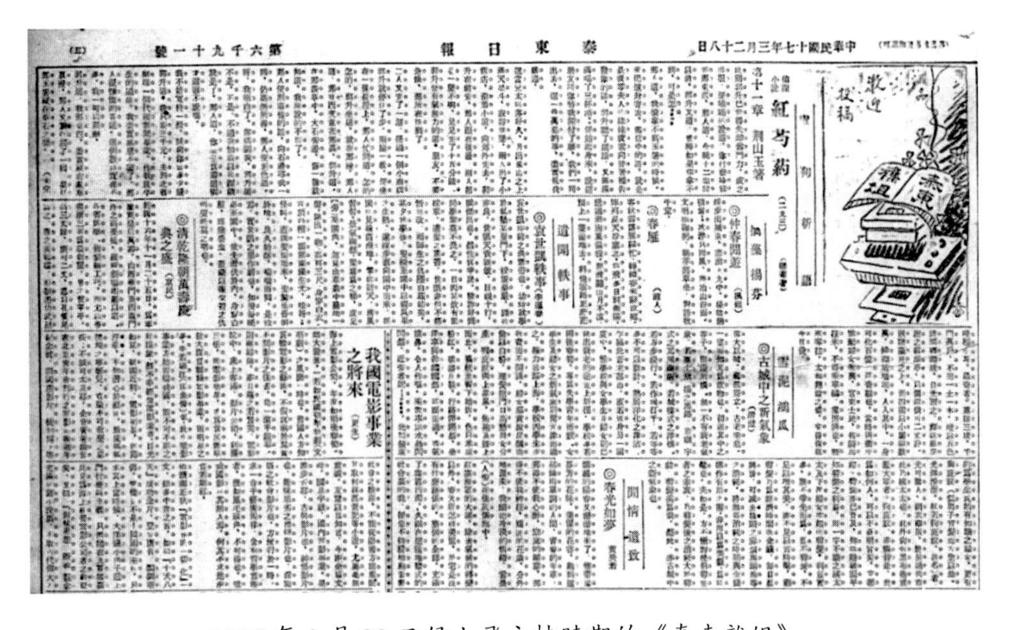

1928 年 3 月 28 日侯小飛主持時期的《泰東雜俎》

1928 年 8 月 13 日李笛晨主持時期的《泰東雜俎》

李笛晨主持《泰東雜俎》的時間甚爲短暫，僅半年多時間，他爲《泰東日報》帶來的變化卻具有里程碑式的意義。李笛晨回奉天後，吳曉天接手《泰東日報》副刊。按照中共滿洲省委的指示，他的主要任務是在李笛晨工作的基礎上，通過《泰東日報》副刊宣傳普羅文學。〔註 161〕如前所述，爲完成該任務，吳曉天廢除了延續十一年的《泰東雜俎》這個副刊名稱，將其更名爲《潮音》，同時創刊了《文藝週刊》。《潮音》與《文藝週刊》的風格頗爲接近，前者略具有綜合性，後者純文學色彩更濃。由於《潮音》與《文藝週刊》的第 1 期均已佚失，其最初表述的發刊宗旨無法考證。在 1930 年 12 月 8 日的一篇署名 CY、題爲《沉默的原因——我的一篇自白》的文章，證實了《文藝週刊》創刊時「曾以『普羅』、『新興』……相號召」。〔註 162〕但從實際效果看，滿洲省委和大連特支所規定推動普羅文學〔註 163〕的任務收效甚微。「CY」就曾抱怨說：

> 本刊發起文藝週刊時……當時也確乎有過幾篇似是而非、意識不清類似普羅的作品，不知是此路不通呢，還是時局的限制，此後竟連魚目混珠的作品也不見登載了。〔註 164〕

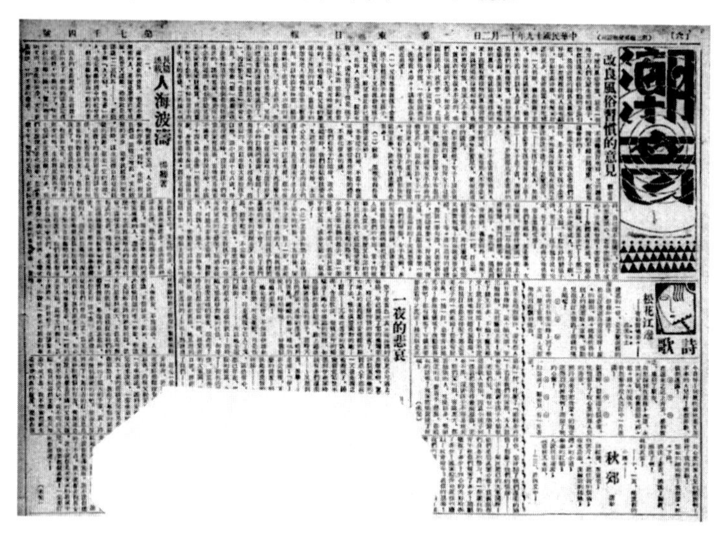

潮音

改良風俗習慣的意見

人海波濤

一夜的悲哀

詩歌

松花江畔

秋郊

《潮音》

〔註 161〕洛鵬，我地下黨和愛國知識分子在《泰東日報》的革命活動〔J〕，大連黨史，1990（3）：36。

〔註 162〕CY，沉默的原因——我的一篇自白〔N〕，泰東日報，1930-12-08（3）。

〔註 163〕「普羅」是法語普羅列塔利亞的簡稱，意爲無產階級。普羅文學來源於二十世紀現實主義文學，強調文學爲政治服務，文學是政治經濟的產物，受到普列漢若夫、老舍等作家推崇，左聯也宣傳它的政治功能。

〔註 164〕CY，沉默的原因——我的一篇自白〔N〕，泰東日報，1930-12-08（3）。

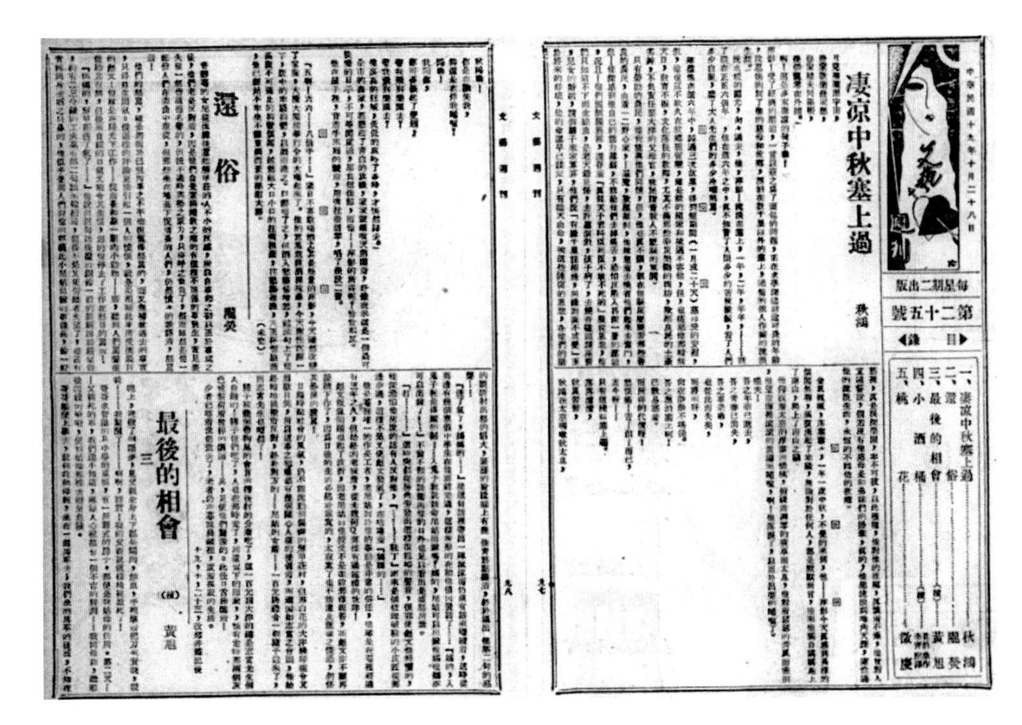
文藝週刊

每星期二出版

第二十五號

淒涼中秋塞上過

還俗

最後的相會

《文藝週刊》

特殊的政治環境以及普羅文學作品稿源不足等限制，似乎注定了吳曉天完成推動「普羅文學」的任務將歸於失敗。但客觀上，《潮音》與《文藝週刊》的開放性和活潑性仍然吸引了東北文學青年的喜愛和關注，他們從各地將自己的作品投給《潮音》和《文藝週刊》，抒發著個性解放的浪漫主義情緒。這些年輕的投稿者當中，包括後來成為東北知名作家的黃旭、鏡海等，也包括後來成為《泰東日報》文藝部主任的畢殿元，這些青年人利用《泰東日報》的這兩個副刊踏入了文學界。但正如夏志清評價20世紀文學界的浪漫主義傾向時所說的，此一時期，這些初出茅廬的東北青年的文學作品「在哲學上是淺薄的，心理上是不成熟的」，未能「探索心靈的深處，信仰更高的超脫世俗的或內在的眞實」。〔註165〕亦如為《潮音》投稿的一位署名「無名」的作者所尖銳指出的，許多作品「走不出個人主義的圈子，脫不了主觀主義的描寫……描寫的技巧更談不到，造句可能還不合文法。」〔註166〕

〔註165〕夏志清，中國現代小說史〔M〕／／費正清，劍橋中華民國史（1912～1949）：上卷〔M〕，劉敬坤，楊品泉等，譯，北京：中國社會科學出版社，2007：467。

〔註166〕無名，覺悟〔N〕，泰東日報，1931-01-29（3）。

1930年底，吳曉天被迫離開大連後，《潮音》（事實上也包括《文學週刊》）「曾由秦淮君代編一個時期，又由希若君代編一個時期，但秦淮、希若均因事不能長期來代替，所以現在（1930年3月9日——筆者注）由本報聘請白鷗君來負編輯的責任」〔註167〕。「秦淮」的眞實姓名目前尚待考證，「希若」應是共產黨人傅希若，「白鷗」則是此時尚未入加入中國共產黨的周璣璋。〔註168〕

隨著陳濤的被捕，最後堅守《泰東日報》副刊的周璣璋在主持《潮音》一個多月後即「不知所蹤」。1931年5月18日，《潮音》被更名爲《藝苑》，風格與之前的《潮音》迥異，失去了往日的生機。而早在此前的4月14日，《文藝週刊》出版至第46號後突然中斷，甚至未曾留下一句告別的話。〔註169〕

至此，共產黨人（包括隨後不久入黨的周璣璋等人）結束了在《泰東日報》的地下工作。幾個月後，「九一八」事變爆發，隨之是日本扶持的傀儡國僞滿洲國的建立。中共在東北地區的生存環境急遽惡化，《泰東日報》也再未有一名共產黨人在其中從事革命活動。〔註170〕

第四節　國民黨報人在《泰東日報》的活動

上節重點關注了中共滿洲省委建立前後地下黨報人在《泰東日報》的活動及影響。但實際上，除共產黨人外，國民黨人在「九一八」事變前的《泰東日報》中同樣扮演重要角色。直至僞滿洲國成立，《泰東日報》始終奉國民黨政權爲正朔，可見其影響。

在《泰東日報》發展史上，最爲知名的國民黨人莫過於傅立魚。本書第三章已提及，傅立魚曾於1904年官費留學日本，此間入同盟會，與孫中山、汪精衛、張繼、居正等人相熟。在大連期間，傅立魚雖自稱國民黨員並與國民黨人過從甚密，但無論是在《泰東日報》，還是在他所創辦的大連中華青年

〔註167〕《潮音》編輯易人啓事〔N〕，泰東日報，1931-03-09（3）。

〔註168〕周璣璋正式入黨的時間爲1933年。

〔註169〕《文藝週刊》曾於僞滿洲國建立後的1932年4月6日復刊，但未延續之前的期數，而是重新編號。

〔註170〕日本戰敗前夕，曾有與共產黨有過接觸的白全武、劉漢、洛鵬三人在報社活動，但當時均未正式入黨。

會，他「並沒有什麼（國民黨）組織，也沒有什麼個別活動……他最大的特點是愛青年、愛祖國，什麼事一提愛國他就不反對了」。〔註 171〕1926 年 2 月，中國國民黨大連市黨部成立，但傅立魚（此時已離開《泰東日報》）僅是列席會議。作爲大連地區的國民黨元老，他未在該黨部擔任任何職務。〔註 172〕

傅立魚同鄉、1917～1922 間活躍於《泰東日報》的安懷音同樣是位著名的國民黨人。在離開《泰東日報》前一年，安懷音加入國民黨。離開《泰東日報》後，1927 年被選爲國民黨奉天省黨部監察委員，1930 年被國民黨中央黨部任命爲《華北日報》主任兼總編輯，1937 年後曾任國民黨中央執行委員會黨史史料編纂委員會事務科長等職。〔註 173〕供職《泰東日報》期間，安懷音言論激進，自稱「我乃楚北一狂生，目中寥寥無幾人」〔註 174〕，但愛國進步傾向明顯，曾發起成立大連人道維持會。雖爲國民黨人，但他曾提出《泰東日報》不存「黨見」：

> 本報則初無黨見之分，是者是之，非者非之，不爲淺近之談，不作勢利之鬼。……本報無親，惟眞理是親，惟正義是與。〔註 175〕

和安懷音大致活動於同一時期，但入社與離社均稍晚的另一位國民黨報人是劉憫躬。〔註 176〕作爲國民黨人的劉憫躬與共產黨人關係密切，是中國共產黨早期軍事領導人關向應的思想啓蒙者，中共早期工人運動領袖羅章龍、中共東北黨組織籌建者李震瀛到大連考察時均由其接待。劉憫躬「性硬而誠」〔註 177〕，早年曾在北京大學求學，約 1920 年入《泰東日報》後主要負責編輯副刊《泰東日報・副張》，偶而創作小說並參與撰寫《泰東日報》社論。他創

〔註 171〕叢秀峰，有關中華青年會的活動情況的回憶〔M〕／／中共大連市委黨史研究室，大連中華青年會史料集，大連，1990：81，（該文作者叢秀峰 1926 年加入中國共產黨，是大連地區最早的共產黨員之一。）

〔註 172〕遼寧省地方志編纂委員會辦公室，遼寧省志 民主黨派 工商聯 國民黨志〔M〕，瀋陽：遼寧科學技術出版社，2000：362～363。

〔註 173〕英山縣編纂委員會，英山縣志〔M〕，北京：中華書局，1998：749-750，另可參見王文彬，中國現代報史資料匯輯〔M〕，重慶：重慶出版社，1996：155，等。

〔註 174〕淮陰，即席贈健俠一首〔N〕，泰東日報，1921-05-20（5）。

〔註 175〕淮陰，本報四千號〔N〕，泰東日報，1921-11-04（1）。

〔註 176〕關於劉憫躬的國民黨員身份問題，劉憫躬曾幫助過的關向應在莫斯科求學時期的《自傳》中曾提及：「泰東日報記者劉憫躬他是老國民黨員，他時常對我談些革命的事。」參見大連市史志辦公室，關向應紀念文集〔M〕，大連：大連出版社，2002：8。

〔註 177〕簡工，隨便談談〔N〕，泰東日報，1923-05-16（副張 2）。

作的「愛國短篇」《英靈》〔註 178〕、《熱血》〔註 179〕，撰寫的社論《國人將如何》〔註 180〕、《一團糟的中國國民仍不興起嗎》〔註 181〕、《國人仍被欺乎》〔註 182〕等均表現出鮮明的反帝、反軍閥立場。1922 年，他的夫人、曾參與五四運動的石三一女士在大連創設「中華三一學校」，他本人積極參與授課，「除了講課本外，還常給工人講些新鮮事物，如中國怎樣遭到列強的侵略、軍閥怎樣出賣國家以及國家的危難等等」。〔註 183〕

1921 年、1922 年、1924 年，傅立魚、安懷音、劉憪躬等國民黨人先後離開《泰東日報》。在此之後，在《泰東日報》活動的另一位有史料可考的國民黨報人爲老同盟會會員李仲剛。〔註 184〕

李仲剛早年留學日本，畢業於早稻田大學〔註 185〕，至遲在 1920 年左右已在大連活動，曾參與傅立魚創辦的大連中華青年會，任該會夜校日語、國文及算學教師。1922 年春，因與傅立魚爭奪中華青年會領導權，〔註 186〕李仲剛一度離開青年會，旋與毛儀亭、林升亭等人在大連南山創辦愛國教育團體——大連中華增智學校，1926 年 2 月國民黨大連市黨部成立大會即在此處秘密召開。〔註 187〕會上，校長林升亭被選任書記，李仲剛則當選宣傳部長。但在當年 5 月，蔣介石在國民黨二屆二中全會上提出旨在限制共產黨人權力及活動的「整理黨務」提案並獲通過，大連部分國民黨員隨即開始進行反共分裂活動。作爲國民黨大連市黨部宣傳部長的李仲剛逐漸右傾以至叛變，並毆

〔註 178〕憪躬，愛國短篇：英靈〔N〕，泰東日報，1920-08-12（5）。

〔註 179〕憪躬，愛國短篇：熱血〔N〕，泰東日報，1920-09-12（5）。

〔註 180〕憪躬，國人將如何〔N〕，泰東日報，1923-02-08（1）。

〔註 181〕憪躬，一團糟的中國國民仍不興起嗎〔N〕，泰東日報，1923-07-12（1）。

〔註 182〕憪躬，國人仍被欺乎〔N〕，泰東日報，1923-05-10（1）。

〔註 183〕馮玉賢，早期在大連從事革命活動的鐵嶺人——記劉憪躬、石三一夫婦（G）／／政協鐵嶺縣文史資料委員會，鐵嶺文史資料彙編：第 5 輯，鐵嶺，1989：2。

〔註 184〕關於李仲剛的同盟會員身份，參見丁基實，參加中共六大的回憶（G）／／中共中央黨史研究室第一研究部，中共六大代表回憶錄，北京：中共黨史出版社，2014：106。

〔註 185〕薛永祥，劉治學，東文書院和李仲剛〔M〕／／中國人民政治協商會議青島市市北區委員會文史資料研究委員會，市北文史資料 第 2 輯，青島，1993：116～117。

〔註 186〕楊志雲，關於大連中華青年會情況的回憶〔M〕／／中共大連市委黨史研究室，大連中華青年會史料集，大連，1990：66。

〔註 187〕于植元，董志正，簡明大連詞典〔M〕，大連：大連出版社，1995：43。

打國民黨左派、市黨部書記林升亭。7月，中共大連市黨團組織遭破壞，國民黨市黨部也停止了工作。〔註188〕

與傅立魚、安懷音、劉惘躬等國民黨人不同，李仲剛持反共立場。曾在大連中華青年會星期講壇以《國民黨非赤化》爲題講演，進行反共宣傳。〔註189〕1927年中共地下黨人楊志雲被捕，李仲剛甚至向日本警察署指證其爲共產黨人。〔註190〕但未有證據表明1928年前李仲剛已進入《泰東日報》任職。據他在山東時的學生丁基實回憶，當年4月他途經大連時，李仲剛「在大連日本人政府裏當翻譯」。〔註191〕因此，作爲國民黨右派的李仲剛進入《泰東日報》的時間，可能在1928年8月傅立魚等國民黨左派人士被驅離大連之後。1929年5月的新聞報導中，已有「本報編輯李仲剛氏」的提法。〔註192〕

傅立魚離連後，李仲剛成爲國民黨在大連地區最有影響力的人物。《泰東日報》在介紹自己這位「職員」時，也對之恭敬有加：「李君爲國民黨實行工作之老黨員，其成績之偉大，凡屬同志莫不知之。」〔註193〕由此可想見，李仲剛入職後對《泰東日報》政治立場將產生怎樣的影響。此時期《泰東日報》表現出的反共立場除來自日本殖民當局的壓力外，李仲剛在其中的作用不言而喻。

1929年5月，國民黨軍隊接防此前日本一度佔據的濟南。同月，戈公振、嚴獨鶴、趙君豪等率領的上海新聞界代表團將途經山東訪問東北。對此，《泰東日報》方面認爲，「以同業之關係，實有特別歡迎之必要，藉以稍盡地主之誼，而得親聆諸君之雅教」，因此，「特派本報編輯李仲剛氏搭乘八日出口之榊丸赴青島擔任以上兩種要務矣」。〔註194〕

〔註188〕遼寧省地方志編纂委員會辦公室主編，遼寧省志 民主黨派 工商聯 國民黨志〔M〕，瀋陽：遼寧科學技術出版社，2000：363。

〔註189〕黃修榮，李蓉，國共關係的歷史回顧與「一國兩制」理論研究〔M〕，北京：中共黨史出版社，2005：92。

〔註190〕中共瀋陽市委黨史研究室，遼寧省司法廳瀋陽勞改分局，鐵窗丹心：中共滿洲省委時期獄中鬥爭紀實〔M〕，瀋陽：遼寧人民出版社，1991：41。

〔註191〕丁基實，參加中共六大的回憶〔M〕／／中共中央黨史研究室第一研究部，中共六大代表回憶錄，北京：中共黨史出版社，2014：106。

〔註192〕本報特派專員調查山東接收情形〔N〕，泰東日報，1929-05-08（1）。

〔註193〕圖片：李仲剛〔N〕，泰東日報，1929-05-27（2）。

〔註194〕本報特派專員調查山東接收情形〔N〕，泰東日報，1929-05-08（1）。

被派往山東後，李仲剛從青島登陸，登門採訪了國民政府特派青島接收專員陳中孚。對於自己以「無冠王者」身份登陸青島的心情和採訪陳中孚的情形，他在《青島視察談》中記述道：

> 余自民國十四年五卅事件，因帶學生行示威運動及幫公民報宣傳正義以來，即不敢公然在馬路上行走。雖曾冒險運動尹大麻子運動成功，但亦係在暗中潛行，未能雄視闊步。此次竟得以無冠王者（新聞記者）之資格，堂堂正正的來視察政軍之狀況，不覺趾高氣揚起來。對那詢問來歷之巡警（仍爲舊日軍閥所招募者）告以「我是大連泰東日報的新聞記者，此番爲視察山東而來，請你『告陳中孚（接收專員）呂子仁兩同志，就說是李仲剛同志來了』」〔註 195〕

離開青島後，李仲剛又赴濟南繼續採訪，此間共向報社發回《青濟視察談》6 篇，詳盡記述了採訪中的所見所聞。5 月 14 日，李仲剛隨已迎接到的上海新聞界代表團一同乘船抵達大連。對此事，趙君豪在 1934 年出版的《遊塵瑣記》中曾有記載：「大連泰東日報社李仲剛君，先期赴青招待，與余儕同船至大連，厚誼尤可感謝。」〔註 196〕

返回大連不足半月，1929 年 5 月 26 日，李仲剛又被派赴南京參加 6 月 1 日舉行的孫中山先生葬禮。〔註 197〕此次參加安奉大典，除報社方面的安排外，也有他本人作爲國民黨員對中山先生表達「崇拜」之情的考慮。《泰東日報》對此也曾予以說明：「（李仲剛）此次到南京恭謁金棺，既代表本報之敬意，更盡其自身崇拜孫總理之熱誠。」〔註 198〕

〔註 195〕仲剛，青濟視察談（一）〔N〕，泰東日報，1929-05-16（1）。

〔註 196〕趙君豪，遊塵瑣記〔M〕，上海：琅玕精舍，1934：44。

〔註 197〕本報特派專員參列奉安大典　李仲剛記者二十六日出發〔N〕，泰東日報，1929-05-26（1）。

〔註 198〕圖片：李仲剛〔N〕，泰東日報，1929-05-27（2）。

李仲剛具體何時離開《泰東日報》不詳，但在 1931 年 10 月 8 日《冢本關東廳長官致幣原外務大臣函》中，知其在 1931 年 5 月時已是國民黨政府外交部情報人員。〔註 199〕此後，李仲剛投靠日僞，活動於日軍佔領下的青島，曾任汪僞警備司令部副官兼軍法處處長〔註 200〕、僞青島特別市公署（政府）委員等職〔註 201〕。

國共之間、國民黨不同派系之間的立場分歧，使「九一八」事變之前幾年的《泰東日報》政治立場呈現出紛繁複雜的樣態，總體上傾向於反共，但因陳濤等共產黨人的活動，也曾策略性地報導中國共產黨的活動，並通過文藝副刊開展了普羅文學的有益嘗試。然而，在即將到來的「九一八」事變後，無論是國民黨人，還是共產黨人，在《泰東日報》都已無生存空間，這張報紙也漸漸成爲一張徹頭徹尾爲日本殖民侵略行爲鼓譟和辯護的工具。

〔註 199〕冢本關東廳長官致幣原外務大臣函（1931.10.8 公信關機高支第 11839 號）〔M〕／／解學詩，關東軍滿鐵與僞滿洲國的建立，北京：社會科學文獻出版社，2015：369。

〔註 200〕青島晚報，琴島鉤沉〔M〕，青島：青島出版社，1999：167。

〔註 201〕青島市史志辦公室，青島市志 政權志〔M〕，北京：新華出版社，2002：241。